LA BRUJA DE NEAR

V. E. SCHWAB

LA BRUJA DE NEAR

Traducción de Silvina Poch

Argentina – Chile – Colombia – España
Estados Unidos – México – Perú – Uruguay

Título original: *The Near Witch*
Editor original: Hyperion, un sello de Disney Book Group
Traducción: Silvina Poch

1.ª edición en **books4pocket** septiembre 2022

Copyright © 2011 by Victoria Schwab
All Rights Reserved
© de la traducción 2019 *by* Silvina Poch
© 2019 by Ediciones Urano, S.A.U.
Plaza de los Reyes Magos, 8, piso 1.º C y D – 28007 Madrid
www.mundopuck.com
www.books4pocket.com

ISBN: 978-84-16622-91-7
E-ISBN: 978-84-17545-21-5
Depósito legal: B-13.136-2022

Fotocomposición: Ediciones Urano, S.A.U.

Impreso por Novoprint, S.A. – Energía 53 – Sant Andreu de la Barca (Barcelona)

Impreso en España – *Printed in Spain*

A mi madre y a mi padre,
por no dudar ni una sola vez.

I

Empieza con un chasquido y una chispa. Y con un chisporroteo, la cerilla cobra vida.

—Por favor —dice la vocecita a mis espaldas.

—Es tarde, Wren —murmuro mientras el fuego mastica el palito de madera que tengo en la mano. Acerco la cerilla a las tres velas que se encuentran sobre la cómoda, junto a la ventana—. Es hora de dormir.

Con todas las velas encendidas, agito la cerilla y la llama se apaga, dejando una estela de humo que se eleva, enroscándose contra el cristal oscurecido.

De noche, todo parece distinto. Más definido. Al otro lado de la ventana, el mundo está lleno de sombras, unas destacándose sobre las otras, con más nitidez de la que tuvieron durante el día.

Los sonidos también parecen más nítidos de noche. Un silbido, un chasquido, el susurro de una niña.

—Solo uno más —suplica, apretándose las mantas alrededor del cuerpo. Suspiro, de espaldas a mi hermana pequeña, y deslizo los dedos por encima de los libros que están apilados junto a las velas. Siento que voy a ceder.

»Puede ser uno muy corto —agrega.

Mi mano se detiene sobre un viejo libro verde mientras el viento zumba contra la casa.

—De acuerdo. —Parece que a ella no puedo negarle nada—. Solo uno —le advierto, dirigiéndome a la cama.

Wren suspira con alegría contra la almohada y me acomodo a su lado.

Las velas dibujan imágenes luminosas en las paredes de la habitación. Respiro profundamente.

—El viento del páramo es engañoso —comienzo, y el pequeño cuerpo de Wren se hunde dentro de la cama. Imagino que le presta más atención a los altibajos de mi voz que a las palabras en sí mismas. De todas maneras, las dos nos las sabemos de memoria: yo, por mi padre; Wren, por mí.

»De cada uno de los elementos del páramo (tierra, piedra, lluvia y fuego), el viento es el más fuerte en Near. Aquí, en los alrededores de la aldea, el viento siempre azota con fuerza, haciendo crujir las ventanas. Susurra, aúlla y canta. Puede torcer su voz y darle infinitas formas, tan largas y finas como para deslizarse debajo de la puerta, tan gruesas como para parecer de carne y hueso.

»El viento ya estaba aquí cuando tú naciste, cuando yo nací, cuando nuestra casa se construyó, cuando el Concejo se formó e incluso cuando la Bruja de Near vivió —relato con una sonrisa silenciosa, como lo hacía mi padre, porque *así* es como comienza la historia.

»Hace mucho mucho tiempo, la Bruja de Near vivía en una casa pequeña en el extremo más alejado de la aldea y solía cantarles a las colinas para hacerlas dormir.

Wren estira la manta más hacia arriba.

—Era muy joven y muy vieja, según hacia qué lado girara la cabeza, porque nadie sabe la edad de las brujas. Los arroyos del páramo eran su sangre, la hierba era su piel y su sonrisa era amable pero afilada a la vez, como la luna en la negra noche…

Generalmente, no llego al final de la historia. Muy pronto, Wren es un revoltijo de mantas y respiración tranquila, que se mueve en su sueño pesado. Las tres velas continúan ardiendo sobre la cómoda, inclinadas unas sobre otras, chorreando y formando un charco en la madera.

Wren le tiene miedo a la oscuridad. Yo solía dejar las velas encendidas toda la noche, pero se duerme muy rápido y, si se despierta, a menudo encuentra el camino, los ojos cerrados, hasta el dormitorio de nuestra madre. Ahora tiendo a permanecer despierta hasta que se queda dormida y luego apago las velas: no es necesario gastarlas ni incendiar la casa. Me bajo sigilosamente de la cama y apoyo los pies en el viejo suelo de madera.

Cuando me acerco a las velas, mis ojos descienden hacia los charcos de cera, salpicados de pequeñas huellas de dedos, donde a Wren le gusta ponerse de puntillas y hacer dibujos en los charcos mientras la cera está aún caliente. Deslizo mis dedos sobre ellas distraídamente cuando algo, un ligerísimo movimiento, hace que alce los ojos hacia la ventana. No hay nada allí. Afuera, la noche está calmada y manchada de hilos plateados de luz. El viento respira contra el cristal, con un zumbido trémulo que hace crujir el viejo marco de madera.

Las yemas de mis dedos suben de la cera hacia la repisa de la ventana y siento el aire a través de las paredes de la casa. Está soplando con más fuerza.

Cuando era pequeña, el viento me cantaba canciones de cuna. Rítmico, zumbón y agudo, llenaba el espacio que me rodeaba, de modo que aun cuando todo parecía estar en calma, no era así. Ese es el viento con el que he convivido.

Pero esta noche es diferente. Como si hubiera un nuevo hilo musical entretejido en el zumbido, más grave y triste que los demás. Nuestra casa se encuentra en el límite norte de Near y, más

11

allá del cristal envejecido, el páramo se extiende ondulante como un rollo de tela: interminables colinas cubiertas de vegetación silvestre, salpicadas de piedras y uno o dos ríos. No hay final a la vista y el mundo parece estar pintado en blanco y negro, diáfano y quieto. Unos pocos árboles brotan de la tierra, en medio de las piedras y de la maleza, pero aun con este viento todo está extrañamente estático. Pero yo juraría que he visto…

Algo se mueve de nuevo.

Esta vez, mis ojos están lo suficientemente atentos como para captarlo. Al final de nuestro jardín, en la línea invisible donde termina el pueblo y comienza el páramo, una figura se mueve contra la noche pintada. Una sombra se retuerce, da un paso adelante y queda iluminada por la luz de la luna.

Entrecierro los ojos y apoyo las manos contra el cristal frío. La figura es un cuerpo muy delgado, como si el viento estuviera tirando de él, como arrancándole jirones. La luz atraviesa el frente de la figura y, por encima de la tela y de la piel, se ve una garganta, una mandíbula, un pómulo.

No hay extraños en Near. He visto cada cara mil veces, pero nunca esta.

El ente permanece quieto y mira hacia un lado. Y, sin embargo, no parece estar *completo*. Hay algo en la manera en que la luna azul y blanca ilumina su rostro que me hace pensar que podría pasar los dedos a través de él. Su forma tiene los bordes borrosos, se funde con la noche como si se estuviera moviendo a gran velocidad. Pero debe ser el cristal envejecido, porque él está completamente quieto, la mirada perdida.

A mi lado, las velas titilan y, en el páramo, el viento sopla con más fuerza y el cuerpo del desconocido parece ondear, esfumarse. Sin darme cuenta, me encuentro apoyada contra la ventana, estirándome para abrir el pestillo, para hablar, para llamar a la figura cuando esta se mueve. Vuelve la cara hacia la casa, hacia la ventana, y hacia mí.

Se me corta la respiración cuando los ojos del extraño se encuentran con los míos. Ojos tan oscuros como las piedras de un río, y, sin embargo, brillantes, que absorben la luz de la luna. Ojos que se agrandan levemente cuando se posan en los míos, con una mirada larga y sin parpadeos. Y después, en un instante, el desconocido parece desintegrarse, sopla una intensa ráfaga de viento y los postigos se cierran de golpe contra el cristal.

El ruido despierta a Wren, que mascalla y despega su cuerpo medio dormido de las sábanas y se arrastra por la habitación iluminada por la luna. Ni siquiera me ve parada junto a la ventana, observando las tablas de madera que me separaron del extraño y del páramo. La oigo atravesar lentamente el umbral, abrir suavemente la puerta de nuestra madre y desaparecer en el interior. El dormitorio queda repentinamente en silencio. Abro la ventana, la madera se queja al arrastrarse sobre sí misma, y empujo los postigos.

El extraño ya se ha ido.

Siento que debería haber una marca en el aire en el lugar en donde se ha esfumado, pero no hay ningún rastro. Por más que mire con mucha atención, no veo más que árboles, rocas y colinas ondulantes.

Observo el paisaje vacío y parece imposible que lo haya visto, que haya visto a alguien. Después de todo, no hay extraños en Near. No los ha habido desde hace mucho tiempo, antes de que yo naciera, antes de que se construyera esta casa, antes del Concejo… Y ni siquiera parecía real, no parecía estar *ahí*. Me froto los ojos y descubro que estaba conteniendo la respiración.

Utilizo el aire para apagar las velas.

2

—Lexi.

La luz se cuela entre las sábanas. Estiro las mantas hacia arriba intentando reproducir la oscuridad, y mi mente vaga hacia la noche anterior, hacia las formas en sombras del páramo bañado por la luna.

—Lexi —me llama de nuevo la voz de mi madre, y esta vez penetra en el nido de mantas que me envuelven y se mete en la cama, junto con la luz de la mañana. El recuerdo nocturno parece desvanecerse.

Desde mi cueva, oigo el golpe de pisadas sobre la madera seguido de algo que vuela por el aire. Me agarro fuerte, permanezco completamente inmóvil mientras el cuerpo cae como una catapulta sobre la cama y unos deditos tamborilean sobre las mantas que me cubren.

—Lexi —dice una voz nueva, una versión más aguda que la de mi madre—. Levántate de una vez. —Sigo fingiendo dormir—. ¿Lexi?

Extiendo los brazos hacia arriba, busco a mi hermana entre las sábanas y la abrazo con fuerza.

—¡Te atrapé! —exclamo. Wren lanza un gritito juguetón, se retuerce hasta liberarse y yo aparto las mantas con esfuerzo. Mi cabello negro cae alrededor de mi rostro, ya puedo sentirlo. Los rizos trepan hacia arriba incontrolables cuando Wren se sienta en el borde de la cama y se ríe con su gorjeo tan característico. Su pelo es

14

rubio y completamente liso. Nunca abandona los lados de su cara, nunca se aleja de sus hombros. Hundo mis dedos en él, trato de alborotarlo, pero ella simplemente se ríe y sacude la cabeza, y el cabello se acomoda, otra vez alisado y perfecto.

Estos son nuestros rituales matutinos.

Wren se baja de un salto y se encamina hacia la cocina. Yo me levanto y me dirijo hacia la cómoda para buscar algo de ropa, cuando mis ojos se desvían bruscamente hacia la ventana y examinan el cristal y la mañana que se extiende del otro lado. A la luz del día, el páramo, con su maleza enmarañada y sus rocas dispersas, es suave y abierto. En la mañana gris, es un mundo diferente. No puedo evitar preguntarme si lo que vi anoche no fue más que un sueño. Si él no fue más que un sueño.

Acerco los dedos al cristal para evaluar el calor del día. Estamos en la última parte del verano, ese breve tiempo en que los días pueden ser agradables, hasta cálidos, o frescos y helados. El cristal está frío, pero las yemas de mis dedos solo dejan pequeñas aureolas en el vaho.

Me esfuerzo por desenroscar mi cabello de la frente y logro trenzarlo después de luchar con él.

—¡Lexi!—me llama otra vez mi madre. El pan debe estar listo.

Me pongo un vestido largo y sencillo, y me lo ajusto en la cintura. Lo que daría por tener pantalones. Estoy muy segura de que mi padre se habría enamorado de mi madre si ella hubiera usado pantalones y gorra de montar incluso después de haber cumplido dieciséis años, la edad de casarse. Mi edad. *La edad de casarse*, me burlo mientras miro desconsoladamente un par de zapatillas muy femeninas. Son verde claro, de suela finita y constituyen un pobre sustituto de las viejas botas de cuero de mi padre.

Observo mis pies desnudos, marcados por los kilómetros caminados a través del duro páramo. Preferiría quedarme aquí y distribuir el pan de mi madre, preferiría volverme vieja y torcida como Magda y Dreska Thorne que envolverme en faldas y zapatillas y casarme con un muchacho del pueblo como se espera que haga. Me calzo las zapatillas.

Estoy vestida, pero no puedo quitarme la sensación de que me estoy olvidando de algo. Me vuelvo hacia la pequeña mesa de madera que se halla junto a mi cama y exhalo: mis ojos caen sobre el cuchillo de mi padre, con su funda y su correa de cuero oscuro, el mango gastado en la empuñadura. Me encanta colocar mis dedos angostos en sus huellas. Es como si pudiera sentir su mano sobre la mía. Solía llevarlo todos los días hasta que las miradas de Otto se volvieron lo suficientemente densas, e incluso en ese entonces me arriesgaba a usarlo. Hoy debo sentirme audaz porque mis dedos se cierran alrededor del cuchillo y su peso me gusta. Me lo coloco alrededor de la cintura como si fuera un cinturón, la hoja oculta contra la parte inferior de la espalda, y vuelvo a sentirme segura, vestida.

—¡Vamos, Lexi! —grita mi madre, y me pregunto por qué está tan apurada, ya que las hogazas de la mañana van a estar frías antes de que yo las entregue a los clientes. Pero luego una segunda voz me llega a través de las paredes, un murmullo grave y tenso que se entrelaza con el tono más agudo de mi madre. Otto. El aroma del pan ligeramente quemado me recibe al entrar a la cocina.

—Buenos días —saludo enfrentando a los dos pares de ojos, unos claros y cansados, imperturbables; los otros oscuros y con el ceño fruncido. Los de mi tío son muy parecidos a los de mi padre (el mismo marrón intenso enmarcado por pestañas oscuras), pero, mientras que los ojos de mi padre siempre estaban bailando, los de Otto están rodeados de líneas, siempre inmóviles. Se encorva hacia adelante, sus anchos hombros cubriendo el café.

Atravieso la habitación y beso a mi madre en la mejilla.

—Ya era hora —comenta mi tío.

Wren entra saltando detrás de mí y rodea con sus brazos la cintura de Otto. Él se relaja durante un segundo y desliza la mano suavemente sobre su cabello. Luego ella desaparece, un trozo de tela deslizándose a través de la puerta. Otto vuelve su atención hacia mí como esperando una respuesta, una explicación.

—¿Por qué tanta prisa? —pregunto mientras los ojos de mi madre se desvían hacia mi cintura y a la correa de cuero contra mi vestido. Sin decir nada, se da la vuelta y se desliza hacia el horno. Los pies de mi madre raramente tocan el suelo. Ella no es guapa ni encantadora, excepto de esa forma en que todas las madres lo son para sus hijas, pero parece como si fluyera.

Estos también son rituales de las mañanas: darle un beso a mi madre; la presencia de Otto en nuestra cocina, tan habitual que podría dejar aquí su sombra; mirada severa mientras me echa un rápido vistazo y se detiene en el cuchillo de mi padre. Espero que haga algún comentario, pero no lo hace.

—Hoy has llegado temprano, Otto —señalo, alzando una taza y una rebanada de pan caliente.

—No lo suficiente —responde—. A estas alturas, todo el pueblo está despierto y comentando.

—¿Y a qué se debe? —pregunto sirviéndome té de una tetera que se encuentra junto al fogón.

Mi madre se vuelve hacia nosotros, las manos cubiertas de harina.

—Tenemos que ir al pueblo.

—Hay un extraño —refunfuña Otto dentro de la taza—. Llegó anoche.

Agito torpemente la tetera y casi me quemo las manos.

—¿Un extraño? —pregunto, recuperando la calma. De modo que no fue un sueño ni un fantasma: *realmente* había alguien abajo.

—Quiero saber qué está haciendo aquí —agrega mi tío.

—¿Aún está aquí? —inquiero, luchando para impedir que la curiosidad tiña mi voz. Bebo un sorbo de té y me quemo la boca. Otto asiente secamente y bebe el resto de su taza, y, antes de poder morderme la lengua, las preguntas escapan a borbotones de mi boca.

—¿De dónde viene? ¿Alguien ha hablado con él? ¿Dónde está ahora?

—Ya basta, Lexi. —Las palabras de Otto atraviesan el calor de la cocina—. Por ahora no son más que rumores, muchas voces hablando al mismo tiempo. —Va cambiando frente a mí, enderezándose, transformándose de mi tío a Protector del Pueblo, como si el título tuviera su propio peso y tamaño—. Todavía no sé con certeza quién es ni de dónde ha venido ni quién le ha ofrecido refugio —añade—. Pero estoy dispuesto a averiguarlo.

Así que alguien le ofreció refugio. Me muerdo el labio para reprimir la sonrisa. Apuesto a que sé quién está escondiendo al desconocido, lo que quiero saber es *por qué*. Deseando escapar de allí, bebo de un trago el té demasiado caliente y siento el ardor mientras desciende hasta mi estómago. Quiero ver si tengo razón. Y, si es así, quiero llegar antes que mi tío. Otto empuja la mesa y se pone de pie.

—Adelante —exclamo, esbozando una sonrisa inocente.

Otto lanza una risa áspera.

—Me parece que no. Hoy no.

—¿Por qué?

El ceño de Otto desciende sobre sus ojos.

—Yo sé lo que quieres, Lexi. Quieres ir a buscarlo por ti misma y no lo voy a permitir.

—¿Qué puedo decir? Soy hija de mi padre.

—Eso está claro como el agua —asiente sombríamente—. Ahora ve a prepararte. *Todos* iremos al pueblo.

—¿Acaso no estoy preparada? —pregunto alzando una ceja.

Otto se inclina lentamente sobre la mesa y sus ojos oscuros se ciernen sobre mí como si pudiera intimidarme con la mirada. Pero sus expresiones no son tan fuertes como las de mi madre o las mías, y no dicen ni de lejos tantas cosas. Lo observo con calma, esperando el último acto de nuestros rituales.

—Quítate ese cuchillo. Pareces una loca.

Lo ignoro, termino la tostada y me vuelvo hacia mi madre.

—Esperaré fuera hasta que estés lista. —La voz de Otto llena el espacio mientras me marcho—. Deberías educarla como es debido, Amelia —masculla.

—Tu hermano consideró conveniente enseñarle su oficio —responde mi madre mientras envuelve hogazas de pan.

—No es apropiado para una joven, Amelia, y, definitivamente, no para una de su edad, andar por ahí con cuestiones de varones... Y no creas que no he visto las botas. Es tan malo como andar descalza. ¿Ha estado en el pueblo recibiendo clases? Helena Drake sabe coser, cocinar y cuidar... —Puedo verlo pasándose los dedos por su pelo oscuro y luego, inmediatamente, por su barba, frotándose la cara como siempre hace cuando se siente frustrado.

No está bien. No es apropiado.

Justo cuando estaba comenzando a desconectarme de su conversación, Wren aparece inesperadamente a mi lado. Ella es como un pájaro: en un segundo sale volando y al siguiente se posa otra vez. Por suerte es ruidosa, de lo contrario sus apariciones repentinas serían aterrorizantes.

—¿A dónde vamos? —gorjea, colocando los brazos alrededor de mi cintura.

—Al pueblo.

—¿Para qué? —Me suelta el vestido y se inclina hacia atrás para observarme.

—Para venderte —respondo, tratando de no sonreír—. O tal vez regalarte.

Una sonrisa se dibuja en mi rostro.

—No creo que ese sea el motivo —comenta, el ceño fruncido.

Suspiro. La niña podrá parecer un atado de luz y alegría pero no se asusta tan fácilmente como debería para tener cinco años. Mira hacia arriba, más allá de mi cabeza, y yo hago lo mismo. Las nubes se están agrupando, reuniéndose como lo hacen todos los días. Como en un peregrinaje: así lo definía mi padre. Me libero de mi hermana y me alejo hacia la casa de Otto, y más allá de ella, hacia el pueblo, escondido tras las colinas. Quiero llegar lo antes posible y comprobar si es correcta mi corazonada sobre el desconocido.

—Vámonos —exclama mi tío, escoltado por mi madre. Otto mira por última vez el cuchillo que llevo en la cintura, pero se limita a gruñir y echa a andar por el camino. Sonrío y los sigo.

El pueblo tiene forma de círculo. No tiene ningún muro alrededor, pero todos parecen saber dónde termina y dónde comienza el campo. Murallas de piedra serpentean a través de Near, no más altas que mi cintura y semicubiertas por la maleza y la vegetación silvestre. Se extienden más allá de los grupos de cabañas dispersas entre las colinas y los campos desnudos, hasta que uno llega al centro del pueblo, donde las construcciones están unas casi pegadas a las otras. El centro de la aldea está lleno de costureras, carpinteros y aquellos que pueden realizar su trabajo uno al lado del otro. La mayoría de los habitantes viven cerca de la plaza. Nadie se aventura más allá si puede evitarlo, pero unas pocas cabañas, como la nuestra y la de las hermanas Thorne, se encuentran desperdigadas por los márgenes, enclavadas justo en el límite donde el pueblo se encuentra con el páramo. Dicen que solo las brujas y los cazadores viven por esos lares.

Muy pronto, el círculo de casas más denso brota frente a nosotros. Las construcciones, todas de piedra cortada, decoradas con madera y con techos de paja, están apiñadas unas junto a otras. Las casas más nuevas son más pálidas, las más viejas están oscurecidas por las tormentas y cubiertas de musgo y de maleza. Angostos y trajinados senderos corren entremedio, alrededor y a través de todo.

Puedo ver, aun a distancia, que el centro de Near está atestado de gente.

En un lugar tan pequeño, las noticias se esparcen como la hierba.

Cuando llegamos a la plaza, la mayoría de los aldeanos ya anda por ahí, cotilleando y quejándose por turnos. Mientras van llegando, se separan en grupos cada vez más pequeños. Me recuerdan a las nubes en orden inverso. Otto se aleja para quedar con Bo y con el resto de sus hombres, probablemente para repartir órdenes. Mi madre ve a algunas de las otras mujeres y las saluda con un gesto cansino. Suelta la mano de Wren y mi hermana desaparece revoloteando en medio de la multitud.

—Cuídala —me indica mientras se da la vuelta y se desliza hacia otro grupo que se encuentra al otro lado de la plaza.

Yo tengo otros planes, pero la protesta muere en mi garganta. Mi madre no suplica, simplemente me echa *esa* mirada. La mirada que dice: *Mi marido está muerto, mi cuñado es muy mandón y tengo muy poco tiempo para mí, y, a menos que quieras ser una carga para tu pobre madre, te comportarás como una buena hija y cuidarás a tu hermana.* Todo eso en una sola expresión. En algunas cuestiones, mi madre es una mujer poderosa. Asiento y salgo detrás de Wren, sintonizando los oídos con las voces, con todos los rumores que zumban y bullen a mi alrededor.

Wren pasa por delante de Otto y de Bo, que hablan en voz baja. Bo es un hombre estrecho con una ligera cojera, varios años más joven que mi tío. Su nariz es larga y su pelo oscuro se riza en la frente, pero se vuelve ralo por los lados, dando la impresión de que su cabeza es puntiaguda.

—...lo vi junto a mi casa —comenta Bo—. Suficientemente temprano como para que no estuviera muy oscuro, suficientemente tarde como para no poder confiar completamente en lo que veían mis ojos...

Wren se ha alejado bastante y Otto me mira mientras sacude la cabeza. Me doy media vuelta y me marcho, tomando nota de que Bo vive en el extremo oeste de la aldea, de modo que el desconocido debe haber rodeado Near en esa dirección. Al alcanzar a Wren, paso junto a dos familias que viven en la parte sur del pueblo. Disminuyo el paso, cuidando de no perder de vista a mi hermana.

—No, John, te juro que se erguía como un árbol sin hojas... —chilla una mujer mayor, estirando los brazos como un espantapájaros.

—Eres tonta, Berth. Yo lo vi y es viejo, muy viejo, parece un esqueleto.

—Es un fantasma.

—¡No existen los fantasmas! Es mitad hombre y mitad cuervo.

—¡Ajá! ¿Así que no existen los fantasmas pero sí los hombres que son mitad cuervos? Tú no lo viste.

—Lo vi, te lo juro.

—Debe haber sido un brujo —interviene una mujer más joven. El grupo se calla por un momento antes de que John continúe hablando enfáticamente, sin tener en cuenta el comentario.

—No, si fuera un cuervo, entonces sería un buen augurio. Los cuervos son buenos augurios.

—¡Los cuervos son malísimos augurios! Has perdido la razón, John. Sé que lo dije la semana pasada, pero estaba equivocada. Hoy realmente has perdido la cabeza…

Ya he perdido a Wren.

Echo una mirada a mi alrededor, y, finalmente, distingo un destello de cabello rubio desapareciendo en mitad de un círculo de niños. Me acerco al grupo y encuentro a mi hermana, una cabeza más baja que la mayoría, pero igual de ruidosa y doblemente rápida. Todos se agarran de las manos, preparados para jugar a un juego. Una niña un año mayor que Wren llamada Cecilia, puro hueso y desgarbada, con una falda del color del brezo, sujeta la mano de mi hermana. Cecilia tiene pecas que parecen manchitas de lodo diseminadas por toda la cara, que se desvanecen en los pómulos y debajo de sus rizos cobrizos. Balancea la pequeña mano de Wren de un lado a otro hasta que una silueta aparece trastabillando cerca de ellos, lanzando un débil sollozo.

Edgar Drake: un niño con una melena gruesa de color rubio casi blanco se halla sentado sobre la tierra frotándose las palmas de las manos.

—¿Te encuentras bien? —le pregunto, arrodillándome y examinando sus manos arañadas. Se muerde el labio y asiente con dificultad mientras le quito la tierra con los pulgares lo más suavemente posible. Tiene la edad de Wren, pero ella parece irrompible y él es un muestrario de rasguños de sus múltiples caídas. Su madre, la costurera de la aldea, ha emparchado su ropa tantas veces como lo ha emparchado a él. Edgar continúa observando sus dedos con tristeza.

—¿Qué hace Helena para que te sientas mejor? —le pregunto con una sonrisa. Helena es mi mejor amiga y su hermana mayor, y ella lo consiente constantemente.

—Les da besos —murmura, sin dejar de morderse el labio. Deposito un beso ligero en cada mano mientras me pregunto qué pasaría si yo la mimara a Wren de esta manera, ¿sería tan frágil, se impresionaría tanto por un corte o un rasguño? Justo en ese momento ella lanza una risa estridente y nos llama.

—¡Edgar, date prisa! —grita balanceándose sobre las puntas de los pies mientras espera que comience el juego. Ayudo al niño a levantarse y él corre hacia sus amigos, casi tropezándose a mitad de camino. Niñito torpe. Llega al círculo, se coloca junto a Wren y le aprieta la mano derecha, golpeándole el hombro con el suyo.

Me quedo mirando el juego, que va tomando forma. Es el mismo al que yo solía jugar, Tyler a un lado, Helena al otro, poniéndonos en círculo y girando al compás de la música. Comienza con una canción, *La Ronda de la Bruja*. La canción existe desde la época de los cuentos infantiles de la Bruja de Near, y estos existen, al parecer, desde que se creó el páramo. La tonada es aterradoramente pegadiza, tanto es así que parece que el propio viento ha adoptado la costumbre de tararearla. Los niños se agarran de las manos y comienzan a moverse en un lento círculo mientras cantan.

El viento en el páramo está cantándome a mí.
La hierba, las rocas y el mar alejado de aquí.
Los cuervos observan desde la muralla de piedra.
Las flores crecen tan altas como la hiedra.
Al jardín nosotros los niños íbamos cada día
a escuchar a la bruja cantar su melodía.

Los chicos cantan más rápido a medida que se mueven con mayor velocidad. El juego siempre me recuerda la manera en que el viento agita las hojas secas, haciéndolas girar en círculos apretados y vertiginosos.

Ella habló con la tierra y la tierra se rajó.
Habló con el viento y este le respondió.
Habló con el río y el río se arremolinó.
Habló con el fuego y el fuego se avivó.
Pero el pequeño Jack prestó mucha atención
y escuchó muy de cerca su canción.

Más rápido.

Seis flores había en el lecho del niño.
La casa ardió y la bruja huyó.
Echada, desterrada del páramo,
la Bruja de Near, ahora ya no...

Y más rápido todavía.

La bruja aún les canta a las colinas para hacerlas dormir.
Su voz es profunda y sus gritos resuenan.
Debajo de la puerta los sonidos escapan.
A través de los cristals las palabras se arrastran.
La Bruja de Near está cantándome a mí.

La canción vuelve a comenzar.

El viento en el páramo está cantándome mí...

Las palabras giran sobre sí mismas hasta que finalmente los niños caen, cansados y riendo. El ganador es el último que queda de pie. Wren consigue mantenerse más tiempo que la mayoría, pero, finalmente, hasta ella se desploma en la tierra, jadeando y sonriendo. Los niños se levantan vacilantes y se preparan para jugar otra vez mientras mi mente da vueltas lentamente alrededor del misterioso desconocido, con esos ojos que parecían absorber la luz de la luna y su contorno difuso.

¿Quién es? ¿Qué hace aquí? Y más débilmente dentro de mi cabeza: ¿Cómo desapareció? ¿Cómo se desintegró *de esa manera*?

Vigilo a Wren mientras merodeo alrededor de las conversaciones. Varias personas aseguran haber visto la difusa silueta, pero no les creo a todas. Acepto que pasó por la casa de Bo hacia el oeste y por mi casa hacia el norte. Parece haber caminado la línea invisible que separa a Near del páramo, aunque no sé cómo reconoció el límite.

La risa de los niños es reemplazada por una voz familiar y, al darme la vuelta, me encuentro con Helena sentada en una de las murallas bajas que se van estrechando alrededor del borde de la plaza. Está rodeada por un grupo abigarrado de hombres y mujeres, tal vez los únicos aldeanos de la plaza que no están hablando. De hecho, se hallan todos en silencio y Helena es el objeto de su atención. Me mira y me guiña el ojo antes de volver a su público.

—Yo lo vi —afirma—. Estaba oscuro, pero sé que era él.

Se quita un lazo del pelo y lo enrolla alrededor de su muñeca dejando que los mechones rubios casi blancos, del mismo color que el pelo de Edgar, caigan sobre sus hombros. Helena, que nunca consigue ser suficientemente llamativa, suficientemente osada, está ahora inundada por el sol y absorbiendo cada gota de atención que recibe.

Frunzo el ceño. No está mintiendo. Sus pálidas mejillas siempre se sonrojan ante el menor atisbo de mentira, pero estas palabras brotan fluidas y seguras, con las mejillas de su rosa habitual.

—Era alto, delgado, de pelo muy muy oscuro que caía a los lados de su cara.

26

La multitud murmura de forma conjunta y el sonido va aumentando a medida que la gente se aparta de otros grupos. A través de la plaza, se propaga el rumor de que alguien ha podido haber visto al desconocido. Me abro paso entre la gente hasta que llego a su lado mientras las preguntas bullen a nuestro alrededor. Le aprieto el brazo.

—¡Aquí estás! —exclama, atrayéndome hacia ella.

—¿Qué sucede? —inquiero, pero mi pregunta queda ahogada por otras diez.

—¿Te habló?

—¿Hacia dónde se dirigía?

—¿Era alto?

—Dejadla respirar —indico divisando a mi tío por encima de sus cabezas, al otro lado de la plaza. Ha visto la multitud que se va congregando alrededor de Helena y viene hacia nosotras para investigar—. Dejadla respirar un momento. —Y la llevo aparte.

—¿Realmente lo viste? —susurro a su oído.

—¡Claro que sí! —me responde—. Y Lexi, era maravilloso. Y extraño. ¡Y joven! Ojalá tú también hubieras podido verlo.

—Ojalá —murmuro. Hay demasiadas voces hablando alegremente del desconocido y demasiados ojos buscándolo. No voy a añadir los míos. Todavía no.

El grupo que nos rodea ha crecido y las preguntas se intensifican. Otto cruza la plaza.

—Cuéntanos, Helena.

—Cuéntanos lo que viste.

—Cuéntanos dónde está —dice una voz masculina con un tono que sugiere algo más serio que la curiosidad: Bo.

Helena se vuelve hacia su audiencia para responder, pero la sujeto del brazo y la atraigo hacia mí, un poco enérgicamente.

—¡Lexi! —susurra tras un leve quejido—. Tranquila.

—Hel, es importante. ¿Sabes dónde se encuentra ahora?

—Por supuesto —responde, los ojos brillantes—. ¿Tú no? Lexi, la gran rastreadora... seguramente lo has deducido.

Otto está detrás de la muchedumbre, tocando el hombro de Bo, que le susurra algo al oído.

—Helena Drake —exclama Otto por encima de todos—. Necesito hablar contigo.

Mi amiga se baja de un salto de la pared y mis dedos se cierran alrededor de su brazo.

—No se lo cuentes.

—¿Por qué se supone que no debería hacerlo? —pregunta mirándome por encima del hombro.

—Ya conoces a mi tío. Lo único que quiere es que el desconocido desaparezca. —Que desaparezca y que todo vuelva a ser como antes, seguro e igual. Helena arquea sus pálidas cejas—. Dame algo de ventaja. Solo eso. Para advertirle.

La muchedumbre se abre para dejar paso a mi tío.

—Buenos días, señor Harris —saluda Helena.

Al otro lado de la plaza suena una campanada, seguida de otra, menos fuerte, y una tercera, aún más suave que la anterior. El Concejo. Otto se detiene y desvía la mirada hacia el tañido. Tres hombres tan viejos como la Tierra se encuentran en la puerta de una de las casas, quietos en los escalones para que los vean: el Maestro Eli, el Maestro Tomas y el Maestro Matthew. Sus voces están ajadas por la edad, y, por esa razón, en vez de gritar, utilizan las campanadas para reunir a la muchedumbre. En realidad, lo único que hacen es envejecer. El Concejo comenzó con los tres hombres que enfrentaron a la Bruja de Near y la desterraron. Pero estos hombres esqueléticos en los escalones son el Concejo solo por el título, los herederos del poder. Aun así, hay algo en sus ojos, algo frío y astuto, que hace que los niños susurren y los adultos bajen la mirada.

Diligentemente, la gente se abre camino hacia los ancianos. Mi tío frunce el ceño, indeciso entre cuestionar a Helena o seguir a la multitud. Lanza un resoplido, da media vuelta, y atraviesa la plaza. Helena me echa una última mirada y sale balanceándose detrás de él.

Esta es mi única oportunidad.

Me escabullo por la muralla, lejos de mi tío y del grupo de aldeanos. Al abandonar la plaza, diviso a Wren con los otros niños. Ahora, mi madre se halla junto a ella. Otto se acerca todo lo posible a los tres ancianos, con su cara de Protector. No me echarán en falta.

—Como ya han oído —comienza a hablar el Maestro Tomas desde arriba de la multitud, que se ha ido quedando en silencio. Le saca una cabeza incluso a Otto y su voz, aunque estropeada, tiene una capacidad notable para propagarse—. Hay un extraño entre nosotros...

Me meto entre dos casas y elijo un sendero que lleva hacia el este.

Helena tiene razón: sé dónde se encuentra el desconocido.

Cuando llegamos a la plaza, casi todo el mundo estaba reunido allí, excepto dos personas. Y no es que les entusiasme hacerse ver en público, pero la presencia de un extraño debería haber bastado para atraer a las hermanas Thorne al pueblo. A menos que ellas sean quienes lo ocultan.

Serpenteo por las calles angostas en dirección este, hasta que se apagan los sonidos de la aldea y el viento comienza a soplar con más fuerza.

3

Mi padre me enseñó muchas cosas sobre las brujas.

Pueden invocar a la lluvia o convocar a las piedras, pueden hacer que el fuego salte y baile, pueden hacer que la tierra se mueva, pueden controlar los elementos… como Magda y Dreska. Una vez les pregunté qué eran y ellas respondieron: «Viejas. Viejas como las piedras». Pero esa no es toda la historia. Las Thorne son brujas, de pies a cabeza. Y, por aquí, las brujas no son muy queridas.

Me encamino hacia la casa de las hermanas. El sendero debajo de mis zapatos es angosto y borroso, pero nunca desaparece por completo, a pesar de que muy pocos lo transitan. Las pisadas han ido desgastando la tierra. La cabaña está enclavada detrás de un bosquecillo y encima de una colina. Yo sé cuántos pasos tengo que dar para llegar hasta su casa, tanto desde la mía como desde el centro de Near. Conozco todas las clases de flores que crecen a lo largo del camino, cada subida y bajada del terreno.

Mi padre solía llevarme allí.

E incluso ahora que él ya no está, vengo por esta zona. Atraída por su extraño encanto, he estado muchas veces en su cabaña, para observarlas juntar hierbas, lanzarles alguna pregunta o saludarlas alegremente. Los demás habitantes de la aldea ignoran a las hermanas, actúan como si no existieran, y les sale bastante bien eso de olvidarse de ellas. Pero, para mí, ellas son como la fuerza de la gravedad, con su extraña atracción y, cada vez que no tengo a dónde ir, mis pies me llevan hacia su casa. Es la misma gravedad que sentí anoche junto a la ventana, que me atraía hacia el páramo y hacia el desconocido. Una especie de fuerza que no comprendo del todo. Pero mi padre me enseñó a confiar en ella tanto como en mis ojos, de modo que eso es lo que hago.

Recuerdo la primera vez que me llevó a ver a las hermanas. Debía tener unos ocho años, era mayor que Wren. Toda la casa olía a tierra densa, pesada y fría. Recuerdo los penetrantes ojos verdes de Dreska y a Magda con su sonrisa torcida, su espalda torcida y su todo torcido. Nunca más me dejaron entrar desde que él murió.

Al adentrarse en el bosquecillo, los árboles se yerguen sigilosamente sobre mí.

Me detengo al darme cuenta de inmediato de que no estoy sola. Algo respira y se mueve justo donde acaba mi vista. Contengo el aliento y dejo que la brisa, el silencio y el susurro del páramo se fundan con el sonido ambiente. Aguzo el oído, esperando que algún sonido emerja del mar de suspiros; y aguzo la vista, esperando que algo se mueva.

Mi padre me enseñó a rastrear, a descifrar el suelo y los árboles. Me enseñó que todo tiene un lenguaje y que, si conocía ese lenguaje, podía hacer que el mundo hablara. «La hierba y la tierra encierran secretos», decía. «El viento y el agua transportan historias y advertencias». Todos saben que las brujas nacen y no se hacen, pero, de niña, yo solía pensar que él había encontrado la manera de hacer trampa, de convencer al mundo de que trabajara para él.

Algo se mueve entre la arboleda a mi derecha.

Cuando me giro, un conjunto de ramas se separa de un tronco. No son ramas, descubro, sino cuernos. Un ciervo se desliza entre los árboles con patas que parecen zancos. Suspiro y regreso al sendero cuando una sombra se retuerce en lo profundo del bosque.

Un destello de tela oscura.

Parpadeo y ya no está, pero podría jurar que lo he visto. El vistazo fugaz de una capa gris entre los árboles.

Un chasquido estridente suena detrás de mí. Pego un salto, me doy la vuelta y me topo con Magda, pequeña, encorvada y mirándome fijamente. Su ojo izquierdo es azul claro, pero su ojo derecho parece hecho de algo oscuro y sólido como la madera podrida, y su mirada de dos tonos se encuentra a centímetros de mi cara. Exhalo una bocanada de aire que no sabía que estaba conteniendo mientras la vieja sacude la cabeza, el cabello plateado y la piel marchita. Suelta una risita y los dedos torcidos se curvan alrededor de su cesta.

—Podrás ser buena rastreando, queridita, pero te sobresaltas como un conejo. —Me da un golpecito con un dedo largo y huesudo—. No, no eres muy buena cuando te rastrean a ti.

Echo una mirada hacia atrás pero la sombra ya no está.

—Hola, Magda —la saludo—. Iba a verte ahora.

—Eso había imaginado —señala, guiñando el ojo sano. Por un segundo, solo me observa su ojo oscuro y me estremezco.

»Vamos entonces. —Y echa a andar por el bosquecillo, hacia la colina y hacia su casa—. Beberemos té.

En tres años, nunca me habían invitado a entrar.

Magda me guía en silencio hacia la cabaña mientras las nubes se van oscureciendo encima de nosotras. La marcha es lenta porque tres de sus pasos equivalen a uno mío. El viento sopla y mi cabello se escapa de la trenza, se enrosca con actitud desafiante alrededor de mi cara y cuello mientras Magda camina bamboleándose a mi lado.

Le saco por lo menos una cabeza, pero imagino que ella debe ser por lo menos una cabeza más baja de lo que fue alguna vez, de modo que resulta injusto comparar nuestras alturas. Se mueve más como una hoja llevada por el viento que como una anciana, rebotando por el suelo y cambiando de dirección a medida que trepamos la colina hacia la casa que comparte con su hermana.

Al haberme criado en Near, he escuchado decenas de historias sobre brujas. Mi padre odiaba esos cuentos y me decía que los inventaba el Concejo para asustar a la gente.

«El miedo es raro», solía decir. «Tiene el poder de hacer que la gente cierre los ojos y mire para otro lado. Del miedo no sale nada bueno».

La cabaña nos está esperando, tan retorcida como las dos mujeres para las que fue construida: las vigas de la estructura inclinadas hacia el lado, el techo en un ángulo completamente distinto. Ninguna de las piedras apiladas parecen estar a gusto ni bien acomodadas como las del centro del pueblo. Esta casa es tan vieja como Near y ha ido combándose a través de los siglos. Se encuentra en el límite este de la aldea, rodeada de un lado por una baja muralla de piedra y del otro por un cobertizo destartalado. Entre la muralla de piedra y la casa hay dos áreas rectangulares. Una es una pequeña franja de tierra que Magda considera su jardín y la otra no es más que un pedazo de suelo desnudo donde nada parece crecer. Es probable que sea el único lugar de Near que no está invadido por la maleza. No me gusta el segundo terreno. No parece natural. Más allá de la cabaña, el páramo se adueña del lugar como sucede al norte de mi casa. No hay nada más que colinas onduladas y árboles desperdigados.

—¿Entras? —pregunta Magda desde la puerta.

En el cielo, las nubes se han agrupado y oscurecido.

Mi pie vacila en el umbral. Pero ¿por qué? No tengo ningún motivo para temer a las hermanas Thorne o a su hogar.

Respiro profundamente y cruzo la puerta.

Sigue oliendo a tierra densa, pesada y segura. Eso no ha cambiado. Pero ahora la habitación parece más oscura que cuando estaba aquí con mi padre. Pueden ser los nubarrones y la proximidad del otoño, o el hecho de que su figura imponente no esté a mi lado, iluminando la habitación con su sonrisa. Reprimo un escalofrío mientras Magda apoya la cesta sobre una larga mesa de madera y lanza un profundo suspiro.

—Siéntate, queridita, siéntate —dice agitando la mano hacia una de las sillas, y me acomodo en ella.

Magda camina a trompicones hasta el fogón, donde la leña espera apilada, y me echa una mirada fugaz por encima del hombro. Luego levanta los dedos muy lentamente por el aire. Me inclino hacia adelante, preguntándome si me permitirá ver sus habilidades, si conseguirá que las ramitas se rocen o que, de alguna manera, burbujas suban gorgoteando desde el fogón. Las hermanas no se dedican a hacer demostraciones, así que lo único que tengo son unas pocas miradas disimuladas cuando el suelo ondea o las piedras se mueven, la extraña atracción que siento cuando estoy cerca y el miedo de los aldeanos.

La mano de Magda se alza por encima del fogón hasta la repisa, donde sus dedos se cierran alrededor de una ramita larga y delgada. Una simple cerilla. Se me cae el alma a los pies y me hundo otra vez en mi asiento mientras ella prende la cerilla contra la piedra del fogón y enciende el fuego. Luego se vuelve hacia mí.

—¿Qué te pasa, queridita? —Algo resplandece en sus ojos—. Pareces decepcionada.

—Nada —respondo enderezándome y entrelazando las manos debajo de la mesa. El fuego chisporrotea súbitamente debajo de la tetera y Magda regresa a la mesa y a la canasta que está encima. De ella, saca terrones de tierra, algunas flores del páramo, maleza, semillas y una o dos piedras que ha encontrado por ahí. Magda colecciona diariamente fragmentos del mundo. Imagino que son para los amuletos, sus pequeñas artesanías. De vez en cuando, una pieza de las hermanas encontrará la manera de llegar hasta el bolsillo de un aldeano o colgarse alrededor de su cuello, aunque afirmen no creer en ellos. Juro que vi un amuleto cosido en la falda del vestido de Helena, probablemente para atraer la atención de Tyler Ward. Por mí, puede quedarse con él.

Más allá de la extraña colección de la mesa, la casa de las hermanas Thorne es notablemente normal. Si le contara a Wren que he estado aquí, dentro de la casa de una bruja, ella querría saber cómo era todo de raro, y sería una pena decepcionarla.

—Magda —comienzo a decir—, vine aquí porque quería preguntarte...

—El té todavía no está hirviendo, y soy muy vieja como para hablar y estar de pie al mismo tiempo. Dame un momento.

Me muerdo el labio y espero lo más pacientemente que puedo mientras Magda anda cojeando por la habitación en busca de tazas. La brisa comienza a raspar y a silbar contra los cristales de las ventanas, las nubes son cada vez más densas y la tetera hierve.

—No te preocupes por eso, queridita, es solo el páramo que siempre está hablando —señala Magda al notar que mis ojos se desvían hacia la ventana. Vierte el agua a través de una vieja malla metálica, que no logra contener las hebras, y dentro de pesadas tazas. Finalmente, se sienta.

—¿Es cierto que el páramo habla? —pregunto mientras observo cómo se va oscureciendo el té dentro de la taza.

—No como nosotras, tú y yo. No con palabras. Pero sí tiene sus secretos. —*Secretos*, mi padre decía exactamente lo mismo.

—¿Cómo suena? ¿Cómo es? —pregunto, casi para mí misma—. Imagino que debe dar la sensación de que es más y no menos. Ojalá pudiera…

—Lexi Harris, podrías comer tierra todo el día y cubrirte con la maleza, y aun así no estarías más cerca de nada de eso de lo que ya lo estás.

La voz pertenece a Dreska Thorne. Al principio, la inminente tormenta se mantenía en el exterior pero, sin que me diera cuenta, la puerta se había abierto de golpe por la fuerza del viento y la había depositado en el umbral.

Dreska es tan vieja como su hermana, tal vez un poco más. El hecho de que las hermanas Thorne todavía estén de pie, aunque sea a duras penas, es una señal segura de su destreza. Existen desde la época del Concejo, y no solo del de Tomas, Matthew y Eli, sino el de sus ancestros, el *verdadero* Concejo. Desde la época de la Bruja de Near, desde que se fundó el pueblo, hace cientos de años. Imagino que veo pequeñas partes de ellas que se van desintegrando, pero, cuando vuelvo a mirar, están todas en el mismo lugar.

Dreska masculla para sí misma mientras se apoya contra la puerta y, finalmente, logra cerrarla antes de volverse hacia nosotras. Cuando sus ojos se posan sobre mí, me estremezco. Magda es redonda y Dreska es angulosa. Una es una bola. La otra, una bola con puntas. Hasta el bastón de Dreska es afilado. Parece tallado de la roca y, cuando está enfadada o molesta, sus rasgos parecen volverse todavía más afilados. Mientras que uno de los ojos de Magda es oscuro como la madera o la piedra podrida, los dos ojos de Dreska son intensamente verdes, del color del musgo en la roca. Y ahora ambos están clavados sobre mí. Trago con fuerza.

Ya me senté una vez en esta misma silla mientras mi padre apoyaba suavemente sus dedos sobre mi hombro y hablaba con las hermanas, y Dreska lo miraba con algo parecido a la bondad, a la dulzura. Lo recuerdo muy claramente porque nunca más la volví a ver mirar a nadie de esa manera.

Fuera de la casa comienza a llover, gruesas gotas golpean contra la piedra.

—Dreska tiene razón, queridita. —Magda rasga el silencio mientras coloca con la cuchara tres terrones de azúcar amarronada en su taza de té. No lo revuelve, deja que se hundan hasta el fondo y formen una película granulada—. Se nace como se nace. Y tú naciste así.

Las manos agrietadas de Magda se acercan a mi mentón.

—Que no puedas hacer que el agua corra hacia atrás o que los árboles se arranquen a sí mismos de raíz…

—Una habilidad que muchos no ven con demasiado cariño —interviene Dreska.

—…no quiere decir que no formes parte de este lugar —concluye Magda—. Todas las almas nacidas en el páramo llevan al páramo dentro de ellas. —Echa una mirada a su taza, el ojo sano se desenfoca sobre el agua oscura—. Es lo que hace que el viento agite algo dentro de nosotras cuando sopla. Es lo que nos retiene aquí, siempre cerca del hogar.

—Y hablando de hogar, ¿qué haces en el nuestro? —pregunta Dreska con tono severo.

—Venía a vernos —responde Magda, con la mirada aún fija en el té—. Yo la invité a entrar.

—¿Por qué… —inquiere Dreska prolongando la última palabra— …harías algo así?

—Me pareció una idea sensata —contesta Magda, lanzándole a su hermana una mirada penetrante.

Ninguna habla.

Yo me aclaro la garganta.

Las dos hermanas me miran.

—Bueno, ahora estás aquí —comenta Dreska—. ¿Qué te ha traído en esta dirección?

—Quería preguntarles —respondo finalmente— sobre el extraño.

Los sagaces ojos verdes de Dreska se entrecierran, agudos en medio de su nido de arrugas. Las piedras de la casa parecen rechinar unas contra otras. La lluvia azota las ventanas mientras las hermanas mantienen una conversación compuesta enteramente de cabeceos, miradas y jadeos. Algunas personas dicen que los hermanos poseen un lenguaje propio, y yo creo que eso es cierto en el caso de Magda y Dreska. Además del idioma que tenemos en común, ellas hablan la lengua de las Hermanas y del Páramo, y vaya uno a saber cuántas lenguas más. Unos segundos después, Magda suspira y se pone de pie.

—¿Qué pasa con el extraño? —pregunta Dreska, golpeando el suelo de madera con el bastón. En el exterior, la lluvia cae en tandas, cada una más fina que la anterior. Pronto cesará—. No sabemos nada de él.

La lluvia se transforma en llovizna.

—¿No le han ofrecido refugio? —pregunto.

Las hermanas permanecen rígidas y mudas.

—No quiero hacerle daño —comento con rapidez—. Solo quiero verlo, hablar con él. Nunca he conocido a un extraño. Solo quiero comprobar que es real y preguntarle... —¿Cómo explicarlo?—. Solo quiero saber si está aquí, por favor.

Nada.

Me obligo a enderezarme en la silla, la cabeza en alto.

—Lo vi anoche, por la ventana. Bo Pike asegura haberlo visto primero, en el extremo occidental, y nosotros estamos justo hacia el norte. El extraño parece conocer la línea que marca el límite de la aldea. Parecería haberla recorrido hacia el este. —Golpeo la mesa con el dedo índice—. Hacia aquí.

Las hermanas deberían haberle dado refugio. Tienen que haber sido ellas. Pero, aun así, no dicen nada. Sus ojos no dicen nada. Sus rostros no dicen nada. Es como si estuviera hablando con estatuas.

—No os vimos esta mañana —señalo.

—Somos reservadas —comenta Magda después de un parpadeo.

—Pero sois las únicas que pueden haberlo ocultado...

Dreska se enciende de golpe.

—Es mejor que regreses a tu casa —exclama bruscamente—, ahora que el tiempo se ha calmado un poco.

Miro hacia la ventana: la tormenta ha terminado y ha dejado el cielo gris y seco. El aire de la habitación resulta denso, como si el espacio se estuviera encogiendo. Las miradas de las hermanas son cautelosas, más duras que antes. Hasta los labios de Magda están apretados en una línea fina. Me pongo de pie. No he tocado mi taza.

—Gracias por el té, Magda —digo dirigiéndome a la puerta—. Siento las molestias.

La puerta se cierra con firmeza detrás de mí.

En el exterior, el mundo no es más que lodo y charcos, y deseo haber podido cambiar estas tontas zapatillas por mis botas de cuero. No doy más que dos pasos y mis pies ya están empapados. Sobre mi cabeza, el cielo ya está empezando a abrirse, las nubes se están retirando.

Miro al oeste, hacia la aldea.

Cuando tenía la edad de Wren, le pregunté a mi padre por qué las hermanas vivían tan lejos. Él respondió que, para la gente de Near, algo era todo bueno o todo malo. Me dijo que las brujas eran como las personas, que había de todas las formas y tamaños, y que podían ser buenas, malas, tontas o inteligentes. Pero después de la Bruja de Near, a la gente del pueblo se le metió en la cabeza que todas las brujas eran malas.

Las brujas permanecen lejos porque los aldeanos les temen. Pero lo importante es que *siguen aquí*. Cuando le pregunté a mi padre por qué, sonrió con una de esas sonrisas suaves y secretas, y respondió:

—Este es su hogar, Lexi. No le darán la espalda, aunque él les haya dado la espalda a ellas.

Echo una última mirada a la colina de las hermanas y me marcho. Están protegiendo al forastero. Lo sé.

Al dirigirme al sendero trajinado, paso por delante del cobertizo que está situado al norte de la cabaña.

Si las hermanas lo están ocultando, tiene que existir una razón...

Se me corta la respiración.

En el cobertizo, hay una capa gris oscuro colgando de un clavo, los bordes más oscuros que el resto, como si la tela se hubiera chamuscado. El páramo está inusualmente quieto después de la lluvia y, de pronto, soy muy consciente de mis pasos, del sonido que producen en la tierra mojada al aproximarme al cobertizo. La estructura parece estar perdiendo lentamente una guerra contra la fuerza de gravedad. Es un conjunto de vigas de madera clavadas en la tierra, que soportan un techo desastroso. El páramo crece entre los listones de madera, la maleza se adueña de todo, ayudando tanto a mantener el cobertizo en pie como a derrumbarlo. Hay una puerta junto a la capa, pero sin manilla. Los tablones de madera curvada tienen espacios entre medio y me inclino y apoyo el ojo en una de las estrechas aberturas. El sombrío interior está vacío.

Retrocedo, suspiro y me muerdo el labio. Y luego, desde el otro lado del cobertizo, la escucho... una suave exhalación. Sonrío y me deslizo silenciosamente hacia el sonido, doblando las rodillas y suplicándole a la tierra que absorba mis pasos sin delatarme. Rodeo la esquina y no veo a nadie. Ni siquiera huellas de pisadas en la hierba.

Lanzo una exasperada exhalación y, con paso fuerte, rodeo nuevamente el cobertizo. Conozco los sonidos que hace normalmente la gente y sé que alguien estuvo aquí. Lo escuché respirar y vi la...

Pero el clavo está desnudo y la capa ha desaparecido.

4

De vuelta a casa apuro el paso, frustrada y helada de chapotear por la hierba mojada. Mis zapatillas están asquerosas. El sendero se bifurca, una línea angosta se dirige al pueblo, la otra lo rodea y va hacia mi casa. Doblo por ella, me quito el calzado empapado y camino descalza por el sendero. El lodo me cubre los pies, los tobillos, trepa por mis pantorrillas y pienso en la lengua mordaz de Dreska diciéndome que, aunque comiera tierra, no lograría estar más cerca del páramo. Creo que cubrirme de lodo tampoco me ayudaría mucho.

Finalmente, la casa de Otto aparece ante mi vista y, justo detrás de ella, la nuestra. El páramo comienza más allá de nuestro jardín, ondeando como una capa al viento. A un lado de la casa hay una pila de leña y, del otro, una pequeña huerta de vegetales, terrones de verde entremezclados con rojos y anaranjados. La huerta pertenece a Wren más que a mí. Pocas cosas crecen en el suelo del páramo, pero ella demuestra una rara veta de amor y delicadeza cuando se ocupa de ellas. Como no podía ser de otra manera, allí es donde se encuentra ahora, encaramada sobre una piedra justo fuera del área delimitada, arrancando cuidadosamente una mala hierba de la tierra.

—¡Has vuelto! —exclama cuando me acerco.

—Por supuesto. ¿Dónde están todos? —Mi huida de la plaza no fue precisamente sutil y mi tío, seguramente, tendrá algo que decirme.

—Wren —la voz de mi madre sale volando de la casa como el humo y, un minuto después, se encuentra junto a la puerta, el hermoso cabello oscuro enroscándose en mechones alrededor de su rostro.

Wren baja de un salto de la piedra y va trotando hacia ella. Los ojos de mi madre se encuentran con los míos.

—Lexi —pregunta—, ¿a dónde te fuiste tan apurada? —Su boca curvada hacia abajo lo confirma: es indudable que Otto querrá hablar conmigo.

—Helena había olvidado en su casa algo para mí —respondo, la mentira brota de mi boca solo un segundo después de inventarla—. Estaba tan abrumada por su público, que me pidió que fuera a buscarlo yo misma. —Hurgo en mis bolsillos buscando la prueba, pero están vacíos, de modo que ruego que mi madre no me pida una evidencia de lo dicho. No lo hace, solo lanza un leve resoplido y regresa rápidamente al interior de la casa.

Echo de menos a mi madre. Echo de menos a la mujer que era antes de que mi padre muriera, la que se mantenía erguida y orgullosa y observaba al mundo con feroces ojos azules. Pero existen algunos raros momentos en que resulta práctico que se haya vuelto una sombra, un fantasma de lo que alguna vez fue: los fantasmas hacen menos preguntas.

Me alejo con rapidez de la casa. Estoy perdiendo la ventaja. Pronto Otto descubrirá dónde se encuentra el desconocido, si es que ya no lo sabe. Si quiero encontrarlo, es fundamental que lo pille desprevenido. Pero ¿cómo? Me aliso el pelo hacia atrás y levanto los ojos al cielo. El sol aún está alto y la pila de leña está baja, y siento la necesidad de ponerme en movimiento. Aparto las estropeadas zapatillas, me pongo las botas y camino con ganas en busca de leña.

El hacha cae sobre la madera con un chasquido. Mi vestido está sucio y las botas están cubiertas de lodo por atravesar el campo después de la lluvia. Eran de mi padre: cuero marrón oscuro con hebillas viejas, suaves, fuertes y abrigadas, el interior desgastado para acomodarse a sus pies. Tengo que rellenar las puntas con calcetines para que no se me salgan, pero vale la pena. Me siento mejor cuando las uso. Y quedan mejor de esta manera, recién manchadas. No puedo imaginarlas limpias y dentro del armario.

Permanecer sentada y quieta no es una habilidad que yo posea. Nunca pude dejar de moverme, pero el tema ha empeorado en los últimos tres años.

Una gota de sudor se desliza por mi cara y se enfría al instante con el aire del final de la tarde. Coloco otra rama encima de un viejo tronco de árbol que se encuentra entre la casa de Otto y la nuestra, levanto el hacha y la bajo otra vez.

Eso me hace sentir bien.

Mi padre me enseñó a cortar leña. Una vez le pregunté si hubiera deseado tener un hijo varón y respondió: «¿Por qué? Si tengo una hija igual de fuerte». Y uno no lo imaginaría a juzgar por mi estructura tan estrecha, pero lo soy.

El hacha cae.

—¡Lexi! —ruge una voz profunda a mis espaldas.

Apoyo el hacha en el tocón y comienzo a recoger la leña.

—¿Sí, tío Otto?

—¿Qué se supone que estás haciendo?

—Cortando madera —respondo, la voz en esa delgada línea entre la naturalidad y la grosería.

—Es mejor que dejes de hacerlo. Tyler puede venir y encargarse por ti.

—La pila de leña estaba bajando y mi madre la necesita para cocinar. Solo estoy haciendo lo que tú querías, tío. Ayudando. —Me doy la vuelta y me dirijo hacia la pila de leña. Otto me sigue.

—Hay otras maneras en las que puedes ayudar.

Otto continúa usando su cara de Protector; la voz severa, con un dejo de poder. La cara y la voz podrán ser suyas, pero el título no le pertenece. Primero fue de mi padre.

—¿Y dónde están tus zapatos? —pregunta clavando la mirada en mis botas llenas de barro.

Arrojo la leña en el medio de la pila y me doy la vuelta.

—¿No querrías que los estropeara, verdad?

—Lo que yo quiero es que me escuches cuando te digo que hagas algo. Y lo que es más importante aún, cuando te digo que *no* hagas algo.

Se cruza de brazos y reprimo las ganas de imitarlo.

—No sé a qué te refieres.

—Lexi, te dije que hoy no quería que desaparecieras. No intentes convencerme de que no lo hiciste.

Evalué la mentira en mi lengua durante un segundo, pero Otto no la aceptaría tan fácilmente como mi madre.

—Tienes razón, tío —comento con una sonrisa paciente. Él alza una de las cejas como oliéndose la trampa, pero yo prosigo—. Es cierto que fui en busca del desconocido y mira lo que he traído. —Extiendo las manos—. Nada.

Junto al tronco, levanto el hacha y mis dedos se deslizan entre las muescas de mi padre.

—Era una tarea ridícula —agrego—. No pude encontrarlo. Ya se ha marchado.

Con un golpe seco y contundente, el hacha se hunde profundamente en el tronco.

—Así que volví a casa y aquí estoy. Relájate, tío. Está todo bien. —Me sacudo las manos y apoyo una en el hombro de Otto—. Veamos, ¿qué tenía Helena que decir al respecto?

—No mucho —contesta mirando las botas de mi padre—. Dice que vio algo, una sombra, que podría ser nuestro desconocido, en el claro, junto a su casa. Afirma que no sabe hacia dónde se fue, que simplemente se esfumó.

—A Helena siempre le gustaron las buenas historias —sugiero—. Puede inventar una de la nada. —Es una mentira, por supuesto, ella prefiere que yo le cuente las historias a ella.

Otto ni siquiera me está escuchando. Mira por encima de mí y sus ojos están aún más lejos. Ojos oscuros y perdidos.

—¿Y ahora qué hacemos? —pregunto.

—Por el momento, esperar —responde con un parpadeo.

Consigo asentir con calma antes de alejarme, el ceño fruncido. No confío ni por un minuto que eso sea todo lo que mi tío tenga en mente.

Por la noche no hay luna y, por lo tanto, no hay luz jugando en las paredes, nada que entretenga a los que no pueden dormir. Y yo estoy insoportablemente despierta, pero no es por el extraño.

Es por el viento.

Serpenteando por el aire, ha regresado la misma nota triste, junto con algo más, algo que me hace estremecer. Por más que me aleje o entierre la cabeza debajo de las sábanas, siempre escucho algo —o a alguien— que me llama, con la fuerza suficiente como para atravesar las paredes. La voz tiene que ser algo más que viento: se enrosca y se retuerce sobre sí misma, subiendo y bajando, como música lejana. Sé que si tan solo pudiera acercarme más, las palabras se volverían más claras, más nítidas. Palabras que no se desvanecerían antes de que yo pudiera entenderlas.

Empujo las mantas, cuidando de no despertar a Wren, y dejo que mis pies se deslicen hacia el suelo de madera. Luego recuerdo las palabras de mi padre y vuelvo subir los pies a la cama, vacilando torpemente en el borde, a mitad de camino entre la acción de levantarme o volver a meterme dentro.

Todos los árboles susurran, las hojas hablan. Las piedras son grandes pensadoras, taciturnas y silenciosas. Él solía inventar historias para todos los elementos de la naturaleza, otorgándole voces y vidas. *Si el viento del páramo canta, no debes escucharlo con todo el oído. No, usa solo el borde. Escucha de la manera en que mirarías con el rabillo del ojo. El viento está solo, cariño, y siempre busca compañía.*

Mi padre tenía lecciones y tenía historias, y me correspondía a mí averiguar cuál era la diferencia entre ambas.

El viento ulula y, descartando la advertencia de mi padre, estiro los oídos para ubicar el sonido y desentrañarlo. Mientras escucho, comienza a dolerme la cabeza sordamente al tratar de crear palabras donde no las hay. Me doy por vencida y me hundo otra vez debajo de las sábanas, envolviéndome en mi nido para que la canción del viento me llegue entrecortada.

Justo cuando estoy a punto de entregarme al sueño, Wren se mueve. Luego se levanta y escucho sus suaves pisadas mientras se baja de la cama, atraviesa la habitación y sale en busca de la cama de mi madre.

Pero algo me resulta raro.

Se escucha un leve crujido, el sonido de pisadas sobre una de las dos tablas arqueadas entre la cama y la ventana. Me siento. La silueta de Wren está enmarcada por el cristal y la madera, el cabello rubio parece casi blanco en la oscuridad. Sin la protección de las mantas, puedo oír otra vez el viento zumbando dentro de mi cabeza, su música y esos sonidos que parecen casi palabras.

—¿Wren? —susurro, pero no se da la vuelta. ¿Acaso estoy soñando?

Estira una mano hacia el pestillo, que mantiene la ventana cerrada, y lo gira. Sus deditos se curvan alrededor de la parte de abajo de la ventana, intentando deslizarla hacia arriba, pero es demasiado pesada para ella. Siempre ha sido muy pesada. Me doy cuenta, por primera vez, de que los postigos están abiertos. No recuerdo haberlos abierto, pero ahí están, plegados hacia los lados, dejando ver la noche que se extiende más allá de ellos. Wren aprieta los dedos contra el marco de madera y, por alguna extraña razón, la ventana comienza a deslizarse levemente hacia arriba.

—¡Wren!

Antes de que pueda seguir adelante, estoy fuera de la cama y junto a ella. La meto otra vez dentro de la habitación y cierro el hueco por donde se está filtrando el aire frío. Echo una mirada hacia el páramo, buscando algo que haya atraído a mi hermana hacia la ventana, pero no veo nada. Nada más que la noche negra y blanca, las piedras y los árboles desparramados de siempre y el susurro del viento. Me vuelvo hacia Wren, le bloqueo el paso y ella parpadea, esa clase de sobresaltado parpadeo de una persona que se despierta repentinamente. Detrás de mí, el viento golpea contra el cristal y luego parece romperse y disolverse en la oscuridad.

—¡Lexi! ¿Qué te pasa? —pregunta, y me doy cuenta de que debo parecer una loca estirándome sobre del marco de la ventana y mirando a mi hermana como si estuviera poseída. Me alejo de la ventana y voy con ella hasta la cama. De camino, enciendo las tres velas, que cobran vida con una explosión y llenan el dormitorio de luz amarilla. Wren se desliza debajo de las mantas y yo me pongo a su lado, apoyo la espalda contra el respaldo y observo las velas, la ventana, y la noche que se extiende a lo lejos.

5

TOC, TOC, TOC.

Enrosco el cuerpo y me sumerjo debajo de las mantas. Solo por el aroma me doy cuenta de que es por la mañana: el pan y el aire del final del verano. No sé cuándo me quedé dormida, o si solo me deslicé en ese espacio entre…

Toc. Toc. Toc.

Oigo que se abre la puerta principal.

Tengo el cuello y los hombros rígidos, me late la cabeza y me abruman los pensamientos mientras salgo de la cama y me reclino contra ella. Aguzo el oído pero las voces de la puerta son muy lejanas para poder descifrarlas a través de las paredes. Un gruñido es lo suficientemente perceptible como para que me pregunte cuánto tiempo hace que Otto ha llegado. Me visto, abro la puerta del dormitorio y me quedo en el umbral.

—A veces los chicos salen a vagabundear, Jacob —señala Otto.

¿Jacob Drake?

—Piensa —agrega mi tío—. ¿A dónde podría haber ido?

—No —responde una voz fina y nerviosa. Es en efecto el señor Drake, el padre de Edgar y Helena—. Él no se marcharía lejos. Le tiene miedo a la oscuridad… también al día. —Añade una risita ahogada y triste.

Escucho cómo Otto camina de un lado a otro.

—Bueno, no te quedes ahí parado —dice finalmente—. Pasa. Tú también, Bo.

Espero a que estén en la cocina para deslizarme detrás de ellos.

—¿Alguien podría habérselo llevado? —pregunta Otto mientras acepta de mi madre una taza de café.

El señor Drake es menudo y callado, de pelo que, alguna vez, debió haber sido rubio casi blanco como el de Helena y Edgar, pero ahora es entrecano. Se encuentra en medio de la cocina, cruzando y descruzando los brazos mientras habla con Otto.

—No, no, no —balbucea—. ¿Quién? ¿Quién se lo habría llevado?

—¿Alguien ha visto algo?

Mi madre está amasando y menea lentamente la cabeza. Bo se acerca cojeando a la mesa y se apoya contra ella. La cojera es sutil, vestigio de una mala caída unos pocos años atrás, pero hace que sus pasos suenen desiguales sobre el suelo de madera. Mastica una rodaja de pan con frutos del bosque mientras sus ojos se mueven como dardos entre los otros dos hombres.

—¿Qué sucede? —pregunto.

—Edgar ha desaparecido —responde el señor Drake volviendo los ojos cansados hacia mí.

—¿Qué quiere decir con que ha desaparecido? —Se me cae el alma a los pies.

Llaman a la puerta y mi madre va a abrir mientras Otto sigue intentando calmar al señor Drake.

—Hablemos un poco —indica mi tío—. Cuéntame detalladamente lo que pasó…

Mi madre reaparece con un hombre viejo pisándole los talones. No viejo como las hermanas, que parecen caerse a pedazos y, sin embargo, nunca cambian. Simplemente *viejo*: el Maestro Eli, del Concejo. Su pelo gris como el acero está bien cuidado y se desliza por su rostro enjuto. Doy un pequeño paso hacia atrás para dejarle sitio. El señor Drake y Otto conversan con las cabezas ladeadas, y Bo se inclina hacia ellos con un solo hombro, como si no estuviera muy interesado. Todos alzan la vista cuando el Maestro Eli toma asiento.

—¿Qué sabemos? —pregunta con voz ronca. Algo cruje, y no sé si es él o la silla. Otto se endereza y se da media vuelta para dirigirse al miembro del Concejo.

—Anoche Edgar desapareció de su cama —explica—. No hay rastro de él ni signos de pelea. Vamos a formar un grupo de búsqueda, no puede estar muy lejos.

—No lo entiendo —masculla el señor Drake.

Otto frunce el ceño con determinación y apoya la taza. Noto que sus manos están rojas y todavía tiene puesto el delantal de carnicero. Presiona la mano con fuerza sobre el delgado hombro del padre de Helena y le promete que encontrarán a su hijo. Cuando quita la mano, sus dedos dejan una marca de sangre casi seca.

—Todavía no sabemos nada más que eso, Eli —señala.

Mi tío es probablemente el único hombre del pueblo que puede llamar a los miembros del Concejos por sus nombres de pila sin sus títulos. Un pequeño beneficio de su posición, que aparentemente disfruta.

—Pobre niño —murmura mi madre y, al darme la vuelta, veo que está consolando a Wren, que parece confundida. Me doy cuenta de que mi hermana piensa que mi madre está sobreactuando.

—Deja de preocuparte —exclama Wren, tratando de liberarse—. Solo está jugando.

—Calla, querida —susurra mi madre echando una mirada al resto de la habitación. El Maestro Eli la observa de manera extraña, y es difícil decir si es compasión o algo más duro. Sus ojos son oscuros y están muy hundidos debajo de sus cejas. Su rostro se arruga como si fuera de papel.

—Es un juego —insiste Wren—. Estoy segura.

Pero yo no estoy tan segura. Yo vi a mi a mi hermana pequeña anoche, intentando subir por la ventana. Sujeto la mano de Wren mientras los hombres en la cocina juntan sus armas y murmuran los nombres de otros diez que pueden reclutar.

—Otto —interviene Bo por primera vez—, los demás están en el pueblo esperando órdenes. ¿Por dónde comenzaremos la búsqueda?

—Nos encontraremos en la plaza con los demás. Podemos comenzar ahí e ir dispersándonos hacia todos lados.

—Eso es una pérdida de tiempo —me entrometo—. Deberíamos empezar por la casa de Edgar y desde allí recorrer el perímetro de la aldea en vez de ir hacia el centro.

—Lexi —advierte Otto, echando un vistazo alrededor de la cocina. Bo arruga la nariz y el señor Drake se aleja. El Maestro Eli se reclina en su silla y se muestra vagamente divertido. Vagamente. Otto se sonroja.

—La casa de Edgar se encuentra al oeste —continúo—, así que es necesario empezar ahí y luego ir alejándose de la aldea. No tiene mucho sentido perder tiempo dirigiéndose hacia adentro.

—¿Y se puede saber por qué? —pregunta el Maestro. Su actitud divertida es fría y cortante. Sus ojos parecen decir *Niñita tonta*.

—Si alguien realmente se llevó a Edgar —explico con calma—, nunca trataría de ocultarlo en el pueblo, donde hay mucha gente en un espacio muy pequeño. Seguramente se lo llevarían fuera, lejos de las casas. Hacia el páramo.

La sonrisa del anciano se esfuma mientras se vuelve hacia mi tío y se queda esperando. Otto capta el mensaje.

—Lexi, estoy seguro de que a tu madre no le vendría mal un poco de ayuda en la cocina. Sé útil. —Tengo que endurecer la mandíbula para no contestarle—. Vámonos —exclama, dándome la espalda.

Bo y el señor Drake salen detrás de Otto; el Maestro Eli se pone de pie con dificultad. Puedo escuchar el crujido y el estallido de cada uno de sus huesos colocándose en su lugar. Al pasar junto a Otto, se detiene y apoya una mano esquelética en el hombro de mi tío.

—¿Tienes un plan? —pregunta, y juro que sus ojos hundidos se giran hacia mí.

Otto se muestra ofendido, pero se recupera de inmediato.

—Por supuesto que sí.

El Maestro asiente brevemente y pasa por delante de mi tío, que se da la vuelta y agarra el arma de la mesa.

—Déjame ir contigo, Otto —le pido.

—Hoy no, Lexi —repone, la voz levemente más suave al no tener a los otros hombres alrededor—. No puedo.

—*Todos los niños* —advierte el Maestro desde la puerta— deben quedarse en su casa hasta que se atrape al culpable y se encuentre al niño.

—Yo no soy una niña, *Maestro*. —Y no recibiré órdenes tuyas de ninguna manera, agrego en silencio.

—Estás bastante cerca. —Y luego se marcha. Otto lo sigue afuera y yo me quedo en la cocina, sin que me vean, y los escucho llegar a la puerta y unirse a los otros dos hombres, las botas raspando el umbral.

—¿Y qué se sabe del extraño? —pregunta el señor Drake. Mi pecho se pone tenso. El extraño. Casi me había olvidado de él. Casi.

—Aparece en la aldea y a la noche siguiente desaparece un niño —comenta Bo.

—Yo sabía que sucedería algo así —gruñe Otto—. Ayer debería haberme encargado de él.

—Nadie te culpa por esperar.

—¿Sabemos dónde está? —pregunta el señor Drake.

—Claro que lo sabemos.

—Estamos relativamente seguros —corrige el Maestro con voz quebradiza— de que está con las hermanas Thorne. Si es que aún se encuentra en el pueblo.

—¿Por qué un extraño habría de llevarse a Edgar? —pregunta suavemente el padre del niño.

—Es más probable que lo haga un extraño que cualquiera de nosotros —responde Otto, y escucho que mueve el arma entre los brazos.

—¿Por qué *alguien* se lo llevaría?

—Empieza con lo que sabemos.

—¿Y qué sabemos?

—Hay un extraño en Near y ahora ha desaparecido un niño.

No es mucho, pienso.

—Lo primero es lo primero. El niño. Más tarde nos encargaremos del extraño.

La puerta oscila y se cierra. Espero que se apague el ruido de las botas antes de replegarme en la cocina. Mi madre continúa con su pan, su boca se cierra en una línea finita y tiene una tenue arruga entre los ojos mientras sus dedos regresan distraídamente a los moldes para el pan y a los tazones donde leudar la masa. Vuelve a trabajar como si nada hubiera cambiado. Como si no hubiera una enorme montaña de preguntas, todas enredadas.

Me dejo caer en una silla junto a la mesa y golpeteo los dedos en la madera vieja y gastada. Mi madre desliza una espátula por una tabla y junta pequeños trozos de masa pegajosa, demasiado llena de harina como para hacer pan. Wren agarra alegremente la masa y comienza a darle forma de corazón, de tazón, de persona.

Otro ritual.

Todas las mañanas, mi madre le da a Wren esos pedazos de masa y deja que ella los moldee, los destruya, y los moldee otra vez hasta quedar contenta. Luego mi madre hornea las formitas, que solo durarán hasta el final del día.

En este momento, no parece bueno tener rituales, que las cosas continúen como estaban establecidas, cuando algo atravesó la rutina.

Un pesado silencio se instala en la cocina. Me inclino hacia adelante y me pongo de pie. Necesito darle tiempo al grupo de hombres para que se alejen lo suficiente, para no arriesgarme a cruzarme con ellos, pero no puedo quedarme sentada.

Si todos están buscando a Edgar, no están buscando al desconocido. Esta es mi oportunidad. Me vuelvo para marcharme y me detengo a mitad de camino hacia el vestíbulo.

Espero que mi madre me detenga, para advertirme o sermonearme o decir algo, cualquier cosa, pero ni siquiera levanta la vista.

Tiempo atrás, ella me habría detenido, me habría paralizado con su mirada fuerte, habría hecho que peleara por lo que quería. Ahora simplemente se da la vuelta hacia el horno y comienza a tararear.

Suspiro y salgo sigilosamente.

A mitad de camino hacia la puerta, una figura brota súbitamente frente a mí y casi choco contra Wren. Cómo llegó desde la mesa hasta aquí sin hacer ni un solo ruido, no lo sé.

—¿A dónde vas? —pregunta.

Me arrodillo y la miro directamente a los ojos, mis manos apoyadas en sus hombros.

—Voy a la casa de las hermanas, Wren —respondo, sorprendida de la calma con que brotan mis palabras.

Sus ojos se agrandan, círculos azules como trozos de cielo.

—¿Es un secreto? —susurra. En el mundo de mi hermana, los secretos son casi tan divertidos como los juegos.

—Claro que sí —contesto, y mis dedos bajan bailando por sus brazos hasta sus manos y las ahueco entre las mías. Luego las llevo hasta mis labios y susurro dentro del pequeño espacio entre las palmas de sus manos—. ¿Puedes guardarlo para mí?

Wren sonríe y mantiene las manos ahuecadas, ocultando el secreto como lo haría con una mariposa. Después le doy un beso en el pelo y me marcho deprisa.

Media hora después, atravieso trabajosamente el bosquecillo y subo por el sendero que lleva a la cabaña de las hermanas. Las ventanas están abiertas de par en par, pero la casa está en silencio y camino con más lentitud, tratando de ahogar el ruido de mi llegada para no llamar la atención. En este momento no deseo enfrentarme a las expresiones pétreas de las Thorne.

Doblo hacia la izquierda, donde está el cobertizo, y ahí, en el clavo, está la capa gris con los bordes renegridos. Aunque no resulta nada fácil, me deslizo despacio y me acerco sigilosamente. La gente tiende a poner el peso del cuerpo en las almohadillas de los pies cuando no quieren hacer ruido, pero, en verdad, es mejor caminar apoyando primero el talón y después la punta del pie, distribuyendo el peso en movimientos lentos y suaves. Rodeo la estructura de madera inclinada. Es de las que tienen solo una abertura: la puerta que tengo frente a mí. Solo hay dos posibilidades: está aquí dentro o no lo está. Apoyo el oído contra la madera podrida. Nada.

Me muerdo el labio mientras evalúo qué hacer. No quiero ahuyentarlo, pero tampoco quiero permitir que se escape. Esperaba pillarlo desprevenido, pero parece que aquí no hay nadie a quien pillar.

—¿Hola? —exclamo finalmente, el oído aún apretado contra la puerta. Escucho cómo mi propia palabra vibra a través de las tablas de madera y me retiro un poco—. Solo quiero hablar —agrego, la voz más suave, más baja, el tipo de voz para compartir secretos. No es una que utilice a menudo, excepto con Wren. Es la voz que mi padre usaba para contarme cuentos—. Por favor, contéstame.

Nada. Empujo la puerta y cruje, pero el pequeño espacio interior está vacío. La puerta se cierra mientras yo retrocedo. *¿Dónde está?*, me pregunto, deslizando los dedos por la capa gris que cuelga del clavo, la tela vieja y ajada. Todo este tiempo perdido en venir aquí en lugar de seguir a Otto hacia el pueblo, en vez de buscar a Edgar.

—Qué desperdicio —murmuro entre las tablas de madera, que crujen a modo de respuesta. Abro los ojos todo lo que puedo mientras abandono el cobertizo y doblo velozmente una de las esquinas. El extraño no se me escapará otra vez.

Y ahí está él, casi tan cerca que podría tocarlo. Recortado contra el páramo y mirándome, observándome fijamente, con sus ojos grandes de un gris suave como carbones o piedras de río sin el brillo del agua. El viento sopla a través de su pelo oscuro y sobre prendas que alguna vez han tenido color, pero que ahora son grises, o han sido negras pero ahora están descoloridas. Igual que su capa. Cruza los brazos como si tuviera frío.

—Tú. —Eso es todo lo que logro proferir. Hay algo sorprendentemente familiar en él. Nunca he visto a alguien con la piel tan clara y el pelo tan oscuro, con unos ojos tan fríos y claros. Y, sin embargo, la luz que danza en ellos y esa extraña atracción, como la fuerza de gravedad dada la vuelta…

»¿Quién eres? —pregunto.

Ladea la cabeza y me doy cuenta, por primera vez, de lo joven que es. No puede ser mucho mayor que yo, unos centímetros más alto y muy delgado. Pero de carne y hueso, y no el fantasma del páramo que vi por la ventana, que pareció desvanecerse en la noche.

—¿De dónde vienes? —le pregunto examinando sus rasgos, su ropa, todo en diferentes tonos de gris. Mira por encima de mi hombro y no dice nada—. ¿Qué haces aquí?

Sigue sin decir nada.

—Hoy ha desaparecido un niño. ¿Lo sabías? —inquiero, buscando algún tipo de reacción en su rostro, algún indicio de culpa.

Aprieta la mandíbula y camina junto a mí con pasos largos, hacia el cobertizo y hacia la casa de las hermanas. Voy tras él, pero cuando llegamos al depósito sigue sin dar señales de que vaya a detenerse para hablar conmigo. Lo sujeto del brazo y tiro de él hacia atrás. Se estremece ante mi contacto y se aparta tan rápido que se tropieza contra las tablas de madera. Y ahora ni siquiera me mira, sino que aparta los ojos y los dirige hacia el páramo.

—¡Di algo! —Me cruzo de brazos y él se deja caer contra el cobertizo—. ¿Te llevaste a Edgar?

Frunce el ceño y sus ojos retornan finalmente a los míos.

—¿Por qué haría algo así?

Así que *puede* hablar. Y no solo eso, sino que además su voz es suave y extrañamente hueca, reverberante. Parece desear no haber hablado, porque cierra los ojos y traga, como si pudiera retractarse de sus palabras.

—¿Por qué te escondiste de mí ayer?

—¿Por qué estabas intentando encontrarme? —responde.

—Ya te lo he dicho, ha desaparecido un niño.

—Ha desaparecido hoy, pero tú intentabas encontrarme ayer. —El desafío centellea en sus ojos pero se apaga con la misma rapidez. Y tiene razón, yo quería verlo ayer, cuando Edgar estaba sano y salvo. Quería ver si era real.

—No hay extraños en Near —indico, como si eso explicara todo.

—Y yo no estoy en Near. —Señala el suelo bajo sus pies y lo entiendo. Oficialmente, estamos fuera del pueblo, en campo abierto. Se aparta de la pared, se yergue en toda su longitud y me mira desde arriba.

No es un espectro ni un fantasma, ni un cuervo ni un anciano. Es simplemente un muchacho, tan macizo y real como yo. Mi mano no ha atravesado su piel y su espalda emitió un sonido al chocar contra el cobertizo. Y, sin embargo, no es como yo. No es como nadie que yo haya conocido antes. No solo por su piel fantasmal y sus rasgos oscuros, sino también por su voz y sus modales.

—Soy Lexi. ¿Cómo te llamas? —pregunto.

Parece haberse quedado mudo otra vez.

—Bueno, si tú no me lo dices, yo te pondré un nombre.

Alza la vista y juro que puedo distinguir una sonrisa triste curvando las comisuras de sus labios. Pero no dice nada, y la sonrisa (si realmente es una sonrisa) se retrae debajo de la pálida superficie.

—Tal vez podría llamarte Robert o Nathan —sugiero, observando su rostro, sus ojos, su pelo—. Ah, tal vez Cole.

—¿Cole? —murmura suavemente y arruga la frente—. ¿Por qué?

—Tu pelo y tus ojos… parecen carbones, ceniza.

Arruga el entrecejo y baja otra vez los ojos hacia el suelo.

—¿No te gusta?

—No —responde—. No me gusta.

—Bueno, es una lástima —comento con tono ligero—. A menos que me digas tu nombre, tendré que llamarte Cole.

—No tengo nombre —dice y suspira, como si hablar tanto le resultara agotador.

—Todo el mundo tiene un nombre.

El silencio se instala entre nosotros. Mira el césped y yo lo miro a él. Se mueve nerviosamente, como si estar aquí conmigo lo incomodara, como si mi mirada le produjera dolor.

—¿Qué significa *desperdicio*? —pregunta de repente.

—¿Perdón?

—Le dijiste eso a la puerta del cobertizo, que era un desperdicio. ¿Qué quisiste decir?

Me cruzo de brazos; el viento está soplando con más fuerza.

—Hacer todo este camino para buscarte y descubrir que no estabas aquí. Eso habría sido un desperdicio.

—¿Tienen alguna idea de lo que podría haberle ocurrido? —comenta después de unos segundos—. ¿Al chico desaparecido?

—No. —Me vuelvo hacia la casa de las hermanas, esperando que *ellas* tengan algunas respuestas—. Nadie lo sabe. —Yo incluida. No estoy más cerca de encontrar a Edgar de lo que estaba en la mañana. No sé por qué sentí la necesidad de venir aquí a interrogar a un chico que no tiene casi nada que decir. Lo miro por última vez—. Deberías haber ido a la aldea y presentarte. Ahora sospecharán de ti.

—¿Tú sospechas de mí? —pregunta, y mis pies se detienen.

—No te conozco.

Otra vez, mis ojos se quedan enganchados en el muchacho. Hay algo en él, distante y triste, en este chico delgado, ojeroso, con la capa chamuscada. No me atrevo a parpadear mientras lo miro, por temor a que desaparezca cuando abra los ojos. Levanta el mentón como intentando oír una voz lejana. Por un momento parece insoportablemente perdido, y luego se da media vuelta y se marcha, hacia las colinas, como si quisiera poner todas las malas hierbas y flores silvestres posibles entre nosotros. Camino fatigosamente hasta la casa de las hermanas, fijándome en el ángulo del sol en el cielo. Estoy perdiendo tiempo. ¿Cuánto falta para que Otto vuelva a casa? Debería haber seguido al equipo de búsqueda. No puedo culparme por querer hablar con el extraño. Tenía que verlo con mis propios ojos, para saber si él lo hizo, si está involucrado.

Le doy una patada a una piedra. Ahora tengo aún más preguntas.

Paso delante de la casa de las hermanas para dirigirme hacia el sendero que lleva a la mía.

—Lexi —me llama Magda. La diviso arrodillada en la parcela de tierra, justo al lado de la cabaña. La parcela a la que Magda considera su jardín.

—Me mentiste —afirmo, cuando estoy lo suficientemente cerca—, con respecto al extraño. Está aquí.

—Nosotras te dijimos que no sabíamos nada sobre él. Y es cierto. —Sus ojos pasan por encima de mí y se dirigen hacia el páramo. Sigo su mirada. A la distancia, una delgada silueta vaga por las colinas que descienden en suaves ondulaciones. En una de esas elevaciones, el chico de gris se detiene y mira hacia el norte, hacia las afueras de Near.

Frunzo el ceño y me vuelvo hacia Magda, que está encorvada otra vez sobre la pequeña parcela de tierra.

—¿Por qué me llamaste? —pregunto, raspando la bota contra la tierra árida.

Magda no contesta, sino que continúa susurrándole algo a nadie en particular, pasando una y otra vez sus dedos nudosos sobre la parcela desnuda. Me agacho junto a ella.

—¿Qué estás haciendo, Magda?

—Plantando flores, obviamente. —Señala el suelo, donde no asoma de la tierra mucho más que un tallo de mala hierba—. Está un poco mustio, eso es todo.

Normalmente estaría intrigada y querría quedarme, en el improbable caso de que pudiera captar un vistazo de las habilidades de Magda. Esperando que olvidara que estoy a su lado y me mostrara su magia. Pero hoy no tengo tiempo.

—¿Has plantado semillas? —pregunto.

Ante la pregunta, lanza una risa seca y susurra unas palabras más en dirección a la tierra.

—No, queridita, no necesito semillas. Y, además, estoy cultivando flores del páramo. Flores silvestres.

—No sabía que se podía en este suelo.

—No se puede, por supuesto. Esa es la cuestión. Las flores son librepensadoras: crecen donde tienen ganas. Me gustaría verte intentando decirle a una flor del páramo dónde debe crecer. —Magda se echa hacia atrás y se frota las manos.

Observo la parcela desnuda. Llevo más de una hora de retraso con respecto a los hombres de Otto y no he descubierto nada. Y por lo que sé, mi tío podría estar regresando a casa en este mismo instante. Tal vez Magda sepa algo. Cualquier cosa. Pero que vaya a *contármelo* es otra historia.

—Magda, ha desaparecido un niño, Edgar. Tiene cinco años…

—Un pequeñito rubio, ¿verdad? ¿Qué ha pasado? —pregunta, alzando su ojo sano hacia mí.

—Nadie lo sabe. Anoche desapareció de su cama. Todavía no han encontrado ningún rastro.

El rostro de Magda cambia levemente, las líneas se vuelven más profundas, el ojo malo se oscurece y el bueno queda con la mirada perdida. Parece estar a punto de decir algo, pero cambia de opinión.

—¿Crees que alguien se lo ha llevado? —pregunto. Magda frunce el ceño y asiente.

—El suelo es como la piel: crece en capas —explica, pellizcando un poco de tierra con sus dedos torcidos—. Lo que está arriba se va desprendiendo. Lo que está debajo, tarde o temprano, logra salir a la superficie.

Suspiro, frustrada. De vez en cuando, Magda hace esto: decir cosas sin sentido. Dentro de su mente, es probable que parezca un hilo de pensamiento perfectamente lógico, pero es una lástima que el resto del mundo no pueda seguirlo. Debería haberme dado cuenta de que ella no podría (o no querría) ayudarme.

—El viento está solo... —agrega Magda con una voz tan suave que casi me pierdo lo que dice. Sus palabras se enganchan en algo, en un recuerdo.

—¿Qué dij...? —comienzo a preguntar.

—Lexi Harris —exclama Dreska desde la puerta. Me señala con su bastón. Me pongo de pie y camino hacia ella. Me sujeta del brazo y coloca un pequeño atado en mi mano. Es una especie de bolsita pequeña con un cordel, que huele a hierba del páramo, a lluvia y a piedras mojadas.

—Es para tu hermana —señala—. Dile que lo use. Para estar segura.

—Entonces, ¿sí que habéis escuchado lo de Edgar?

Dreska asiente con expresión sombría y dobla mis dedos sobre el amuleto.

—Los hemos hecho para todos los niños.

—Se lo daré. —Deslizo el sobrecito en el bolsillo y me doy la vuelta para marcharme.

—Lexi —dice Magda—. Te llamé por la misma razón por la que ayer te invité a entrar. Por él. Me preguntaba si habías escuchado rumores sobre un extraño en Near. —Dirige un dedo cubierto de tierra hacia el páramo, donde se encuentra el extraño. Le echo una última mirada al muchacho, aún de espaldas a nosotras. De pronto, se desliza hacia el suelo y no parece una persona, sino una piedra o un árbol caído que sobresale de la maleza enmarañada.

—Otros también estarán buscándolo —agrega Dreska.

—No diré nada: soy hija de mi padre —señalo, captando el significado de su comentario.

—Eso esperamos.

Echo a andar por el sendero, pero me vuelvo y agrego:

—¿Realmente no se sabe nada de él? ¿De dónde viene?

—Está más seguro aquí —dice Magda, juntando tierra en el hueco de la mano.

—Pero oculta secretos —comento.

—¿Acaso no lo hacemos todos? —exclama Dreska con una risa seca—. Tú no crees que se haya llevado a Edgar. —No es una pregunta, pero tiene razón.

—No, no creo que lo haya hecho —les digo, ya en dirección a mi casa—. Pero estoy dispuesta a averiguar quién fue.

6

Llego a casa antes que Otto, lo cual agradezco. El sol se desliza por el cielo de la tarde, y no debo arriesgarme a ir al pueblo porque la posibilidad de toparme con el equipo de búsqueda es muy grande. No hay señales de Wren ni de mi madre, pero no hace frío y la casa huele a piedras calientes y a pan. Me doy cuenta de lo hambrienta que estoy. Hay media hogaza sobre la mesa, junto a un poco de pollo frío que ha quedado del almuerzo. Corto un par de trozos de cada uno y los devoro, disfrutando de la libertad que da la soledad, de poder comer en paz sin preocuparme por hacerlo con delicadeza.

Sintiéndome mucho mejor entro en mi dormitorio, me quito las botas y me aliso el pelo. Camino de un lado a otro a los pies de la cama tratando de reflexionar acerca de lo ocurrido durante el día. Mi padre me enseñó a escuchar mis instintos, y mis instintos me dicen que ese muchacho extraño y demacrado no se llevó a Edgar. Pero eso no significa que confíe en él. Todavía no lo *entiendo*. Y no me entusiasma la forma en que mi pecho se pone tenso cuando mis ojos se posan en él, así como lo hace con todo lo salvaje.

Hay algo más que me perturba. Recuerdo las palabras susurradas por Magda: *El viento está solo.*

Conozco esa frase.

Me dirijo hacia la mesita que se encuentra debajo de la ventana, la que tiene las velas inclinadas y los libros apilados, y mis dedos van directamente hacia el que está en el medio. La cubierta es verde y está llena de marcas, como las que hicieron los dedos de mi padre en el cuchillo y en el hacha. Pero estas son de mis dedos, pues yo lo usé tanto como él.

Las gastadas páginas del libro tienen un intenso olor a tierra, como si, entre sus cubiertas, hubiera una parte del páramo en vez de papel. Cada vez que mi padre contaba una historia, yo le pedía que la escribiera aquí dentro. El libro es extrañamente pesado, como una piedra, y me meto en la cama con él, deslizando los dedos por encima de la suave cubierta antes de abrirlo y pasar las páginas con el pulgar. Tres años atrás, la letra de mi padre desapareció del libro. La mía ocupó su lugar.

Quedaron muchas páginas en blanco cuando él se fue. Yo traté, de vez en cuando, de recordar algún fragmento que él podría haber olvidado anotar. Caminando por las colinas, entregando el pan o cortando leña, una frase con su voz profunda me asaltaba por sorpresa y yo corría a mi habitación para anotarla.

El viento está solo.

Conozco esa frase.

Busco una entrada fechada unos meses después de que mi letra reemplazase a la de mi padre:

En el cielo del páramo, las nubes parecen seres sociables. Mi padre decía que eran los más espirituales de esta tierra, que iban de peregrinaje todos los días, partiendo con la salida del sol y juntándose a rezar. La lluvia, bromeaba

La escritura se detiene. Aquí y allá, la hoja ondea, salpicada por pequeños círculos mojados.

Hojeo el libro buscando una anotación anterior, una que haya escrito él mismo. Mi pulgar queda atrapado en el ángulo superior de una hoja cerca del principio, y me detengo.

Por supuesto, es de la historia que recordé anoche.

Si el viento del páramo canta, no debes escucharlo
con todo el oído. No, usa solo el borde. Escucha de la
manera en que mirarías con el rabillo del ojo. El viento
está solo y siempre busca compañía.

Deslizo los dedos por encima de la hoja. ¿Por qué Magda citaría las palabras de mi padre?

Y entonces lo veo. Al final de la página y en la pequeña letra de mi padre: las letras *M. T.*, Magda Thorne. Esta historia no pertenece a mi padre, él simplemente la copió. ¿Pero qué significa ahora viniendo de los labios de Magda en el jardín?

La puerta principal se abre con un suave crujido. Parpadeo y cierro el libro. ¿Cuánto tiempo he estado sentada aquí, meditando acerca de poemas infantiles? El golpeteo de los pies de Wren me llega desde el pasillo, sus pasos leves rebotando sobre las tablas de madera. No logro escuchar a mi madre, pero tiene que estar con ella. Me levanto de la cama con esfuerzo, aprieto el libro contra el pecho y me dirijo a la cocina.

Wren está sentada a la mesa, balanceando las piernas y jugando con una de sus creaciones de masa.

Me apoyo contra el marco de la puerta y sujeto el libro con fuerza mientras mi madre deambula como un fantasma, apoyando en el suelo una cesta vacía, tomando un delantal, todo sin hacer un solo ruido. Wren me sonríe y dobla los dedos haciéndome señas para que me acerque a la mesa. Cuando estoy ahí, se estira con las manos ahuecadas y me susurra:

—¿Fuiste a ver a las hermanas?

Me aproximo lo suficiente como para darle un beso en el pelo y responderle con otro susurro:

—Sí. Más tarde te cuento. —Y mi hermana salta de felicidad.

—Wren. —Mi madre no alza la vista, pero su voz planea por la habitación—. ¿Puedes traerme un poco de albahaca de tu huerto?

Wren se baja de un salto de la mesa y sale trotando de la casa. La puerta se cierra con un crujido. Me quedo esperando a que mi madre me hable, que me pregunte dónde he estado… pero no dice nada.

—Fui a ver a las hermanas —comento—. No saben nada de Edgar.

Sus ojos se alzan suavemente. ¿Por qué no habla?

—Yo también vi al desconocido. Le hablé y creo que no es el culpable. No me lo parece. Tiene un extrañísimo…

—No deberías haber ido, Lexi.

—No me detuviste.

—Tu tío…

—No es mi padre. Ni mi madre.

Apoya la toalla y rodea la mesa.

—Otto solo trata de protegerte.

—¿Y tú? —Mis dedos aprietan el libro con más fuerza—. Podrías haberme detenido.

—No me habrías escuchado —afirma.

—Podrías haberlo intentado… —comienzo a decir, pero mis palabras se desvanecen mientras los dedos de mi madre, fantasmalmente blancos de harina, se apoyan sobre mi espalda. Su contacto es leve. No dulce, sino débil, etéreo. Por un instante me recuerdan al desconocido. Y luego sus dedos se tensan sobre mí y sus ojos encuentran los míos, y algo feroz y ardiente se estremece dentro de ella.

—Lexi, *realmente* estoy intentando —susurra— ayudarte.

El vistazo fugaz de la mujer que mi madre solía ser me toma desprevenida. Solo un instante. Luego comienza a desvanecerse y sus dedos se escurren, ligeros. Quiero hablar, pero cuando abro la boca, otra voz irrumpe desde afuera. Luego se une otra, y otra más.

El momento pasa. Mi madre está otra vez en la encimera desmoldando masa, con expresión de estar a cientos de kilómetros.

—No lo vi —digo rápidamente, el sonido de los hombres se va acercando—. Nunca fui. —Espero que ella levante la vista y me ofrezca una sonrisa cómplice o asienta, pero ni siquiera parece escucharme.

Respiro profundamente, meto el libro debajo del brazo y me escabullo por el pasillo. Las voces vienen desde el oeste, superponiéndose unas a otras como un trueno, desde donde se encuentra la aldea oculta por las colinas. Me coloco en la entrada, temblando mientras el viento me atraviesa.

¿Qué ha querido decir mi madre?

Respiro hondo varias veces, intentando lograr que el aire pase a través de las rocas de mi garganta.

Abro el libro en la frase de Magda justo cuando varios miembros del equipo de búsqueda aparecen ante mis ojos, caminando fatigados, como si fueran sombras proyectadas por el sol del atardecer. Sus rostros son largos y finos, las frentes cansadas, los hombros agachados. Su esperanza de encontrar a Edgar, al menos de encontrarlo con vida, debe estar declinando con la luz. Aparto la mirada del libro y los observo, intentando poner la expresión de una muchacha dócil y paciente. Mi pulgar se desliza sobre las palabras *El viento está solo*.

Los hombres se detienen en la casa de Otto e intercambian unas pocas palabras en voz baja. Luego el grupo se separa, dispersándose como las semillas ante una ráfaga de viento.

Me aparto mientras Otto pasa junto a mí a pasos fuertes y entra en nuestra casa, eludiendo mi mirada. Y ahí, a poca distancia de él, avanza con rapidez un joven alto, cuya mata de pelo rubio, sucio y desgreñado, resplandece bajo la luz del atardecer. Tyler Ward.

Disminuye el paso al verme, una sonrisa dibujándose en las comisuras de su boca, aun ahora. Está tratando, sin lograrlo, de parecer adecuadamente sereno, considerando la situación. Se acerca a mí y entrelaza sus dedos con los míos.

—Bonito atardecer —exclama, y su imitación de un hombre taciturno y desolado es casi graciosa.

—¿No ha habido suerte? —pregunto retirando la mano.

Menea la cabeza y no puedo creer que su actitud sea casi despectiva. Me muerdo la lengua y me obligo a sonreír tranquilamente.

—¿Dónde habéis buscado?

—¿Por qué? —Me dispara una mirada con sus ojos azules desde debajo del pelo.

—Vamos, Tyler —exclamo—. Siempre te estás quejando de que no tienes suficientes aventuras. Deléitame con tu vida. ¿Qué has hecho hoy? ¿A dónde fuiste?

—Otto dijo que preguntarías y que tratarías de marcharte sola. Eso sería peligroso, Lexi —comenta arrugando el ceño—. Me temo que no puedo correr el riesgo de que te hagan daño. —Sus ojos descienden por mis manos hasta un pequeño corte, una astilla de cortar leña, y desliza los dedos por encima—. Yo podría haber hecho eso por ti.

—No quería esperar —digo, apartando la mano—. Y soy más que capaz de hacerlo sola. —Tyler cae en un extraño silencio. Me acerco más, acaricio su mandíbula con los dedos y le levanto el mentón—. ¿La plaza del pueblo? ¿La casa de los Drake? ¿Ese campo en el que solíamos jugar, el que está lleno de brezo?

—¿Qué me darás si te contesto? —pregunta con una sonrisa ladeada.

—Esto es serio —respondo—. Es casi de noche y Edgar sigue sin aparecer.

Aparta la mirada y se reclina pesadamente contra el marco de la puerta con el ceño fruncido. Resulta inapropiado en su rostro, tan acostumbrado a sonreír.

—Lo sé, Lexi. Lo siento.

—¿Fuiste a ver a Helena? ¿Se encuentra bien?

Entrelaza los dedos detrás de la cabeza y desvía la mirada.

Lanzo un suspiro de exasperación. La puerta no es suficientemente grande para los dos. Paso junto a él y salgo al jardín. Tyler trota detrás de mí.

—Te lo diré si me respondes una pregunta.

Me detengo pero no me doy la vuelta. Espero que me alcance, abrazando el libro contra el pecho. El viento sopla con más fuerza y el aire frío me hace cosquillas en la piel. El mundo se va tiñendo de morado mientras la luz se apaga. Tyler se detiene justo detrás de mi espalda, casi puedo sentir su mano extendida tratando de decidir si me toca o no.

—¿Por qué me haces esto? —profiere su voz, lo suficientemente fuerte como para que atraviese el espacio que nos separa.

—Yo no te hago nada, Tyler. —Pero sé que es una mentira. Él también.

—Lexi —dice con voz extraña, casi suplicante—, tú sabes lo que quiero. ¿Por qué ni siquiera…?

—¿Por qué no te doy lo que quieres, Tyler? —inquiero volviéndome hacia él—. ¿Es eso lo que estás preguntando?

—Lexi, sé justa. Dame una oportunidad. —Estira la mano y aparta un mechón de cabello oscuro de mi rostro—. Dime a qué le tienes miedo. Dime por qué puedo ser tu amigo de toda la vida, pero ni siquiera contemplas la idea de que…

—*Justamente* porque eres mi amigo —lo interrumpo. Esa no es toda la verdad. *Porque quería al niñito que eras y ahora te estás convirtiendo en alguien distinto.*

—Yo siempre he sido tu amigo, Lexi. Eso nunca cambiará. ¿Por qué no podemos ser algo más?

Respiro profundamente. La hierba silvestre se aleja rodando hacia Near.

—¿Te acuerdas —comento por encima del viento, que sopla con más fuerza— cuando éramos pequeños y solíamos jugar a esos juegos, a dar vueltas en círculos?

—Por supuesto que me acuerdo. Yo siempre ganaba.

—Tú siempre te *soltabas*. Te soltabas cuando creías que sería gracioso y el círculo se rompía y todos se caían excepto tú.

—Era solo un juego.

—Pero todo es un juego para ti, Tyler. —Suspiro—. Todo. Y ya no se trata solamente de hacerte daño en las rodillas. Tú simplemente quieres ganar.

—Yo quiero estar contigo.

—Entonces, quédate conmigo como amigo —propongo—. Y ayúdame a buscar a Edgar.

Echa una mirada hacia la casa, la silueta de mi tío en la ventana mientras se lava las manos. Cuando Tyler se vuelve hacia mí, está sonriendo otra vez, una versión más leve de su amplia sonrisa.

—Nadie será suficientemente bueno para ti, Lexi Harris.

—Tal vez algún día… —murmuro devolviéndole la sonrisa.

—*Cuando brille la luna…* —agrega.

—*En el cielo y en la laguna* —concluyo. Una frase que mi padre solía repetir. Tyler la repitió durante días. Y, por un momento, somos otra vez dos niños dando vueltas en círculos o en un campo de brezo, riéndonos hasta que nos duele la cara.

Luego el viento se enfurece. El último rayo de luz se apaga y es reemplazado por una oscuridad de un azul intenso. Reprimo un escalofrío y Tyler se quita el abrigo, pero yo meneo la cabeza. Parece quedar atrapado entre dos acciones, así que deja que el abrigo quede colgando en su mano, mientras ambos sufrimos.

—Ahora es tu turno. Te toca hablar. —Recuerdo, intentando evitar que mis dientes castañeteen.

—Realmente me encanta hablar —dice—, pero Otto me cortará la cabeza si te cuento esto, Lexi.

—Eso nunca te ha detenido.

Su sonrisa se esfuma mientras se vuelve a poner el abrigo, endereza los hombros y alza la cabeza en una casi perfecta imitación de mi tío.

—Fuimos con el señor Drake, el padre de Edgar, a su casa. El dormitorio de Edgar estaba intacto. La ventana estaba abierta, pero eso era todo, como si se hubiera levantado y se hubiera ido trepando por ella. —Mi mente vuelve súbitamente a Wren caminando hacia la ventana en mitad del trance y tratando de deslizarla para abrirla.

—Su madre dijo que anoche lo arropó y que no escuchó nada raro.

—Edgar le tiene miedo a todo. No se marcharía así sin más.

—Lo único que sabemos —agrega Tyler encogiéndose de hombros— es que no hubo forcejeos y que la ventana estaba abierta. Nos dirigimos hacia el oeste, hacia los campos que están junto a su casa, y de allí hasta el extremo de la aldea.

Así que, después de todo, habéis seguido mis consejos.

—Miramos en todas partes, Lexi.

Dentro de Near, pienso.

Tyler suspira y no puedo dejar de pensar en que está casi guapo sin su sonrisa ególatra.

—En todas partes. No hay ni un solo rastro de él. ¿Cómo puede suceder algo así? —Frunce el ceño y patea una piedra—. Todo el mundo deja huellas, ¿no? —Sacude la cabeza y se endereza—. Otto piensa que es ese desconocido. Si lo piensas, es lógico.

—¿Tienes alguna prueba? —pregunto, intentando sonar neutral—. ¿Acaso sabes dónde está?

—Tengo una buena idea. —Asiente—. No hay muchos lugares en los cuales se puede esconder una persona aquí en Near, Lexi. Si es que todavía está aquí.

Espero que sí. El pensamiento se desliza dentro de mí y agradezco repentinamente la densa oscuridad.

—Y ahora ¿qué va a ocurrir? —pregunto.

—¡Lexi! —una voz gruesa llama desde la puerta. Al darme la vuelta veo a Otto esperando, su silueta recortada contra la luz del interior. Tyler hace un gesto hacia la casa y su mano se apoya en mi espalda, instándome a cruzar la puerta. Otto desaparece en el interior.

—Ahora —responde Tyler suavemente— haremos que las brujas entreguen al desconocido. —Su nariz se arruga cuando dice *brujas*.

—Suponiendo que aún esté aquí —comento al llegar a la puerta—. Y suponiendo que las brujas lo tengan. Y suponiendo que Dreska no te maldiga por poner esa cara. Son demasiadas suposiciones, Tyler.

—Tal vez tengamos suerte —comenta encogiéndose de hombros.

—Os va a hacer falta mucho más que suerte.

Ladea la cabeza hacia un lado, lanzando el pelo rubio sobre los ojos.

—¿Qué te parece un beso, entonces? —pregunta inclinándose sobre mí con su sonrisa arrogante—. Por si acaso.

Le sonrío y me estiro sobre las puntas de los pies. Luego retrocedo y le cierro la puerta en la cara.

Juro que lo oigo besar la madera del otro lado.

—Buenas noches, chica cruel —dice a través de la puerta.

—Buenas noches, chico tonto —replico desde el otro lado, hasta que sus pisadas se desvanecen por completo.

7

Wren salta de un lado al otro del pasillo en camisón, jugando con las tablas del suelo de madera. Sus pies desnudos aterrizan con golpes ligeros como la lluvia sobre las piedras. Ella conoce miles de juegos para momentos intermedios: entre la comida y la cama, entre personas prestándole atención. Juegos con palabras y reglas y juegos sin ellas. *Bum, bum, bum* sobre el suelo de madera.

En nuestra casa, las tablas del suelo parecen tener sus melodías propias, de modo que Wren crea una especie de música cayendo sobre las diferentes placas. Hasta ha encontrado una manera de marcar el ritmo de *La Ronda de la Bruja*, aunque de forma algo torpe. Va por la última parte de la canción cuando me interpongo en su camino, y se ríe alegremente y rebota alrededor de mí sin siquiera perder el ritmo.

Entro en nuestro dormitorio y vuelvo a poner el libro de mi padre en el estante, junto a las tres velas. Al otro lado de la ventana, la oscuridad se acerca pesada, cansada y densa.

No puedo dejar de pensar en las palabras de Tyler. *Todo el mundo deja huellas.*

Agarro un delantal azul claro del cajón y me lo ato a la cintura mientras me dirijo a la cocina. Otto está sentado a la mesa, una gruesa banda amarilla en cada brazo, hablando con mi madre. Su voz tiene el nivel que utilizan los adultos cuando creen que hablan en secreto, pero es lo suficientemente fuerte como para que lo escuche el oído de cualquier chico. Mi madre aparta la harina y las migas de la mesa y asiente. Capto la palabra *hermanas* antes de que mi tío me vea y cambie de tono y de tema.

—¿Estuvo bien tu charla con Tyler? —pregunta, demasiado interesado.

—Aceptable —respondo.

—¿Y qué tal te fue el día, Lexi? —Puedo sentir sus ojos clavados en mí, y el tono desafiante de su voz. Trago saliva e intento elegir una mentira cuando…

—Me ha ayudado a entregar el pan —interviene mi madre, casi distraídamente—. Habrá desaparecido un niño, pero la gente tiene que comer igual. —Me muerdo el interior de la boca para evitar que la conmoción ante la mentira de mi madre se trasluzca en mi rostro. La imagen de Wren y ella volviendo a casa con la cesta vacía revolotea dentro de mi mente, su súbita mirada severa cuando me dijo que intentaba ayudarme.

Asiento mientras corto el resto de una hogaza y la pongo en la mesa con un poco de queso. Mi tío gruñe pero no dice nada más. Mi madre envuelve algunas hogazas más en un paño y se quita el delantal que tiene sobre el vestido. Es lo único que descarta todas las noches, cuando tiene que dejar la cocina a un lado.

—¿Y tú, tío? —pregunto—. ¿Alguna señal de Edgar?

Enarca las cejas y bebe un largo sorbo de su taza.

—Hoy no —masculla dentro de la taza—. Saldremos otra vez por la mañana.

—Quizá entonces os pueda ayudar.

—Ya veremos —dice Otto después de vacilar unos segundos. Lo cual, casi seguro, quiere decir que no, pero está demasiado cansado para discutir. Se levanta con esfuerzo y la silla rechina contra el suelo al deslizarse hacia atrás—. Salgo con la primera patrulla.

—¿Patrulla?

—Tenemos hombres por toda la aldea, para estar seguros.
—Golpetea las bandas amarillas—. Para distinguir a mis hombres.
Solo un loco podría exponerse a que lo atraparan afuera esta noche. Les he dado órdenes de que disparen sin previo aviso.

Maravilloso.

Mi tío se excusa y yo me hundo en la silla vacía, tratando de recordar si tengo algo amarillo. Desde el pasillo, se oyen crujidos y golpes secos: Wren continúa con su juego. Mi madre busca mi mirada hasta interceptarla pero no dice nada, y me pregunto si sabe lo que estoy planeando. Bosteza y me da un beso en la frente, sus labios apenas un suspiro contra mi piel, y luego va a arropar a Wren. El *bum, bum, bum* se desvanece cuando mi hermana se va a la cama.

Me quedo sentada en la cocina, esperando, mientras se enfrían las piedras del hogar. Creo que mi madre hornea durante todo el día, hasta que le duelen los huesos y los músculos, para que, al caer desplomada en la cama por la noche, no exista la posibilidad de mantenerse despierta ni la posibilidad de ponerse a recordar. Mi padre solía sentarse en la cama con ella y contarle historias hasta el amanecer, porque él sabía que ella adoraba sentir el sonido de su voz, tan profunda como el sueño.

Espero hasta que la casa esté oscura y en calma, hasta que el silencio se vuelva denso, como si el mundo estuviera conteniendo la respiración. Luego me levanto y me retiro a mi habitación.

Las velas arden ininterrumpidamente en el estante, proyectando estanques de luces danzantes sobre las paredes. Me siento encima de la manta, completamente vestida, y espero que la respiración de Wren sea baja y constante, como cuando está profundamente dormida. Parece tan pequeña en su lecho de mantas… mi pecho se me pone tenso al imaginar a Edgar trepando por la ventana y desapareciendo en el páramo. Me estremezco y aprieto los puños. Y entonces lo recuerdo. En el lugar donde Dreska colocó el amuleto, la palma de mi mano, todavía huele vagamente a piedras mojadas, a hierba y a tierra. Cierro los dedos, ¿cómo pude haberlo olvidado? Hurgo en los bolsillos y respiro profundamente cuando mis dedos tantean la bolsita terrosa. Saco el amuleto y, cuando lo sostengo en la mano, me resulta raro: muy ligero y muy pesado a la vez. Una bolsita de hierba, tierra y guijarros, ¿cuánto poder puede tener? Reprimo un bostezo y lo amarro alrededor de la muñeca de mi hermana, que se mueve debajo mis dedos y abre lentamente los ojos.

—¿Qué es? —balbucea mirando el amuleto.

—Es un regalo de las hermanas —susurro.

—¿Para qué sirve? —pregunta retorciendo el cuerpo para incorporarse mientras lo olfatea—. ¿Hueles a brezo? —pregunta colocándolo delante de mi nariz—. ¿Y a tierra? No debería haber tierra ahí adentro.

—Es solo un amuleto —comento, tocándolo con los dedos—. Siento haberte despertado. Olvidé dártelo antes—. Ahora —agrego, sosteniendo las mantas—, vuelve a dormir.

Wren se apoya sobre la almohada mientras asiente. La arropo con las mantas y se hace un ovillo.

Me siento en el borde de la cama y espero que la respiración de Wren vuelva a estabilizarse. Muy pronto vuelve a estar completamente dormida, los dedos aferrados al amuleto.

Es hora de ponerse a trabajar.

Hurgo en los cajones inferiores y extraigo una bufanda color amarillo pálido: un regalo de Helena de hace dos. Le doy un beso, le doy las gracias en silencio a mi amiga, y a su amor por tejer, y me ato la bufanda alrededor del brazo.

Guardo el cuchillo de mi padre y la capa verde, deslizo suavemente la ventana hacia arriba y contengo la respiración mientras cruje, pero Wren no se mueve. Salgo silenciosamente, salto al suelo, cierro la ventana y trabo los postigos.

En la casa de Otto, las lámparas están encendidas y no debe estar de patrullaje pues, a través de la ventana, puedo vislumbrar su silueta inclinada sobre una mesa. Bo está sentado a su lado, el pelo cayéndole en medio de las cejas, y los dos hombres gruñen y beben, intercambiando una o dos palabras entre sorbos. El tío Otto tiene ese tipo de voz que atraviesa la madera, el cristal y la piedra, así que me deslizo lo suficientemente cerca para escucharlos hablar.

—Como si hubiera salido de la cama… y se hubiera desvanecido…—Otto agita la mano— …en el aire.

Sin embargo, eso no es posible. Estoy segura de que hay huellas, aunque sean tenues. ¿Acaso Otto sabría qué buscar? No hay duda de que los hombres pueden actuar como niños, pero ¿pueden pensar como ellos?

—Es realmente extraño —comenta Bo—. ¿Tú qué piensas?

—Pienso que es mejor que encuentre al niño, y rápido.

—No puedes hacer aparecer algo de la nada —dice Bo encogiéndose de hombros.

—Tengo que hacerlo —replica Otto bebiendo un largo trago—. Es mi trabajo.

Los dos hombres se quedan en silencio, la mirada fija en los vasos, y yo me escabullo. Me ajusto la capa verde sobre los hombros, los dejo beber tranquilos y me encamino hacia la aldea. La casa de Edgar está ubicada hacia el oeste, en medio de un racimo de tres o cuatro viviendas, una franja plana de campo entre ese grupo y el siguiente. Si existe alguna pista de quién se llevó a Edgar, cómo y a dónde, entonces yo la encontraré.

Echo a andar. El viento me impulsa suavemente hacia adelante.

Bajo la luz de la luna, el páramo es un lugar vasto y fantasmal. Finas líneas de niebla hacen resplandecer las hierbas silvestres y la brisa sopla sobre las colinas en ráfagas lentas. Cuando el primer grupo de casas aparece del otro lado del campo, me pregunto si el equipo de búsqueda se habrá molestado en localizar las huellas del niño. No deberían haber sido tan profundas como las de los ciervos. Pero tendría que haber habido algo, un rastro de vida y de movimiento. El suelo que rodea la casa debería estar removido, debería dar algún indicio de la dirección que tomó Edgar. *Todo el mundo deja huellas.*

De hecho, eso es lo que me preocupa. Todos dejan huellas, y ahora una decena de cuerpos han estado pisoteando toda la casa, aplastando las pistas. Dudo de que pueda descubrirlas sin la luz del día, y traer una vela o una lámpara habría sido muy arriesgado, especialmente existiendo una patrulla nocturna. No puedo darme el lujo de permitir que los hombres de Otto me descubran. Aunque no me disparasen, mi búsqueda personal llegaría a su fin, y, probablemente, tendría que sufrir un arresto domiciliario. *Por mi propia seguridad, por mi propio bien*, me mofo. Cuánto bien le hizo a Edgar, arropado y durmiendo en su cama.

No, aquí la oscuridad tiene que ser mi aliada. Mi padre solía decir que la noche podía contar secretos tan bien como el día, y espero que tenga razón.

Recorro el sendero que serpentea como si fuera una vena hacia el corazón del pueblo, haciendo todo lo posible por evitar tropezarme con alguna piedra suelta.

Un cuervo revolotea por encima de mi cabeza como una mancha en el cielo nocturno. Las casas ya están más cerca, separadas por pequeños jardines, así que reduzco el paso, asegurándome de extender mi peso cuando camino, intentando hacer menos ruido que el viento que me rodea. Alguien tose y, unos segundos después, un hombre sale de una de las casas, una sombra contra la luz tenue del interior. Me quedo paralizada en el sendero, los dedos enroscándose alrededor del borde de la capa para impedir que se infle. El hombre se apoya contra la puerta fumando una pipa, un rifle en la cara interna del codo, justo debajo de una banda amarilla. Me acuerdo de las palabras de mi tío. *Disparen sin previo aviso.* Trago con fuerza. Otra voz murmura desde el interior de la casa y el hombre echa una mirada hacia atrás. En ese momento me desvío furtivamente del sendero y salgo disparada entre la oscuridad que separa dos cabañas sin luces encendidas. Apretándome contra la pared de una de ellas, justo al lado de una pila de leña, puedo ver la cuarta casa, la que está más lejos hacia el oeste: la casa de Edgar.

Hay una luz en el interior, tan adentro que solo un leve resplandor llega hasta las ventanas. Me acerco y me arrodillo en el borde de cada una, dejando que mis dedos y mis ojos recorran el suelo que tienen debajo, buscando alguna alteración, alguna huella de un pie o de una mano aterrizando de un salto. Llego a la ventana de Helena (yo solía sentir envidia de que ella tuviera su propio dormitorio, pero resulta imposible envidiarla en este momento) y me detengo mientras decido si golpear suavemente el cristal. Dado que un niño acaba de desaparecer de esta casa, lo considero una muy mala idea. Acerco los dedos al cristal, deseando que mi amiga esté profundamente dormida en el interior, y luego continúo rodeando el lugar. Me detengo en la última ventana, la que yo sé que pertenece a Edgar. Esta debería ser la que dijeron que estaba abierta. Me agacho en el suelo y entrecierro los ojos en la débil luz.

Es como yo pensaba. La superficie es una telaraña de huellas: zapatos de adultos, botas, zapatillas, pisadas más viejas que resbalan y más jóvenes que pisotean. Un campo de batalla de pisadas. Todavía embarrada por las lluvias, la tierra se ha aferrado a muchas huellas, pero ninguna de ellas es pequeña ni pertenece a un niño.

Me pongo de pie, reprimiendo la frustración. *Piensa, piensa.* Tal vez, un poco más lejos, las fuertes pisadas de los hombres decrecerán y dejarán paso a huellas de pies más pequeños.

Me reclino contra la casa, la cabeza apoyada en la pared, justo al lado del marco de la ventana, y dejo que mis ojos recorran lo que se ve desde allí. En esta dirección se extiende un campo: un trecho de vegetación silvestre, brezo y rocas, ubicado entre este grupo de casas y el siguiente, anidadas como huevos en la distancia. La luz plateada de la luna se derrama por el campo y camino hacia él con paso lento, mientras mis ojos se mueven rápidamente entre los pastos altos que rozan mis piernas y la colina que surge más adelante. El viento sopla con más fuerza y la maleza cruje y se balancea.

Detrás de mí, alguien exhala una bocanada de aire.

Me giro, pero no hay nadie. Al otro lado del campo, el racimo de casas está en silencio, oscuro excepto por una o dos luces débiles. Debió haber sido el viento, pero sopla alto y el sonido ha sido bajo. Continúo la búsqueda cuando lo oigo otra vez. Hay alguien aquí, muy cerca.

Aguzo la vista entre las sombras profundas cercanas a las cabañas de piedra, debajo de los aleros de paja, adonde no puede llegar la luz de la luna. Espero, inmóvil, conteniendo la respiración. Y luego lo veo. Algo se desliza a través del hueco que separa las casas, atrapado fugazmente por la fragmentada luz de la luna. La forma fantasmal se evapora en un suspiro, desapareciendo detrás de una esquina.

Corro a toda velocidad detrás de la sombra, sin poder evitar el ruido que produce mi presencia. Puedo escuchar el tono regañón de mi padre mientras las ramitas se rompen bajo mis pies y mis zapatos patean las piedras, pero estoy muy cerca. Me lanzo en el espacio entre las casas y diviso la figura justo antes de que doble otra esquina. Se detiene, se gira como si me viera, y luego se mete en medio de las construcciones, dirigiéndose hacia el norte, hacia la sombra de una colina grande y negra. Si llega antes que yo, sé que la silueta desaparecerá, una sombra dentro de otra sombra.

Corro, manteniendo mis ojos sobre ella para que no se funda con la noche.

Está muy cerca. Comienzan a arderme los pulmones. La figura se mueve por encima de la tierra enmarañada con una velocidad pasmosa. Siempre he sido muy rápida, pero no puedo distinguir el suelo. El viento silba en mis oídos mientras la sombra llega al pie de la colina y desaparece.

No sé qué era, pero la perdí.

Mis piernas dejan de agitarse y mi bota se engancha en una piedra. Me lanza hacia adelante, en la relativa oscuridad de la base de la colina. La sombra se encuentra en algún lugar, tan cerca que siento como si las yemas de mis dedos pudieran rozarla con cada manotazo mientras me impulso hacia arriba. Pero mis dedos solo tropiezan contra una piedra afilada que sobresale de la colina. El viento golpea en mis oídos al mismo tiempo que mi pulso.

Y luego llegan las nubes. Se deslizan silenciosamente por el cielo y se tragan la luna, y, como si se apagase una vela, el mundo se oscurece.

8

El mundo entero se desvanece.

Me detengo de golpe para no tropezarme con otra roca, con un árbol, o con algo peor. Con los dedos todavía apoyados contra la piedra, respiro profundamente y espero a que las nubes se muevan en el sentido en que deberían, ya que el viento las trajo tan rápido hacia aquí. Pero las nubes no se mueven. El viento sopla con tanta fuerza como para silbar y zumbar y, sin embargo, las nubes parecen increíblemente inmóviles, tapando la luna. Espero que mis ojos se adapten, pero no lo hacen. No sucede nada.

Mi corazón sigue latiendo a toda velocidad y no es solamente por el frenesí de la persecución. Es algo distinto: una puntada que no había sentido en mucho tiempo.

Miedo.

Miedo al darme cuenta de que ya no puedo ver el grupo de casas, de que ya no puedo ver nada. Y, aun así, en mitad de todo, puedo sentir la presencia de otro cuerpo cerca.

El viento cambia, de una simple briza se transforma en algo diferente, algo más familiar. Suena casi como una canción. No tiene palabras, pero sube y baja como la música y, por un momento, pienso que todavía estoy en la cama, envuelta entre las sábanas, soñando. Pero no es así. La extraña melodía me marea y trato de no prestarle atención, pero el mundo está tan oscuro que no hay nada más en lo que concentrase. La música parece volverse cada vez más nítida hasta que casi puedo distinguir de dónde viene. Me aparto de la piedra, me vuelvo y doy unos pocos pasos cautelosos para alejarme de la colina hacia donde estaba la sombra, cuando todavía podía verla.

Mis dedos buscan el cuchillo de mi padre. Lo saco de la funda de la pantorrilla y lo sostengo sin apretarlo, abriéndome paso como una ciega, sabiendo solamente que la pendiente está a mis espaldas. Recuerdo haber pasado junto a unas rocas bajas y a un árbol antes de que todo se pusiera negro, de modo que mis pasos son precavidos, evitando los bordes afilados. El viento continúa zumbando, sube y baja de manera regular y juro que conozco esa canción. Un escalofrío me atraviesa cuando descubro dónde la escuché.

El viento en el páramo está cantándome a mí.
La hierba, las rocas y el mar alejado de aquí.

El viento y el sonido me envuelven, los vaivenes de la melodía suenan cada vez más fuerte en mis oídos y el mundo comienza a girar. Me detengo para no caerme, se me eriza el vello del cuello y reprimo el deseo de gritar.

Sé paciente, Lexi, se entromete la voz de mi padre.

Intento calmarme, intento disminuir la velocidad de mi pulso, que ahora es tan fuerte que no me deja oír nada por encima de él. Conteniendo la respiración, espero que la canción del viento forme una capa, una cortina de ruido. Espero que mi corazón forme parte de esa cortina en vez de golpear como un tambor dentro de mi cabeza. Un minuto después de que mis nervios comiencen a tranquilizarse, un nuevo sonido surge a unos pocos metros, al pie de la colina. Un cuerpo pisa la hierba.

Me giro hacia el sonido justo cuando las nubes abandonan la luna, arrojando haces de luz que parecen brillar como faros después de la densa oscuridad. La luz destella en mi cuchillo, en las escasas piedras dispersas y en la sombra, iluminando finalmente el contorno de un hombre. Me lanzo hacia él y lo derribo contra la pendiente. Mi mano libre sujeta su hombro, mi rodilla sobre su pecho.

La luz le roza la garganta, la mandíbula y los pómulos, como la primera vez que lo vi por la ventana. Estoy mirando los mismos ojos oscuros que se negaron a encontrase con los míos en la colina, junto a la casa de las hermanas.

—¿Qué estás haciendo aquí? —pregunto, el cuchillo de caza contra su garganta. Mi corazón late deprisa y mis dedos se aferran al mango y, sin embargo, él ni siquiera se estremece ni emite ningún sonido. Solo parpadea.

Lentamente, la hoja regresa hacia mí. Pero mi rodilla permanece sobre su pecho, apretándolo contra la hierba.

—¿Por qué estás aquí? —pregunto otra vez, reprimiendo mi enfado ante el hecho de que haya sido capaz de acercarse a mí sin que me diera cuenta, y ante el hecho de que le estoy silenciosamente agradecida por estar aquí. Me observa de manera inquisidora, los ojos negros como la noche que nos rodea, y no dice nada.

—*Respóndeme*, Cole —le advierto, levantando el cuchillo. Su mandíbula se pone tensa y aparta la mirada.

—No es seguro estar aquí fuera, al menos por la noche —responde finalmente. Su voz es a la vez clara y suave, y atraviesa el viento de una manera extraña, más paralela que perpendicular—. Y no me llamo Cole.

—¿Así que estabas siguiéndome? —pregunto, apartándome bruscamente de él, tratando de que no note que estoy temblando.

—Vi que estabas sola. —Se pone de pie con un movimiento increíblemente grácil, la capa gris cayéndole sobre los hombros—. Quería asegurarme de que estuvieras bien.

—¿Por qué no habría de estarlo? —pregunto demasiado rápido y respiro profundamente—. ¿Por qué te escapaste?

Espero pero no contesta. En su lugar, examina el suelo con una atención que indica claramente que está evitando responderme. Finalmente, murmura:

—Es más fácil que tratar de dar una explicación.

Se alejan las últimas nubes y la luna ilumina el páramo que nos rodea.

—Deberías regresar a la casa de las hermanas. —Echo una mirada a la colina y al grupo de cabañas que están detrás de nosotros. Como no habla ni se mueve, me doy la vuelta y lo enfrento.

—Hablo en serio, Cole. Si alguien te ve aquí…

—*Tú* me has visto.

—Sí, pero yo no creo que te hayas llevado a Edgar. Alguna otra persona podría creerlo. Supongo que te darás cuenta de que estabas en la aldea, junto a la casa de Edgar, la noche siguiente a que él desapareciera. Puedes comprender cómo se entendería eso.

—Tú también estabas.

—Pero yo soy de aquí y soy rastreadora. Mi padre también lo era. ¿Tú qué eres? —Me estremezco ante la dureza de mi voz.

—Una vez que me di cuenta de lo que estabas haciendo, pensé que podía ayudarte —explica con apenas un susurro. Me sorprende poder oírlo por encima del rugido del viento.

—¿Cómo?

—Tengo buenos ojos —responde arqueando sus cejas oscuras—. Pensé que podría encontrar algo. Una huella o una pista.

—¿O cubrir algo? —Sé que suena cruel, pero estas son las preguntas que formularía mi tío. Las acusaciones que haría si encontrara al extraño esta noche en la parte oeste del pueblo.

—Tú sabes que no es así —replica y suena frustrado—. Yo no he hecho nada malo.

—Lo siento, Cole —comento después de un suspiro y alzo la vista hacia la luna, asombrada de lo lejos que ha viajado a través del cielo. A nuestro alrededor, la noche se está volviendo helada y me siento mareada, cansada. Estoy perdiendo el tiempo—. Tengo que irme.

Doy un paso hacia atrás, hacia las casas, las manos aún levemente temblorosas de la persecución y la penetrante oscuridad. Cole parece indeciso, su cuerpo se vuelve hacia un lado, la cabeza hacia otro. La luna proyecta suficiente luz como para hacer que su piel resplandezca. Con el rostro pálido, los oscuros ojos y la boca triste, parece estar hecho en blanco y negro, igual que el mundo por la noche.

Decido marcharme justo cuando comienza a hablar.

—Lexi, espera —exclama estirando la mano hacia mi muñeca. Parece arrepentirse y retrocede, pero sus dedos rozan mi brazo y me toma desprevenida—. Tal vez puedo ayudar, si me dejas.

—¿Cómo? —pregunto dándome media vuelta.

—Te dije que tengo buenos ojos y creo que he encontrado algo. Es tenue, pero está ahí. Estoy seguro. —Extiende la mano hacia el grupo de casas que están del otro lado de la maleza.

Vacilo. Como no respondo, agrega:

—Solo echa un vistazo. —Asiento. Cole rodea las viviendas en dirección oeste, hacia el campo donde yo estaba cuando vi la sombra por primera vez. La ventana de Edgar nos observa fijo, la débil luz del interior hace que brille ligeramente. Cole camina conmigo hasta la ventana y me sorprendo al notar que parece no hacer ningún ruido. Sus pies tocan el suelo dejando huellas ligeras, pero no se escucha el crujir de hojas ni hay hierba reseca debajo de sus zapatos. Mi padre estaría impresionado.

Cuando estamos muy cerca de la casa, se da la vuelta y recorre el campo con la mirada, más o menos de la misma forma en que yo lo hice antes.

—Ya he buscado aquí —comento con el ceño fruncido.

—Lo sé —replica señalando el brezo y los pastos que nos llegan a la rodilla—. Es leve. ¿Lo ves?

Entrecierro los ojos, intentando encontrar el objeto, la pista.

—No te esfuerces tanto —señala—. Echa una mirada general.

—Suena igual que mi padre, calmado, paciente. Trato de relajar los ojos, retroceder y abarcar todo el campo. Y entonces contengo el aliento.

—¿Lo ves?

Sí, lo veo. Es sutil y estoy tan acostumbrada a los detalles que nunca lo habría percibido. El campo... ondea. No hay pisadas ni huellas en la tierra, pero la hierba y el brezo se doblan muy levemente, como si alguien hubiera caminado encima de ellos. Como si el viento los hubiera arqueado y no hubieran tenido el tiempo suficiente para enderezarse. Una franja angosta de esos pastos silvestres se inclina como formando un sendero.

—Pero ¿cómo? —me pregunto para mí misma, aunque lo haga en voz alta, mientras mis ojos se posan en los de Cole, que frunce el ceño y menea ligeramente la cabeza. Miro otra vez la huella. No lo entiendo, pero es *algo*. El sendero trazado por el viento vira hacia el norte. Me alejo de la casa de Edgar y lo sigo, adentrándome en el campo.

—No —advierte Cole—. No deberías ir sola.

—¿Por qué no? ¿Porque soy mujer?

—No —responde, la expresión inescrutable—. Nadie debería caminar solo por ahí. —Y después de la extraña oscuridad y el viento vertiginoso, tiendo a creer que tiene razón.

—Entonces es mejor que me acompañes —propongo, dando unos pasos hacia adelante.

Cole vacila detrás de mí, se balancea sobre los pies y, por un instante, parece que no me va a seguir. Sin embargo, cambia de opinión en el último momento y me alcanza. Seguimos el sendero casi invisible, el camino marcado por el viento. Parece imposible que pueda conducirme hasta Edgar, ya que no hay señal de sus pequeños pies. Pero a su vez, también parece imposible que el sendero exista.

La luna brilla sobre nosotros y ahora el páramo parece mucho menos aterrador. Me enfado conmigo misma por haber sentido miedo. El viento se disipa y el silencio se extiende. De vez en cuando, interrumpo la quietud con alguna pregunta: «¿Cómo es el sitio del que vienes? ¿Qué te ha traído a Near? ¿Dónde está tu familia?», pero él nunca responde. Ya me estoy acostumbrando a su mutismo, pero es tan inusualmente silencioso —pasos silenciosos, movimientos imperceptibles— que siento que podría desvanecerse. Así que le hablo de mí, esperando, tal vez, sonsacarle algo más que una mirada.

—Mi madre es panadera —comento—. Hace pan durante toda la mañana y yo lo reparto por el pueblo. Es por eso que conozco el camino más corto a todas las casas, es por eso que puedo recorrer el camino de noche. Los he recorrido mil veces todos.

Miro a Cole, que me observa a su vez, sorprendentemente interesado en mi divagación. Prosigo.

—Wren, mi hermanita, cumplió cinco años en primavera. Ella tiene una huerta… —Digo lo primero que se me ocurre, las palabras brotan a borbotones y con facilidad.

Delante de nosotros, el sendero aparece y desaparece, y se esfuma por completo en las partes en que la hierba es baja o el suelo está desnudo, pero siempre reaparece antes de que lo perdamos de vista. Nos lleva hacia el extremo norte de Near y me detengo cuando la casa de mi tío aparece ante mi vista. Cole frena a mi lado y sigue mi mirada hacia la casa oscura.

—Near es como un círculo —explico en voz baja, buscando señales de la patrulla de Otto o del mismo Otto—. O una brújula. Mi familia vive en el límite norte, las hermanas al este.

—¿Por qué vivís tan lejos del centro? —pregunta, y tengo que reprimir una sonrisa ante el hecho de que esté hablando otra vez. No es un susurro, pero se funde perfectamente con el viento calmo, suave y claro.

—Dicen que solamente los cazadores y las brujas viven tan lejos.

A mi lado, Cole se pone tenso de manera casi imperceptible.

—¿Y cuál de los dos eres tú? —pregunta, esbozando un débil intento de sonrisa. Me pregunto si, en el lugar de donde proviene, se mira a las brujas con malos ojos, y casi se lo pregunto, pero no quiero callarlo ahora que finalmente está dispuesto a hablar.

—Mi padre era cazador —respondo—. Y rastreador. Actualmente, no es necesario cazar, ya que varias familias tienen ganado, pero nuestra familia siempre se dedicó a cazar, de modo que vivimos en las afueras del pueblo. Mi padre murió y mi tío vive al lado de nosotras, justo ahí —agrego señalando su cabaña, donde las ventanas están finalmente oscuras—. Es carnicero. Y las hermanas, bueno… —No concluyo la frase. No me parece bien decirle que Magda y Dreska son brujas, si ellas mismas no se lo han dicho. No quiero asustarlo. Y, además, no me corresponde. Cole parece conforme al dejar que la conversación se diluya.

—Por ahí —indica, apuntando hacia el lugar en donde la hierba es más alta y el sendero vuelve a aparecer, formando un arco por delante de las casas y dirigiéndose hacia el este. El este, donde a través de la oscuridad, más allá del bosquecillo y hacia arriba de la colina, viven las hermanas. Echo una mirada hacia mi casa, los postigos del dormitorio aún cerrados, y continuamos la caminata.

El sendero trazado por el viento corre paralelo al viejo camino de tierra, que rumbea hacia el este y hacia la casa de las hermanas, y lo recorro de memoria en medio de la noche. El sendero se vuelve más borroso, aunque la hierba es alta, y continuamos en silencio.

Me detengo un momento y me apoyo contra una roca. El mundo se inclina como en un sueño.

—Estás cansada —dice.

Me encojo de hombros, pero me quedo apoyada unos segundos más.

—Estoy bien —murmuro enderezándome—. Cuéntame alguna historia. —Bostezo mientras retomamos la caminata a lo largo del estrecho camino de tierra, el sendero mecido por el viento siempre a la izquierda—. Me ayudará a mantenerme despierta.

Yo no quiero cualquier historia: quiero la de él. Quiero saber del mundo que está más allá de Near, de la manera en que hablan, de las historias que cuentan; saber por qué está él aquí, con su capa gris chamuscada, y por qué habla tan poco.

—No sé ninguna —responde, y echa una mirada por encima del campo hacia el bosquecillo que está a lo lejos, enclavado como si fuera una madeja de sombras.

—Invéntatela —sugiero, desviando los ojos hacia el mundo azul y negro que se extiende detrás de nosotros. Cole también mira y frunce el ceño como si viera algo distinto, más problemático o vivo que el simple paisaje, pero no dice nada. Parece volverse más tenue delante de mis ojos.

—De acuerdo —exclamo finalmente—. Entonces empezaré yo. ¿Alguna petición?

El silencio es tan largo que pienso que no me escucha. El viento zumba a nuestro alrededor. Finalmente, habla.

—Cuéntame una historia sobre la Bruja de Near.

—¿Dónde has oído hablar de ella? —pregunto arqueando las cejas.

—Las hermanas —contesta. Las palabras no brotan fácilmente, es como si las estuviera probando. Me pregunto si miente.

—¿Crees en las brujas, Cole?

Sus ojos se posan en los míos y, por un momento, parece completamente macizo.

—En el lugar de donde vengo, las brujas se consideran reales —responde. Hay una extraña amargura en su voz. *De donde vengo.* Me aferro a esas palabras, los primeros indicios—. Pero no sé cómo es aquí.

—Near también sabe que existen las brujas. O, al menos, así era antes.

—¿Qué quieres decir?

Echo a andar otra vez y Cole me sigue.

—La gente sabe, pero trata de olvidar —señalo meneando la cabeza—. Ven a las brujas como historias de terror, como monstruos. Cuando mi padre vivía, la situación era mejor. Él creía que las brujas eran una bendición. Están más cerca de la naturaleza que cualquier humano, porque son parte de ella. Pero la mayoría de la gente piensa que las brujas son una maldición.

—¿Las hermanas también? —pregunta despacio, y yo esbozo una triste sonrisa. De modo que sabe más de lo que deja entrever.

—Si les preguntas si son brujas, se alejarán, te guiñarán el ojo o harán algún comentario mordaz. Deben haber sido poderosas en otro tiempo pero se consumieron. O lo intentaron —explico y miro a Cole.

»Las brujas están conectadas al páramo. Creo que mi padre también quería tener esa conexión. Y estuvo más cerca que la mayoría, pero el hecho de que no lo lograra hizo que respetara a las brujas más todavía.

Cole parece más pálido, si es que eso es posible. El viento sopla con más fuerza.

—¿Y la Bruja de Near?

—Ella es la razón, creo yo, de que la gente de aquí sea como es. Al menos, eso dicen. Desapareció hace mucho tiempo. Para ser sincera, ahora todo eso parece más bien una leyenda que una historia real. Como si fuera un cuento de hadas.

—¿Pero tú crees en ella, no? —pregunta.

—Sí. —Me doy cuenta, justo después de haberlo dicho, de que es cierto—. Al menos en parte.

Cole se queda esperando.

—De acuerdo —añado sintiendo su curiosidad—, te contaré la historia como lo hacía mi padre.

Mi voz brota baja y suave mientras extraigo el cuchillo de caza, que está mellado por un lado, pero aún sigue peligrosamente afilado. Dejo que mis dedos se deslicen por las marcas del mango mientras imagino la letra de mi padre en la hoja del libro, superponiéndose dentro de mi cabeza con su voz baja y dulce. Respiro profundamente y dejo salir el aire de la forma en que él siempre lo hacía cuando estaba a punto de contar una historia.

9

—Hace mucho mucho tiempo, la Bruja de Near vivía en una casa pequeña en el extremo más alejado del pueblo. Era muy joven o muy vieja, según hacia qué lado girara la cabeza, ya que nadie sabe la edad de las brujas. Los arroyos del páramo eran su sangre, la hierba era su piel y su sonrisa era amable pero afilada a la vez, como la luna en la negra noche. La Bruja de Near sabía hablarle al mundo en su propio lenguaje, y a veces no podías saber si el sonido que escuchabas debajo de tu puerta era el aullido del viento o la Bruja de Near cantándole a las colinas para hacerlas dormir. Ambas cosas sonaban igual…

Mis palabras se apagan al aproximarnos al bosquecillo. Cole alza la vista esperando que yo prosiga.

Pero algo atrae mi atención y maldigo por lo bajo. Justo antes de que llegue a la arboleda, la extraña senda mecida por el viento que estábamos siguiendo, desaparece. Así sin más, la hierba recobra su caos natural, soplando en muchas direcciones diferentes. Sin previo aviso, el sendero se esfuma. Acelero el paso, salgo disparada a través de la oscuridad de las copas de los árboles, tropezándome con las raíces y las ramas caídas, rasgándome la falda. Al borde del bosquecillo, freno de golpe con tanta rapidez que Cole casi choca contra mí.

Observo la noche y se me oprime el corazón al examinar la colina: el sendero formado por el viento no se ve por ningún lado.

Enfoco y desenfoco los ojos esperando verlo, y, finalmente, me vuelvo hacia Cole.

—¿Tú puedes verlo? —pregunto señalando la colina que está delante de nosotros. Desvía la mirada, frunce el ceño y niega con la cabeza.

—Tal vez lo encontremos en la cima de la colina. En este lado hay demasiada oscuridad.

Y tiene razón. La luna está bajando, arrastrando sombras sobre la tierra. Frente a nosotros, la colina se curva hacia arriba. Hacia ambos lados, el suelo se extiende en dirección a los campos.

Hurgo en los bolsillos en busca de semillas y las extiendo hacia la creciente brisa.

—¿Qué haces? —pregunta Cole, y puedo escuchar la diversión en el borde de su voz. Es un sonido maravilloso. Acerca los dedos a mis brazos extendidos y baja mis manos. Por la manera en que me toca, es como si pensara que me voy a romper o que le voy a hacer daño. Tan pronto como se produce el contacto, desaparece, y me deja preguntándome si sus dedos realmente han tocado mi piel, o si solo se acercaron lo suficiente como para que yo imaginara que lo habían hecho.

—El viento del páramo es engañoso —susurro, como para mí misma—. Pero le estoy pidiendo ayuda.

Cole retrocede, mete las manos dentro de la capa y observa. Sus ojos desaparecen debajo del pelo. Estoy a punto de explicarle que es una broma, una diversión tonta a la que juego conmigo misma desde que era pequeña y vi a mi padre hacerlo, cuando, de pronto, el viento me roba las semillas y las desparrama como migas de pan por el sendero que se extiende delante de nosotros.

—¡Ajá! —exclamo triunfante, siguiendo el sendero de semillas—. ¿Ves?

—Claro que sí —responde Cole.

Pero la brisa que he convocado comienza a soplar con más fuerza y transporta las semillas, arremolinándolas en todas direcciones en medio de la noche, y luego empieza a aullar y a tirarme de las mangas. Cole apoya la mano en mi brazo y el viento disminuye un poco, se aplaca.

—Ten cuidado con lo que le pides al viento —me advierte.

Gira la cabeza bruscamente y mira hacia el bosquecillo, en la dirección por la que vinimos.

—¿Qué pasa?

—Es mejor que caminemos. —Echa a andar hacia la parte superior de la colina, hacia la casa de las hermanas.

—¿Has visto algo? —pregunto, entrecerrando los ojos en medio de la oscuridad. Trato de mirar el mundo con sus ojos, pero lo único que veo detrás de nosotros es la noche azul y negra.

—Pensaba que sí —responde. En mitad del ascenso, se aparta del sendero y se encamina hacia la muralla baja de piedra que se encuentra al sur de la casa de las Thorne. Yo continúo mirando hacia atrás, al camino por el que vinimos, pero sigo sin ver nada fuera de lo común.

—Cuéntame el resto de la historia —pide— de la Bruja de Near. ¿Aún no has terminado, verdad?

Asiento y camino tras él.

—La Bruja de Near era una bruja del páramo. Dicen que son las más poderosas, que tienen que haber nacido de dos brujos, no de una bruja y un humano, y que, aun así, nunca se sabe. Ella podía manejar todos los elementos y no solo uno. Dicen que era tan poderosa que movía la tierra a su antojo, que los ríos cambiaban de curso, las tormentas desbordaban sus cauces y el viento modificaba su forma. Que el suelo y todo lo que crecía de él, todo lo que recibía alimento y todo lo que el suelo hacía y mantenía: los árboles, las piedras e incluso los animales… todo se movía gracias a ella.

Dicen que tenía un jardín y una docena de cuervos, y que el jardín nunca se marchitaba y los cuervos nunca envejecían ni se escapaban. La Bruja de Near vivía en el límite de la aldea, entre Near y el páramo, entre los humanos y el mundo salvaje. Era parte de todo y de nada… —mi voz se extingue y mis ojos se abren.

Arriba, en la cima de la colina, entre la casa de las hermanas y la muralla de piedra, distingo un retazo de tela de color blanco. De inmediato, salgo corriendo y me olvido de todo salvo de la tela enganchada en una zona de hierbas espinosas. Me detengo de golpe junto al calcetín de un niño y examino el terreno en busca de otros indicios. Cole aparece a mi lado.

Me arrodillo frente a la zona de espinos. El calcetín está enganchado y del revés, de modo que lo que corresponde a la planta del pie ha quedado hacia arriba, como si quien lo llevaba hubiese pisado los arbustos espinosos, se hubiese enganchado los dedos y, para liberarse, hubiese tirado con fuerza abandonando el calcetín. Pero eso no es lo más extraño. La parte de abajo del calcetín es de un blanco intenso y está completamente limpia, como si el pie nunca hubiera tocado el suelo.

Arrugando el ceño, quito el calcetín de los pinchos y le doy la vuelta. Bordadas por la parte de dentro hay dos letras pequeñas: una *E* y una *D*. Edgar Drake. Su madre, la costurera, siempre identifica su ropa de esa manera. Doblo el calcetín con cuidado y lo guardo en mi bolsillo.

Alrededor de la zona de arbustos espinosos, la tierra removida está en su estado naturalmente caótico, pero no hay señal de zapatos humanos. Otra vez, no hay huellas. Alzo la vista hacia Cole.

—No tiene sentido —murmuro—. ¿Dónde está el resto?

Cole frunce el ceño y observa con ojos borrosos el páramo que se extiende interminable delante de nosotros. Parece triste pero no sorprendido. Sacudiendo la cabeza, me pongo de pie y examino el terreno, esperando encontrar algún rastro del sendero marcado por el viento.

Desde la cima de la colina puedo entrever la extraña ondulación de la hierba, que sube desde el bosquecillo hasta donde nos encontramos. Miro otra vez hacia adelante, más allá de la zona de espinos, al páramo iluminado por la luna. El sendero abierto por el viento se hunde por la colina, más allá de la casa de las hermanas, pero se despliega al llegar a la base, y se agranda cada vez más hasta cubrir toda la pendiente. Y, una vez que cubre todo, es como si no existiera ningún sendero, como si toda la masa enredada de arbustos espinosos, de brezo y de zarzas se inclinara al mismo tiempo. Cierro los ojos y trato de concentrarme, pero siento que mi cabeza está lenta y confundida.

Un chasquido estridente rasga la noche y desvío violentamente mi atención hacia Cole, hacia la ladera de la colina y hacia el sonido de hombres, y recuerdo súbitamente la amenaza de mi tío, sus bandas de patrullaje de color amarillo y el hombre en la puerta con el rifle. Nos llega el ruido de pisadas desde abajo, en el borde del bosquecillo, pesadas y descuidadas. Botas aplastan ramitas debajo de los árboles y luego los hombres emergen al pie de la colina levantando la vista hacia la casa de las hermanas. Contengo la respiración mientras Cole y yo nos deslizamos por encima de la muralla de piedra y nos apretamos bajo la sombra del lado opuesto. Dos voces se escuchan por encima del páramo, mucho más duras que la de Cole, junto con el viento suave y constante. Una es más vieja, áspera, pero la otra es joven, engreída, y la reconocería en cualquier parte. Tyler. El hombre más viejo debe ser su padre, el señor Ward. Nos mantenemos agachados en silencio detrás de la pared de piedra mientras las pisadas se acercan, subiendo fatigosamente la colina.

Maldigo suavemente por lo bajo. Si la patrulla me atrapa fuera de mi casa y no me dispara primero, tendré que soportar severas consecuencias. Pero si ellos se topan con el desconocido, sin la presencia y la protección de las hermanas… ¿qué le harán? ¿Arrestarlo? Yo nunca he visto que arrestaran a nadie, aunque amenazaron con hacerlo. Pero tampoco he visto nunca a un extraño. Lo que sí sé es que, hagan lo que hagan, si Tyler me encuentra con el forastero, será inconmensurablemente peor. Miro hacia un lado, pero aquí las sombras son densas y no logro ver a Cole, aun cuando debe estar a menos de un metro de mí. Sin embargo, imagino que puedo escuchar su corazón, lento, constante y palpitante. Después me doy cuenta de que no es él ni soy yo. Es el viento.

Está comenzando a subir y bajar, a barrer el páramo con ráfagas cortas e intensas, tirando de la hierba y cubriendo todo de un ruido suave y uniforme. Cole se acerca levemente a mí, pero la oscuridad contra la pared es tan densa que apenas puedo distinguir su contorno y sus ojos. Debe ser porque su piel es tan clara que los ojos parecen estar rodeados de una aureola brillante, igual que aquella primera noche en el páramo. Me froto los ojos, agotados de escudriñar toda la noche, con la luna como única luz. Hay un hueco en la pared, donde las piedras se han ido desprendiendo con el tiempo. Al mirar por el borde, distingo a Tyler y a su padre dirigiéndose hacia el espacio entre la cabaña y la muralla, como si tampoco quisieran acercarse demasiado. Finalmente, se detienen unos pocos metros delante de nosotros y observan el páramo bañado por la luna, hacia el lado este de Near.

—Esto es inútil —comenta Tyler—. No puedo oír nada por encima del viento.

—No creo que haya nada que oír o que ver —replica su padre—. Pero ahora podemos decirle a Otto que buscamos hasta el extremo este.

—Para lo que ha servido… —exclama Tyler pateando una mata de hierba.

Mis dedos están extendidos contra la pared y mi mano roza un grupo de piedras sueltas, que se desploman y chocan unas contra otras antes de llegar al suelo. Contengo la respiración, pero el viento se traga la primera parte del ruido y la hierba la segunda. El señor Ward ya se ha dado la vuelta y se aleja, pero Tyler frena en seco y echa una mirada hacia atrás por encima del hombro.

Imposible. Yo apenas he podido escuchar las piedras cayendo. Cole cierra los ojos, la respiración aún cauta y constante. El pulso del viento del páramo se acelera alrededor de nosotros, y ruego silenciosamente que Tyler se dé la vuelta y se marche. En este momento, Cole parece más delgado, como si se estuviera desvaneciendo. Mi mano se desliza por el suelo hacia la de él y entrelazo mis dedos con los suyos. Mi piel necesita asegurarse de que sigue aquí. Le doy un leve apretón. Él me aprieta a su vez y, por un momento, somos como las hermanas: hablamos sin palabras. Es como si estuviéramos rogando que no nos vean.

Tyler vacila un poco más, sus ojos se detienen en la muralla. No, no es en la muralla, me doy cuenta, sino en el aire justo encima de ella. Alzo la vista y veo una pincelada negra, un batir de alas. Un cuervo aterriza encima de la pared y nos mira desde arriba con un destello en el ojo, a pesar de la oscuridad. Mirando otra vez por el orificio de la pared, veo que Tyler levanta el rifle y le apunta.

—Deja de perder el tiempo —grita el señor Ward desde la base de la colina. Ante el sonido estridente de la voz del padre de Tyler, el cuervo sale volando y se pierde en la oscuridad. Tyler baja el arma y lanza una última mirada a la pared, pero Cole y yo estamos escondidos detrás de las piedras. Finalmente resopla y corre para alcanzar a su padre.

Cole y yo exhalamos al mismo tiempo. Lentamente, el viento que nos rodea comienza a ceder hasta transformarse en la suave brisa de antes. La mano de Cole sobre la mía parece distinta, fuerte y sólida. Pero la cabeza me da vueltas y creo que la noche está jugando con mis sentidos.

Cole mira mi mano en la suya como si fuera un objeto extraño, como si no supiera cómo mis dedos han terminado entrelazados con los suyos, y retira la mano. Para cuando mis ojos se encuentran con los suyos, otra vez se lo ve distante y reservado. Permanecemos sentados en el suelo frío, las espaldas apretadas contra la pared áspera, medio ocultos uno del otro por las sombras. Una luz suave se extiende por el cielo, un resplandor tan débil que, de no encontrarnos en la parte más oscura de la noche, no lo habría notado. La mañana es una cazadora furtiva, solía decir mi padre. Se escurre rápida y callada sobre la noche, y se adueña de ella.

—Tengo que irme a casa —murmuro, quitándome hojas de la capa—. Mañana es tu turno.

—¿De qué? —pregunta Cole, poniéndose de pie y levantando la mano con la palma hacia arriba, como si aún no le perteneciera.

—De contarme una historia.

10

No recuerdo cuándo me quedé dormida.

Entré por la ventana al amanecer, mi mente una maraña de preguntas. Ahora, sin que me diera cuenta, ya es completamente de mañana. Me doy la vuelta y Wren está junto a mí, las rodillas recogidas y la cabeza agachada, el amuleto de Dreska aún atado en la muñeca. Se estremece y se acurruca todavía más en la cama. A veces olvido lo pequeña que es.

Unos segundos después, sus ojos tiemblan y se abren, audaces y azules. No está totalmente despierta cuando frunce profundamente el ceño y se sienta. Su mirada se dirige directamente hacia la ventana.

—¿Qué pasa? —pregunto, con la garganta áspera del sueño.

Mi hermana comienza a tirar de un hilo de la vieja manta mientras sus ojos continúan mirando por la ventana. Wren no es una chica silenciosa, así que es extraño verla tan callada. Comienza a tararear esa estúpida canción infantil, pero solo canta pequeños trozos en voz baja, la mente dispersa, saltándose las partes del medio, de tal modo que el sonido brota entrecortado.

—¿Te encuentras bien? —pregunto, incorporándome. Me paso las manos por el pelo, tratando de desenredarlo.

Me mira pero no deja de tararear.

—¿Estás preocupada por Edgar? —inquiero—. Lo encontrarán.

Los dedos siguen tirando del hilo mientras la melodía finalmente se apaga y después dice:

—Solo desearía que dejaran de jugar.

—¿Jugar? ¿Crees que se trata de un juego?

—Ellos también me invitaron a jugar —responde asintiendo con mucha seriedad—, pero les dije que no. No tengo miedo —agrega rápidamente—, pero vinieron muy tarde.

—¿A quiénes te refieres cuando dices *ellos*, Wren?

—A Ed y a Ceci.

—¿Cecilia? —pregunto, el nombre queda atravesado en mi garganta. Cecilia Porter, la niña que sujetó la mano de Wren en el círculo que formaron mientras giraban al son de *La Ronda de la Bruja*, una cara salpicada de pecas y un montón de rizos cobrizos.

Wren se inclina hacia adelante, de esa forma exagerada en que lo hacen los niños cuando quieren confiarte un secreto.

—Yo los escuché, allí afuera —apunta hacia el páramo que se extiende al otro lado de la ventana, bañado de luz matinal.

—¿Cuándo los escuchaste? ¿Anoche?

Asiente distraídamente.

—¿Estás segura de que no fue un sueño?

Wren niega con la cabeza y concentra la mirada nuevamente en la ventana.

—¿Viste algo allí afuera?

—No, estaba demasiado oscuro.

Recuerdo el viento nocturno y la forma en que se enroscaba como si fueran voces.

—¿Estás segura de que también escuchaste la voz de Cecilia?

—Sé que la escuché —responde mientras asiente con la cabeza. —Más allá de nuestra habitación, la casa se llena de ruidos. El tono hosco de mi tío, la forma de arrastrar las palabras de Bo, la voz lenta y uniforme de mi madre. Pero son todas voces tensas, cada una preocupada a su manera. Respiro profundamente, conociendo la razón antes de haber escuchado el nombre de la niña.

Para cuando me echo algo de ropa encima y me uno al grupo en la cocina, la conversación se está apagando.

—…otra vez.

—¿…habló con Maria o con Peter?

—…Alan no vio nada.

—¿…haría algo así?

—¿Qué ha pasado? —pregunto sentándome en una silla de madera, aunque ya lo sé. Se me cae el alma a los pies cuando mi madre dice:

—Cecilia.

—Se la han llevado —gruñe Otto.

—O se ha marchado —agrega Bo, apoyando el codo en la encimera.

—Sea como sea, ha desaparecido —susurra mi madre.

—Nadie sabe nada.

Se me oprime el pecho: Wren lo sabía. Se escuchan pisadas en el umbral, fuertes y entusiastas. Un momento después, Tyler entra en la cocina dando grandes zancadas.

—Otto —anuncia—. Los hombres ya están reunidos. —Noto que se cuida de no decir *dónde*, ni *qué* planean hacer, pero lo averiguaré. Tengo que hacerlo. Mi tío asiente brevemente y apoya la taza en la mesa.

Cuando los ojos de Tyler se posan en los míos, levanta el mentón. Sé que se siente orgulloso de que lo consideren uno de los hombres. Cruza la habitación hasta mí, toma mi mano y la besa, sabiendo que lo toleraré al estar frente a mi tío. Puedo sentir el peso de la mirada de Otto mientras Tyler disfruta el momento. Me pongo tensa, espero que me suelte, pero continúa aferrándome la mano.

—Te lo prometo, Lexi —afirma, la boca una línea dura, el ceño debidamente fruncido—, detendremos a este ladrón antes de que alguien más salga herido. —*Sí, nosotros lo detendremos*, pienso, manteniendo el rostro en calma. Pero prefiero no hablar, así que me limito a asentir y a retirar lentamente los dedos. Espero que se marchen mientras voy trazando en mi mente un camino hacia la casa de Cecilia. Tendré que ser rápida, no puedo permitir que pisoteen las escasas pistas que puedan existir.

Tyler se vuelve hacia Otto, esperando órdenes. Mi tío nos mira a ambos.

—Tyler, tú te quedarás aquí, con Lexi.

—¿Qué? —exclamamos los dos al unísono, frunciendo el ceño. No, no puedo perder el día.

—Pero, Otto… —comienza a decir Tyler.

—Te quedarás aquí, Tyler. —Se vuelve hacia mí—. Y tú también. Juntos.

—Si quieres que estemos juntos, entonces deja que vayamos los dos a investigar —lo presiono.

—Ve al pueblo —le indica mi tío a Bo—. Yo iré ahora. —Bo levanta el arma y desaparece.

Tyler se desploma contra la mesa, los brazos cruzados.

El arma de Otto está apoyada en el rincón y la agarra sin decir una sola palabra más. Al pasar junto a mi madre, le aprieta levemente la mano. Tal vez sea para decir *No te preocupes* o *Yo arreglaré todo*, pero mi madre solo inclina la cabeza sobre su trabajo. Cuando pasa junto a mí, le toco la manga.

—Por favor —ruego, tratando de impedir que la ira suba por mi garganta, intentando sonar suave—, deja que te ayude en la búsqueda. Tú dijiste que…

Otto me mira y, por un momento, su máscara se cae, revelando cansancio, tensión.

—Yo dije *ya veremos* y decido que no es una buena idea. Aquí estás más segura. —Le echo una mirada a Tyler: eso depende de la definición de mi tío de lo que es estar *segura*.

—Quiero ayudar. —Me pregunto si el sendero marcado por el viento también estará junto a la casa de Cecilia. ¿A dónde llevará?—. Yo *puedo* ayudarte.

Su mano libre se cierra sobre mi hombro.

—Si quieres ayudar, entonces cuida a tu madre y a tu hermana. En este momento, no puedo preocuparme por ti o por Wren. Así que quédate aquí hasta que averigüemos qué está sucediendo, ¿de acuerdo? —Se aleja y, sin dar más explicaciones, se pone la máscara otra vez. Su rostro no es más que líneas duras que, para mí, cada vez se parecen más a las grietas.

»Por favor, Lexi —exclama mientras abandona la habitación—. Quédate aquí.

Sigo a Otto hasta la puerta y lo observo desaparecer de mi vista, devorado por las colinas que nos separan de la aldea.

—Lo siento, tío —le digo a su sombra que se va encogiendo—. No puedo.

Unos dedos se apoyan en mi hombro y Tyler besa la parte de atrás de mi cabeza.

Me vuelvo sorprendida al ver que está tan frustrado como yo.

—Déjame preguntarte algo —señala, mirando por encima de mi cabeza hacia el sendero que ha tomado Otto—. ¿Por qué crees que nos ha hecho quedarnos aquí?

—¿Cómo podría saberlo, Tyler? Tal vez porque soy una mujer y me considera demasiado débil para ayudar, o para hacer cualquier cosa, si ese es el caso.

—Él no piensa que seas débil… y yo tampoco. —Inclina la cabeza hacia abajo hasta que nuestras frentes casi se tocan—. Otto piensa que has ido a ver al extraño y que es por eso por lo que te escapas todo el tiempo.

—¿Por qué pensaría él…?

—Y yo creo —susurra— que tiene razón.

—¿Y por qué haría eso? —Lo aparto y camino por el pasillo. Tyler me sigue.

—Es peligroso, Lexi.

—No puedes saberlo —replico demasiado rápido, y agrego—: Y yo tampoco.

Tyler me sujeta el brazo y me empuja contra la pared.

—¿Cuándo lo viste?

Apoya sus manos a cada lado de mis hombros, encerrándome.

—El extraño no es lo que importa —respondo lentamente—. Lo importante es encontrar a Cecilia y a Edgar.

—¿Cómo sabes que no están conectados?

—No lo sé —contesto—. Y hoy me *iba* a escabullir en secreto...

—¿Para verlo?

—¡No! —Le empujo el pecho, pero no se mueve—. ¡Para buscar pistas, huellas, *cualquier* cosa que pueda conducirnos a los niños!

Se acerca más y su cuerpo me inmoviliza contra la pared.

—¡No me *mientas*!

—Tyler Ward —la voz de mi madre se desliza a través de nosotros. Se encuentra en la puerta de la cocina, cubierta de harina, los ojos serenos y azules.

Tyler y yo nos quedamos congelados, la presencia de mi madre se derrama sobre nosotros como un balde de agua fría.

Finalmente, Tyler endereza los hombros y se pasa la mano por el pelo.

—¿Sí, señora Harris?

—Necesito más leña para el fogón. —Señala el jardín delantero—. ¿Te importaría?

Tyler me mira durante varios segundos antes de sonreír levemente.

—En absoluto. —Camina hacia afuera y cierra la puerta con firmeza detrás de él.

Me desplomo contra la pared y mi madre desaparece en la cocina.

Me quedo mirando la puerta cerrada durante varios segundos antes de que se me aclare la cabeza y me dé cuenta de lo que mi madre me ha dado: una oportunidad. Respiro profundamente y la sigo a la cocina, dispuesta a convencerla, y la encuentro echando ramitas al fuego, junto a una importante pila de leños al lado del fogón. Sus ojos se cruzan con los míos y no están vacíos. Se limpia las manos en el delantal, señala la ventana abierta de la cocina y pronuncia una sola palabra.

Una palabra fuerte y perfecta.

—Vete.

II

Me calzo las botas y salgo disparada. Recorro el sinuoso camino que rodea la parte trasera de la casa, detrás de una pequeña colina y fuera de la vista de Tyler, que está hachando en el patio delantero. Trazo un mapa de la aldea dentro de mi mente, ubicando el norte, el sur, el este y el oeste, y todo lo que está en medio.

Mi madre creerá que lo mejor es amasar, pero yo creo que lo mejor es caminar, correr. Moverme. En tres años, no he dejado de hacerlo.

Mientras mis botas golpean a través del páramo, pienso en la música que serpentea de noche por estas colinas. Los adultos no parecen percibirla, aunque tal vez sí la perciben y no lo han dicho. Pero Wren la escucha claramente y yo oigo *algo* que se desvanece justo antes de que pueda entender qué es. ¿Por qué?

Llego a la plaza del pueblo y todo está envuelto en una extraña quietud. Hace tan solo un par de días estaba rebosante de aldeanos, pero ahora no hay nadie, solo un trecho de empedrado y unas pocas murallas bajas y angostas.

¿Quién será el siguiente? Me detengo y trato de pensar en *La Ronda de la Bruja*. Edgar estaba a un lado de Wren, Cecilia al otro, y ahora ambos han desaparecido. ¿Cuántos niños más jugaban? Recuerdo a un niñito enjuto, de unos ocho años. Riley Thatcher, al lado de las mellizas Rose y Lily; Ben, su hermano mayor. ¿Estaba allí Emily Harp? Es una niña pequeña, de la edad de Wren, de trenzas oscuras. Su familia vive en el extremo sur de Near, de modo que ella y Wren no juegan juntas a menudo, pero yo la recuerdo porque cumplen años con solo un mes de diferencia. Me devano los sesos pero no logro reconstruir el círculo completo de niños. Rose y Lily todavía no han cumplido cuatro años y su hermano es un año menor que yo. Pero Riley y Emily... ¿escucharon las voces de sus amigos por la noche?

¿Quién me falta?

Wren. Una vocecita de mi mente añade a mi hermana pequeña a la lista. Me estremezco y sacudo la cabeza.

Lo primero es lo primero: Cecilia.

La aldea está en silencio y las puertas están cerradas.

La casa de Cecilia, perteneciente a un pequeño grupo, aparece justo detrás de la plaza del pueblo. Considerando la proximidad de las construcciones, quien se llevó a la niña no temía que lo atraparan. Me abro camino hacia el puñado de casas, esperando que haya pistas que los hombres no han encontrado.

Estoy cerca cuando de una puerta abierta surge una voz familiar, uno de esos tonos que el oído capta por más suave que hablen. Más bajo que el de Magda, escupe las palabras de manera cortante: Dreska. Mis pies se atascan en la maleza y casi tropiezo. Las hermanas casi nunca pisan el pueblo.

Parecería estar mascullando por lo bajo ante algo que se le ha derramado o que se le ha extraviado, si no fuera porque se alza otra voz cuando termina una de sus frases, vieja pero menos característica.

—Yo estaba ahí —espeta Dreska y me estremezco al saber quién es el receptor. Las piedras de la casa parecen rechinar al mismo tiempo—. Tú no estabas, Tomas. Ni siquiera eras un pensamiento en la mente de tus padres, ni tus padres ni los padres de *ellos*. Pero *yo* estaba ahí...

Me atrevo a asomarme por la puerta entreabierta y veo a Dreska inclinada sobre su bastón, mientras golpea con un dedo retorcido el pecho del Maestro Tomas. Nadie levanta la voz, mucho menos la mano, ante los miembros del Concejo, y especialmente ante el Maestro Tomas, el más viejo de los tres. Su pelo es una mata de color blanco, su piel fina como el papel, al igual que la del Maestro Eli. Pero sus ojos son claros, algún tono entre el verde y el gris, y siempre están entrecerrados. A pesar de ser anciano, es aterradoramente alto y derecho: no está encorvado por la edad como los demás. Se encuentra del lado de dentro de la puerta, mirando a Dreska desde arriba.

—Eso podrá ser cierto —su voz suena débil y gastada—. Pero tú no sabes...

—Mira las señales —lo interrumpe Dreska—. ¿Las ves? Yo sí. Se supone que tenéis que ser los guardianes de los secretos y las verdades olvidadas. ¿Cómo puede ser que no veas...? —su voz se apaga y la casa tiembla.

—Yo sí veo, Dreska, pero si tú estabas ahí y la viste con vida, también estabas ahí cuando murió.

—Estaba. Yo di testimonio de los crímenes de tus ancestros. Vosotros habéis provocado esto... —exclama con voz ronca cuando el Maestro vuelve a interrumpirla, arrugando la nariz como si hubiera olido algo nauseabundo.

El Maestro baja la voz, y, para seguir escuchando, debería entrar en la habitación. La única palabra que logro distinguir es *bruja*. Y después Dreska lanza un resoplido como el chisporroteo que desata el agua sobre carbones encendidos.

—No me pongas a prueba, Dreska Thorne —advierte el anciano levantando la voz—. Un árbol crece, se pudre y crecen plantas

113

nuevas. —Sus ojos pálidos destellan al mirarla—. Un árbol no se pudre solamente para volver a elevarse desde el suelo completamente formado, con corteza y todo... Y tú deberías saber...

Pero Dreska, al parecer, ya ha soportado demasiado. Alza las manos y las agita delante del hombre como si este tuviera llamas extinguiéndose sobre sus hombros huesudos, y se marcha furiosa. Yo me alejo de la puerta todo lo que puedo y finjo que pasaba por allí. Pero habría dado lo mismo que hubiera estado parada en mitad del camino de Dreska, porque ella pasa cojeando a mi lado, mascullando por lo bajo.

—Todos estúpidos —comenta a nadie en particular, alzando de la tierra una piedra oscura y redonda. Se aleja cojeando de las tres casas que pertenecen al Concejo y dobla hacia el este, donde otro grupo más grande de casas se apiña contra el día gris. Dreska usa su bastón para desenterrar algunas piedras más y un par de buenas ramitas antes de hacer el esfuerzo de encorvarse para recogerlas en su sucio delantal. La sigo mientras observo y me pregunto qué se supone que está haciendo.

—Palos y piedras, Lexi Harris —exclama repentinamente, como si eso aclarara todo.

—¿Me romperán los huesos? —concluyo.

—No, niña tonta, *palos y piedras para construir pájaros* —recita con su habitual ronquera mientras camina a trompicones—. *Recolectados del suelo de la aldea, clavados en todas las puertas de madera, ojos atentos por la noche aparecen, los demonios alejados permanecen.* —Me mira aún tambaleándose como un vaso al que han golpeado antes de quedarse quieto otra vez. Está esperando algún reconocimiento, alguna respuesta. Como no digo nada, menea la cabeza y se inclina para recoger otro palo del camino. Luego se da la vuelta y me raspa con él mientras sonríe ante la fuerza de la rama. Me froto el brazo.

—Cielos, olvidaba lo poco que saben los niños —señala dándome un golpecito con el extremo del palo—. Hace mucho tiempo, mucho antes de que *La Ronda de la Bruja* se volviera popular, sabíamos decenas de canciones. Cuando la gente todavía tenía juicio, cuando yo era una niña.

Sé que todos han sido jóvenes alguna vez, pero me resulta imposible imaginar a Magda y a Dreska distintas de como son ahora, torcidas y viejas. Mejor dicho, puedo evocar algo en mi mente, pero el resultado es grotesco, algo solo unos pocos centímetros más bajo que Dreska e igual de arrugado, con una voz tan aguda como la de Wren y una sonrisa más amplia, pero no con más dientes.

Cierro los ojos, tratando de deshacer la imagen. Cuando los abro nuevamente, Dreska ya había bajado cojeando por el sendero que rodea la aldea por el sur, hacia su casa.

—¡Dreska! —exclamo, cerrando la distancia que nos separa—. Wren dice que oyó las voces de sus amigos llamándola hacia el páramo. Yo no logro escucharlas, las palabras se desvanecen antes de que pueda entenderlas, y los adultos no parecen notar nada de nada. —Sus ojos verdes se posan sobre mí con intensidad, como si me viera por primera vez—. Pero *todos dejan huellas*, y no hay ninguna. Lo único que se me ocurre es que haya otra cosa que los esté atrayendo para que abandonen sus casas, algo... —Quiero decir brujas, hechizos, pero no me animo. Solo hay dos brujas en Near, y ninguna de las dos lo haría.

Espero que Dreska diga algo, cualquier cosa, para retomar el momento en donde mi frase se interrumpió, pero se limita a quedarse observándome con ojos penetrantes. Finalmente, parpadea.

—¿Vienes? —pregunta, volviéndose hacia el sendero y alejándose del grupo de casas. Al ver que vacilo, añade—: Eres joven y tonta, Lexi Harris, pero no más que el resto de la aldea. Tal vez hasta bastante menos, como tu padre. —Al decirlo, frunce el ceño como si no estuviera convencida de que el hecho de que me parezca a mi padre fuera algo bueno.

Quiero ir con ella, ver otra vez a Cole, ver cómo transforma el delantal lleno de palos y piedras en otra cosa y hacerle preguntas que finalmente tal vez responda. Pero primero tengo que terminar lo que tengo entre manos.

—Iré pronto —digo echando una mirada hacia la casa de Cecilia—. Lo prometo.

Dreska se encoge de hombros, o al menos eso me parece; es probable que solo esté cambiando de lado el peso del cuerpo. Luego se vuelve bruscamente hacia el sendero casi invisible que lleva a su cabaña.

En el último momento, murmuro:

—La Bruja de Near era real. —Y añado suavemente—: ¿Verdad? —Pero como no se da la vuelta, pienso que no me ha escuchado.

Continúo caminando y siento que me habla.

—Claro que sí. Las historias siempre nacen de algo. —Y luego desaparece, tragada por las colinas.

Me dirijo hacia la casa de Cecilia. Dreska no se rio de mí, no desestimó mis preguntas. Siento como si hubiese encontrado una llave para abrir una puerta que nadie más ha sido invitado a cruzar desde que mi padre murió. «Como tu padre», ha dicho, y esas tres palabras se envuelven alrededor de mí como una armadura. Llego a la casa y echo una última mirada buscando indicios de mi tío, antes de llamar rápidamente a la puerta. Unos segundos después se abre, y me arrastran hacia adentro.

12

La casa de Cecilia es una maraña de cuerpos.

Mi fuerza recién adquirida comienza a agotarse mientras unas manos me guían hacia el interior y los cuerpos se mueven para hacerme sitio. La última vez que vi tantos en un espacio tan pequeño fue en el funeral de mi padre. Hasta el ánimo es el mismo. Mucho bullicio, ajetreo y parloteo, como si todo eso pudiera tapar el dolor y la preocupación. Y la pérdida. Actúan como si Cecilia ya estuviera muerta y yo me siento como si hubiera tragado piedras.

Alrededor de la habitación, las mujeres están juntas y susurran, se retuercen las manos e inclinan la cabeza.

—No se están esforzando mucho en la búsqueda.

—¿Por qué Otto no los encuentra?

—Primero, Edgar. Ahora, Ceci. ¿Cuánto tiempo más puede continuar esto?

La madre de Cecilia, la señora Porter, está sentada en el borde de una silla de la cocina, sus brazos flacuchos aferran el hombro de otra mujer mientras sus sollozos brotan en forma de espasmos. Su amiga la tranquiliza y yo zigzagueo a través de la sala.

—La ventana, la ventana —repite una y otra vez—. Estaba cerrada por dentro y por fuera. ¿Cómo pudo…? —Menea la cabeza y continúa divagando atropelladamente, repitiéndose, hasta que las mujeres forman un entramado a su alrededor. Recorro la sala en busca de mi tío, pero no lo veo por ningún lado. De hecho, no veo a ningún hombre. Todos deben estar afuera buscando. Me acerco para tratar de consolarla, sin saber cómo. Alguien me toca el codo y balbucea mi nombre. Me abro paso a través de la marea de mujeres hasta estar al lado de ella.

—Señora Porter —musito suavemente, y ella alza la vista. Me arrodillo para ser yo quien debe alzarla. De inmediato, continúa observando sus manos apretadas y divagando acerca de las ventanas.

»¿Notó algo raro?

Sacude la cabeza con más fuerza, los ojos rojos. Abre la boca pero no habla, y pienso, por un instante, que gritará. La pregunta provocó miradas severas de toda la sala sobre mí y un par de sonidos de desaprobación, como si yo debiera quedarme sentada y sollozando con todos los demás.

—Señora Porter —insisto.

—Ya os lo he dicho —responde, la cabeza aún balanceándose de un lado a otro—. La ventana. Siempre dejamos la ventana cerrada. Ceci… —ahoga un sollozo—. A ella le encanta deambular, así que pusimos dos pestillos en la ventana, uno por dentro y otro por fuera. Yo misma los cerré, estoy segura de ello. Pero esta mañana, los dos estaban abiertos.

—¿Acaso Cecilia dijo anoche algo… fuera de lo normal? —pregunto, el ceño fruncido.

—No, nada —susurra, la voz ronca, débil—. Parecía alegre, jugaba y tarareaba.

—¿Tarareaba? ¿Recuerda la canción? —pregunto mientras se me eriza la piel.

—Ya sabes cómo son los niños, siempre están cantando algo… —Se encoge levemente de hombros.

—Trate de recordar —insisto. Sus ojos continúan posados en un trozo de pared, al otro lado de la habitación.

Respira hondo y comienza a tararear una tonada suave, llena de notas quebradas y pausas extrañas, pero la reconozco. Un escalofrío corre por mi espalda mientras su voz se apaga. Mis dedos están clavados en las palmas de mis manos y hago una mueca de dolor mientras las flexiono, dejando pequeños semicírculos en mi piel.

—¿Hay alguna otra cosa que pueda contarme? Cualquier cosa…

—Ya es suficiente, Lexi —advierte una de las mujeres, y me doy cuenta de que la melodía de la canción de la señora Porter se ha ido transformando en débiles sollozos. De pronto, hay varios pares de ojos clavados en mí. Apoyo las manos sobre las de la madre de Cecilia, les doy un leve apretón y susurro una disculpa mientras me pongo de pie. Mis ojos recorren la sala tratando de descubrir algo, cualquier cosa.

Una puerta conduce a un pasillo y, de pronto, lo único que quiero es estar ahí, en ese espacio vacío, lejos de estas mujeres.

La silueta encorvada de la señora Porter me recuerda mucho a mi propia madre, inclinada primero sobre la cama de mi padre y después sobre la masa, velándolo en silencio mientras la aldea desbordaba nuestra casa. Una maraña de brazos y piernas, besos, abrazos y caricias en el pelo, el tenue murmullo de las oraciones, el amable apretón de manos.

Me deslizo por el pasillo hacia el dormitorio de Cecilia, giro el picaporte y desaparezco en el interior.

Las mantas están echadas hacia atrás. Hay una alfombra más allá de la cama, una de las esquinas está doblada hacia arriba como si dos pequeños pies se hubieran arrastrado por el suelo, medio dormidos.

Y ahí delante, la ventana, ahora cerrada. Deslizo los dedos por el pestillo interno. Al otro lado hay uno exactamente igual.

El de fuera aún está abierto, pero el de dentro lo han vuelto a cerrar. Empujo la barra de metal hacia un lado y el pestillo se suelta. Examino el marco con los dedos, pero la madera está vieja y dura. Dudo de que una niña de seis años pudiera levantarla. La empujo y la madera se desliza hacia arriba unos treinta centímetros con un crujido estridente, obligándome a echar un rápido vistazo hacia atrás. Al otro lado de la ventana se extiende el suelo cubierto de maleza, y los únicos indicios de que alguien haya invadido la propiedad son unas pocas zonas pisoteadas a varios metros de la casa, donde las botas de los hombres han aplastado la hierba. No hay rastros de un salto ni de una caída, no hay ningún lugar frente a la ventana donde se vean pies pisando el suelo. No hay ningún tipo de marca. Estoy a punto de marcharme cuando me acuerdo de Cole y del sendero trazado por el viento.

Al principio no veo nada, nada más que algunos techos en la distancia. Y luego, lentamente, el mundo cambia, algunas formas se acomodan en su posición anterior y otras saltan súbitamente. Aparece una sombra, más larga de lo que debería ser, dado lo alto que se encuentra el sol. Es como si la maleza enmarañada se inclinara, se arqueara, de la misma manera que lo hacía junto a la casa de Edgar. Me recojo la falda y levanto la bota hasta el alféizar de la ventana, cambiando el peso del cuerpo para poder saltar por encima.

—Échalo del pueblo.

Me vuelvo bruscamente hacia el interior de la habitación y me apoyo contra la pared que está al lado de la ventana. La respiración acelerada se me atraviesa en la garganta y casi me ahogo. Mi tío y varios hombres más han doblado la esquina de la casa de Cecilia refunfuñando y luego se han detenido justo debajo de la ventana.

—¿Y dejar que se vaya sin recibir ningún castigo?

—¿Arriesgarse a que vuelva? No. —La voz corta el aire frío, grave y hosca. Otto. Enrosco los dedos alrededor de la delgada cortina.

—Eric dijo que lo vio cerca de aquí en mitad de la noche —se une el señor Ward—. Afirmó que está seguro de eso. —Eric Porter, el padre de Cecilia.

—¿A qué hora? —pregunta Otto.

—Tarde. Dijo que no podía dormir, estaba en el porche y jura que vio a ese muchacho merodeando.

Una mentira. Tenía que serlo. Cole dijo que me vio y decidió seguirme. No podría haber estado en los alrededores. Y después no vinimos juntos hacia aquí. Mis dedos aprietan la tela hasta que los nudillos se ponen blancos. El miedo debe estar creando fantasmas.

—¿Esas son todas las evidencias que tienes? —objeta Bo con un aire repugnante de desinterés. Puedo imaginármelo encogiéndose de hombros mientras se saca la suciedad de las uñas con el cuchillo de caza.

—Es un tipo raro —espeta Tyler y me acuerdo de su rostro en el pasillo, el orgullo herido y algo peor.

Tyler. Si él está aquí, entonces Otto sabe que yo no estoy en mi casa. Trago con fuerza y me aprieto contra la pared, junto a la ventana. Será mejor que aproveche el día de hoy.

—¿Qué más necesitamos? —agrega Tyler.

—Lamentablemente, muchacho —interviene un anciano, con tono cansado pero paciente—, un poquito más que eso. —Conozco esa voz, lenta y regular. El tercer miembro del Concejo: el Maestro Matthew.

—Pero eso no es todo lo que dijo Eric —contraataca el señor Ward—. Contó que estaba observando al desconocido, muy de cerca, y que estaba frente a él y, a los pocos segundos, se desintegró, desapareció.

El corazón me da un vuelco al recordar la primera noche en que vi a Cole. En mis oídos resuena el ruido de los postigos cerrándose de golpe.

—¿Qué quieres decir? —gruñe Otto.

—Desapareció. Delante de sus propios ojos.

—Otto, ¿no te has dado cuenta de que no hay pistas? ¿Ni huellas? Tal vez esto tenga algo que ver.

—Estoy seguro de que él participó.

—Tenemos que librarnos de él.

«Del miedo no sale nada bueno», decía mi padre. «Es como un veneno».

—¿Y si no fue él quien lo hizo?

—Fue él.

—Apuesto a que podemos hacerlo hablar —comenta Tyler. Puedo oír la sonrisa arrogante en su voz—. Que nos diga dónde están los niños.

—Olvidas que las hermanas protegen al extraño —señala el Maestro Matthew.

—¿Pero quién protege a los *niños*?

Se produce un prolongado silencio.

—Esperad un momento —indica otro nerviosamente.

—No queremos que…

—¿Por qué? No querrás decirme que realmente les tienes miedo a esas brujas. Están consumidas, al igual que sus habilidades.

—¿Por qué no podemos presentarnos en la casa de las hermanas y exigirles que nos digan dónde está el desconocido?

—¿Por qué deberíamos esperar a que desaparezcan más niños? —ruge mi tío—. Todo esto comenzó con la llegada del muchacho. ¿A cuántos niños más perderemos? Jack, tú tienes un hijo. ¿Estás dispuesto a perder a Riley porque les tuviste miedo a dos brujas viejas? Mi cuñada tiene dos hijas y yo haré lo que sea necesario para protegerlas.

»Matthew… —dice Otto en tono de súplica y me imagino al miembro del Concejo, la cara más suave que los demás, los ojos azules casi soñolientos detrás de las pequeñas gafas que reposan sobre su nariz.

Los demás hombres profieren un murmullo de aprobación. Matthew debe haber asentido. Alcanzo a distinguir el sonido de metal contra las piedras de la casa. ¿Armas?

Me arriesgo a dar un pequeño paso contra la pared.

—Vayamos de una vez —brama mi tío y los otros se congregan a su alrededor—. Esto tiene que acabarse ya. —Estampa la mano contra el muro de la casa; doy un salto y golpeo un estante. Mi corazón se acelera mientras las voces se apagan, y las palabras se quedan resonando dentro de mi cabeza. Están construyendo una acusación contra él basada en mentiras. Pero, en este momento, con chicos desaparecidos y nadie a quién culpar, las mentiras serán suficientes.

Tengo que advertirle a Cole.

Giro hacia el sur por el sendero que tomó Dreska, el que rodea la plaza del pueblo, mientras el suelo cede debajo de las botas de mi padre. El camino es sinuoso, de modo que los hombres nunca lo tomarían y, si me apuro, es probable que llegue antes que ellos a la casa de las hermanas.

Corro por las afueras de la aldea. En mi mente, Cole aparece repentinamente en el páramo oscuro, los ojos brillantes. Sopla una ráfaga de viento y se desvanece como el humo.

Aparto el pensamiento y corro más deprisa hacia el este.

13

Me bajo las mangas del vestido y me regaño por no haberme abrigado más. El viento me corta la piel al subir la colina hacia la muralla de piedra. Cuando la casa de las hermanas aparece ante mis ojos, el pecho se me pone tenso, parte por el esfuerzo de la subida y parte por el alivio repentino de ver que la cabaña está intacta. He llegado antes que los hombres de mi tío. Salto por encima del muro y vacilo.

Todo está demasiado silencioso, demasiado cerrado.

El borde del cobertizo asoma por detrás de la casa, pero la capa gris de Cole no está en el clavo.

Llego a la puerta de la casa y estoy a punto de golpear cuando oigo voces en el interior, voces apagadas, y luego mi nombre. Es extraña la forma en que el mundo se queda en silencio cuando escuchamos nuestro nombre, como si las paredes se afinaran para dejarlo pasar. Aflojo el puño, los dedos desplegados sobre la puerta. Me acerco sigilosamente y aguzo el oído. Pero las palabras se escuchan otra vez amortiguadas, así que doy vuelta en la esquina dirigiéndome hacia otra pared, donde hay una ventana incrustada toscamente en la cabaña. El cristal es viejo y el marco de madera está agrietado y, a través de los pequeños huecos, se filtran las voces.

—Lexi encontró un calcetín de niño en las cercanías.

Echo una mirada por encima del alféizar y veo el cuerpo angosto de Cole en la habitación oscura, de espaldas a mí. Está sentado en una silla junto al fogón, mirando fijamente las piedras frías y oscuras mientras Dreska se mueve nerviosamente a su alrededor, su largo y rugoso bastón raspa el suelo a medida que ella avanza. Magda saca algo de su cesta mientras masculla por lo bajo. Dentro de la cabaña Cole parece sentirse fuera de lugar, sin el viento y la maleza enmarañada. No ocupa más espacio que el de la silla.

—¿Eso es todo? ¿Ningún indicio más?

—Algo más —responde Cole poniéndose de pie. Se dirige a la repisa de la chimenea y sus dedos largos y pálidos se mueven por encima de él—. Un sendero marcado por el viento, que recorre el páramo. Tenue. Se lo mostré a Lexi.

Magda arquea las cejas y las arrugas se multiplican.

—¿A dónde conduce? —pregunta.

—Hasta aquí.

Dreska lanza un leve bufido.

—Pero los aldeanos no han tenido suerte.

Las siguientes palabras de Dreska suenan apagadas, me alzo para ver mejor y algunas rocas sueltas se mueven bajo mis pies.

—Y no creo que la tengan —comenta Magda sombríamente.

—¿Y Lexi? —pregunta Dreska volviéndose hacia la ventana, como si fuera a preguntarme algo a *mí*. Me agacho justo antes de que su mirada pueda encontrarme.

—Ella no sabe cómo interpretarlo —responde.

Siento un cosquilleo en la piel. ¿Interpretar qué?

—Ya aprenderá. —Esta vez, la voz de Dreska suena muy cerca, justo al otro lado del cristal. Me agacho todavía más, el pulso latiendo en mis oídos con tanta fuerza que apenas logro escuchar las palabras.

»Si no se lo dices tú… —agrega Dreska antes de caminar hacia el centro de la cabaña, su voz apagándose. Cole responde algo, pero él también se ha alejado y, para cuando las palabras llegan hasta mí, no son más que sonidos huecos. Voy rápidamente hacia la fachada principal de la casa, esperando captar algo más.

Pero, en cambio, la puerta se abre de golpe y me encuentro frente a frente con Cole.

Lucho contra el deseo de darme la vuelta y escapar, incluso de dar un paso hacia atrás. En su lugar, busco sus ojos y le sostengo la mirada.

—¿Decirme qué, Cole? —pregunto, en voz baja y enfadada. Su boca se abre y se cierra en un segundo, y su ceño se frunce todavía más. Pero luego endurece la mandíbula y no dice nada. Lanzo un suspiro de exasperación, me giro y me alejo. Increíble. Estoy arriesgándome a soportar la ira de mi tío para ayudarlo y él ni siquiera quiere decirme la verdad.

—Lexi, espera —la voz de Cole atraviesa el viento en mis oídos y luego está a mi lado. Está a punto de agarrar mi brazo para detenerme, pero sus dedos solo revolotean sobre mi piel.

—Déjame explicártelo —exclama, pero yo camino más rápido, demasiado rápido. Mi zapato golpea contra una piedra y me lanza rodando por la colina. Cierro los ojos y me agarro fuerte, sin llegar a caerme. Siento unos brazos fríos alrededor de los hombros y el corazón de Cole latiendo a través de su piel. Me aparto, el viento me revuelve el vestido y el cabello.

—Lexi, lo que has escuchado… —comienza a explicar Cole, los brazos cruzados sobre el pecho.

—Cole, estoy intentando ayudarte —digo pasándome la mano por el cabello.

—Lo sé… —replica frunciendo el ceño, pero sin desviar la mirada.

—Pero es imposible que lo haga si me ocultas secretos.

—Tú no…

—Toda la gente del pueblo quiere culparte a *ti* de la desaparición de los chicos. Mi tío y el Concejo te están buscando *en este mismo momento*.

Miro hacia el bosquecillo que está debajo de la colina y hacia el angosto sendero que tomarán los hombres de Otto, pero no hay nadie. Aun así, imagino que oigo el ruido de hojas y ramitas crujiendo debajo de sus pies en lo profundo de la arboleda. Cole sigue mi mirada.

—Por aquí —indica, señalando el cobertizo. Un verdadero chasquido, esta vez inconfundible, viene de los árboles que están abajo, y dejo que me guíe más allá del cobertizo; el bosquecillo, la colina y la casa de las hermanas desaparecen detrás de las arqueadas vigas de madera.

Cole tuerce su rumbo hacia las colinas onduladas. Me extiendo hacia él, apoyo la mano en su hombro y él se pone tenso pero no se aparta. Aprieto los dedos sobre su piel y lo pongo a prueba.

—¿Qué es lo que no me dijiste? —pregunto.

Y, por un instante, pienso que realmente me lo dirá. Puedo ver cómo hace malabarismos con las palabras dentro de su cabeza, titubeando. Una vez yo intenté hacer malabarismos con tres manzanas que había encontrado en la despensa, pero terminé magullándolas tanto que mi madre tuvo que usarlas para hacer pan de manzana. Mientras lo intentaba, me perdía en los movimientos. No podía concentrarme en todos a la vez.

Desearía que Cole me diera una manzana. Y luego me mira, y veo ese mismo atisbo de sonrisa triste, como si hubiera decidido pasarme una, pero supiera que yo tampoco sé hacer malabarismos. Como si no existiera una razón para que ambos dañáramos las cosas más de lo necesario.

—Déjame ayudarte —le digo extendiendo la mano.

Se queda mirándola, la palma hacia arriba.

—Tú quieres conocer mi historia —murmura, observando con tanta intensidad que pienso que debe estar contando los pliegues de mi mano.

»Había una vez, hace mucho tiempo, un hombre, una mujer, un niño y una aldea llena de gente. Y luego la aldea se incendió y no quedó nada.

Contengo la respiración, esperando a que continúe. Pero Cole se gira y se aleja, se dirige hacia el punto en el que Near termina y comienza el páramo. Yo nunca he estado en el mar, pero Magda me contó historias de olas arrolladoras que nunca rompen contra las rocas. Imagino que debe parecerse a esto, solo que azul.

—No eres muy bueno contando historias —digo, esperando sacarle una sonrisa, pero está tan triste observando el páramo… A nuestro alrededor, el viento silba, tira y empuja.

Entonces lo comprendo.

—¿Tu aldea se incendió? —pregunto mirando su ropa gris, su aspecto chamuscado y dándome cuenta de repente del motivo por el que detesta el nombre que le puse.

—Dios mío, Cole… Yo no quise decir…

—Está bien, Lexi. Es un buen nombre.

—Dime tu verdadero nombre.

Se aleja, la mandíbula tensa.

—Cole está bien. Ya me estoy acostumbrando a él.

Escucho que la puerta de la cabaña se abre de golpe y las hermanas salen cojeando. El bastón de Dreska golpea contra el suelo.

Regreso al cobertizo y las veo en el jardín. Los ojos duros de Dreska se desvían veloces hacia nosotros antes de dirigirse al sendero que baja por la colina. Siento que Cole se aproxima por detrás de mí.

—¿Cómo sobreviviste? —pregunto, antes de poder contenerme. Se queda mirándome, sopesando las palabras en su boca como si estuvieran intentando deslizarse nuevamente por su garganta.

—El fuego fue por mi culpa —susurra.

—¿Cómo? —pregunto, pero me suplica con una mirada de pura pena, de pura pérdida y de algo peor. Trata de mantener la respiración firme, constante, la mandíbula apretada como si temiera llorar. O aullar. Me doy cuenta porque es así como me sentí yo misma después de la muerte de mi padre, como si quisiera gritar pero me hubieran quitado todo el aire de los pulmones. Como si al abrir una parte de mí, todo fuera a salir a borbotones. Cole cierra los ojos y se coloca las manos alrededor de las costillas, como si eso fuera a contenerlo.

—Lexi —murmura—, yo no soy…

Pero entonces llegan las voces de los hombres, la de Otto por encima de las demás.

Como si se hubiera despertado de un trance, Cole abre mucho los ojos, oscuros y grises, la boca formando una línea finita. Lo empujo bajo la sombra del cobertizo, apoyándolo contra la madera.

Me asomo por la esquina de la construcción y logro distinguir a los hombres abajo, en el borde del bosquecillo. Parece que están peleando. Otto señala hacia arriba de la colina con impaciencia. Varios hombres señalan a su vez, antes de retirarse, a la línea de árboles. Ahora no parecen tan valientes, con las brujas esperando en la cima de la colina. Otto resopla, gira y asciende la colina solo.

Frente al sendero, Dreska echa una mirada de advertencia hacia el cobertizo, luego cruza los brazos y suspira.

Magda se mete en la parcela sin vegetación, murmurándole inútilmente a la tierra desnuda y deslizando los dedos de un lado a otro con su actitud infantil. Otto se aproxima a ellas.

Cole y yo nos agazapamos contra el cobertizo. Mi mano roza la suya y él desliza sus dedos entre los míos. Mi pulso salta ante su contacto.

—¿Qué te trae a los confines de Near? —pregunta Dreska evaluando a mi tío. Aferro la esquina del cobertizo y me asomo furtivamente.

—Tengo que hablar con el extraño —responde Otto.

La mano de Cole se tensa sobre la mía.

El ceño de la anciana se frunce aún más y, en el cielo, las nubes comienzan a amontonarse. Dreska respira profundamente.

—Otto Harris, nosotras te vimos nacer.

—Te vimos crecer. —Magda revela su presencia.

Cuando las hermanas hablan, sus voces tienen un extraño eco, de modo que, cuando una termina y la otra empieza, ambas se funden.

Mi tío sacude la cabeza con impaciencia.

—El Concejo está preocupado por la presencia del extraño —señala—. Sobre sus razones para estar aquí.

—Nosotras somos mayores que el Concejo.

—Y nosotras también velamos por Near.

—El muchacho no ha hecho nada. Nosotras respondemos por él.

La mirada de Otto se endurece.

—¿Y qué significan sus palabras? —brama. La frustración baila en sus ojos, arrugados por la fatiga. Sin los otros hombres, su cuerpo no está tan erguido, y recuerdo su silueta encorvada sobre la mesa, la cabeza apoyada en las manos manchadas. Respira profundamente y se calma.

»Han desaparecido dos niños y ese muchacho al que albergáis aquí está bajo sospecha —explica frotándose la barba.

—¿Pruebas?

—Testigos. —Otto ignora una tos breve de Magda—. Bien, ¿qué saben de todo esto? —Las líneas duras se instalan en su rostro, sepultando la fatiga debajo de la barba, detrás de los ojos.

—¿Así que ahora te interesa lo que piensan dos brujas viejas? —dispara Dreska.

—El Concejo sabe quien se está llevando a los niños —agrega Magda, agitando sus dedos cubiertos de tierra.

—No me hagan perder el tiempo —gruñe mi tío—. No con esas estupideces.

—Todo el pueblo lo sabe.

—Todo el pueblo lo olvida.

—O lo intenta.

¿Todo el pueblo intenta olvidar? Antes de que pueda encontrarle sentido a esa frase, las voces de las hermanas comienzan a superponerse. El sonido es inquietante.

—Pero nosotras lo recordamos.

—Ya basta —exclama Otto meneando la cabeza. Se endereza y echa los hombros hacia atrás—. Necesito hablar con él. Con el extraño.

El cielo se está oscureciendo y amenaza con llover.

—No está aquí.

La mano retorcida de Magda se agita en el aire.

—Está por ahí, en el páramo.

—En algún lugar. No sabemos dónde.

—Después de todo, el páramo es muy grande.

Otto frunce el ceño: no se cree ni una sola palabra.

—Voy a preguntarlo por última vez…

—¿O *qué*, Otto Harris? —brama Dreska y juro que puedo escuchar que la tierra ruge.

Otto respira hondo antes de enfrentar su mirada. Cuando habla, sus palabras son lentas y medidas.

—No os tengo miedo.

—Tu hermano tampoco nos temía —dice Magda. El suelo debajo de nosotros comienza a desplazarse, ondea suavemente pero lo suficiente como para hacer crujir las piedras de la casa—. Pero él al menos nos respetaba.

Varias gotas de lluvia nos salpican. El viento se está encrespando. Me parece sentir que Cole me suelta la mano. Pero cuando trato de comprobarlo, él sigue ahí, los ojos fijos hacia adelante, la mirada borrosa.

Otto masculla algo que no alcanzo a oír y luego más fuerte:

—¡Pero yo sí lo haré! —Y después de decir eso, escucho que sus botas raspan el suelo mientras se aleja. A mi lado, Cole cambia el peso del cuerpo y se inclina más hacia el cobertizo. Las maderas crujen. En sus ojos se enciende el pánico y contengo la respiración. Las pisadas fuertes de mi tío se detienen bruscamente. Cuando vuelve a hablar, su voz está alarmantemente cerca del cobertizo.

»Él está aquí. Ahora. Lo sé.

Las pisadas son cada vez más fuertes y Cole me echa una mirada de preocupación. Parece más delgado en medio del viento tempestuoso. Tengo que hacer algo. Si Otto me encuentra, será malo. Pero si encuentra a Cole, será mucho peor. Mascullo una maldición por lo bajo, luego suelto su mano y obligo a mis pies a trasladarme fuera del refugio. Me coloco en mitad del camino de mi tío, que se tambalea hacia atrás para no estrellarse contra mí.

—Tío —musito intentando no temblar mientras su mirada pasa de la conmoción a la ira.

—¿*Aquí* es a donde has venido cuando te escapaste? —La mano de Otto rodea mi brazo y me atrae hacia él. Como no tengo una mentira preparada, opto por el silencio. Detrás de mí, las tablas de madera vuelven a emitir un ruidoso crujido.

Otto me empuja fuera de su camino, rodea la esquina del cobertizo y me muerdo la lengua para no gritar ¡*NO!* Pero la mirada que me echa cuando regresa es suficiente para decirme que Cole no está allí.

Mi tío no dice nada, simplemente me agarra, me obliga a girarme, pasamos delante de la casa de las hermanas y volvemos al sendero que conduce a mi casa. Su repentino silencio me preocupa más que un gran griterío. Me empuja delante de él como si fuera una prisionera y debo recurrir a toda mi fuerza de voluntad para no mirar hacia atrás.

No habla. No lo hace cuando descendemos la colina o atravesamos el bosquecillo, ni cuando nuestras casas aparecen frente a nosotros. Para entonces, el sol ya se está poniendo y mi tío es una silueta negra contra él. El silencio es muy pesado.

—Yo solo estaba haciendo mi…

No me deja terminar la frase.

—¿Tú *ignoras* todo lo que yo digo?

No puedo contener la frustración que comienza a bullir dentro de mí.

—Solo cuando me tratas como a una niña.

—Solo estoy tratando de protegerte. —Nuestras voces suben una sobre la otra.

—Tú deberías estar protegiendo a Wren en lugar de tratar de encerrarme dentro de casa.

—*Ya basta*, Lexi.

—Pretendes que me quede sentada esperando, cuando podría estar *inspeccionando*. —Atravieso el umbral hecha una furia.

—Porque *deberías* permanecer aquí —dice siguiéndome de cerca—, con tu madre y con Wren.

—¿Porque eso es lo que hacen las mujeres?

—Porque es *peligroso*. El extraño puede ser peligroso. ¿Y si te hace daño? ¿Qué haría yo…?

—Él no es peligroso. —Atravieso el pasillo y entro en mi habitación, Otto pegado a los talones.

—¿Cómo lo sabes? ¿Es que acaso lo conoces?

Lanzo un suspiro ahogado y me paso las manos por el pelo.

—Solo quiero ayudar, tío. Como pueda. Y si eso significa buscar al extraño, si eso significa recurrir a las hermanas, ¿cómo no voy a hacerlo? Solo quiero proteger a mi familia… —Mi voz se va apagando al divisar un pequeño cuadrado blanco debajo de uno de los ángulos del marco de la ventana, flameando suavemente con la brisa del atardecer. Una nota.

—Igual que yo —murmura tan débilmente que apenas lo oigo.

Arranco la mirada de la nota y me doy la vuelta para quedar frente a él, intentando que sus ojos no se desvíen hacia la ventana, donde el trozo de papel destaca como una salpicadura de pintura contra el cristal oscuro.

—Lexi, sé que no soy tu padre —señala—. Pero se lo prometí.

El frío invade la habitación, pero Otto no parece notarlo.

—Le prometí que te protegería, ¿recuerdas? Yo sé que ese día estabas escuchando —prosigue—. Estoy haciendo las cosas lo mejor que puedo, Lexi, pero no me facilitas el trabajo si tengo que luchar contra ti y tratar de encontrar a los niños al mismo tiempo.

Mi tío suspira y su lucha se desvanece delante de mis ojos, dejando una quietud rígida y cansada a su paso.

—Lo estoy intentando —afirma.

Se reclina contra el extremo más alejado del pasillo. Su pelo oscuro salpicado de canas se enrosca sobre sus ojos. Su rostro es como el de mi padre, pero más duro. Cuando gira la cabeza de una forma determinada, el parecido es tan notable que hace que me duela el estómago, pero en sus ojos hay una tensión, como de animal enjaulado, que mi padre nunca tuvo.

—¿Por qué estás buscando a Co... al extraño? —pregunto. Mi tío parpadea, como si se hubiera perdido y ahora estuviera reencontrándose.

Me mantiene la mirada sin decir nada, luego se aparta de la pared y entra en la cocina. Wren está jugando en un rincón, haciendo un laberinto de piedras lisas y planas en el suelo. Estoy segura de que ella preferiría estar afuera. Mi madre se acerca a mi tío con una taza. Él da un par de sorbos largos y menea la cabeza.

—Tiene que ser él —sostiene finalmente—. Aparece aquí y luego sucede todo esto. —Se mueve para beber otra vez de la taza, ve que está vacía y la deja en la mesa. Mi madre la llena con algo fuerte y oscuro—. Tenemos testigos. Lo han visto en la aldea al anochecer. Eric Porter dice que lo vio anoche, sobre la hora en la que Cecilia desapareció.

—Tío, el miedo puede hacer que la gente vea cosas extrañas —comento, tratando de sonar razonable.

—Lexi, tengo que hacer algo...

—Pero...

—Te aviso de que tengo la intención de conseguir que se marche.

—¡Pero no es Cole! —exclamo antes de poder contenerme.

—Cole. —Mi tío bebe un largo trago y lo hace girar en la boca junto con la palabra—. ¿Así se llama? ¿Cómo lo sabes?

Porque yo le puse ese nombre.

—Dreska lo llamó así —respondo con un leve encogimiento de hombros— cuando fui a su casa para hablar con ellas. Y para buscarlo a él —admito. Una pequeña verdad refuerza las mentiras—. Ella dijo que no había visto a Cole ese día, que estaba por ahí afuera, en algún lugar del páramo.

—¿Y por qué estás tan convencida de que *no* es él? —La voz de Otto, su cuerpo, todo está tenso, rígido.

Porque he salido a investigar por la noche y él ha estado ayudándome.

—Porque ser un extraño no es un delito.

—Bueno, no importa —masculla, golpeando otra vez la taza contra la vieja mesa de madera para enfatizar lo dicho—. Cuando amanezca tendremos las respuestas.

—¿Qué quieres decir? —pregunto lentamente, mientras un cosquilleo me recorre la espalda.

Otto me echa una mirada dura y prolongada antes de responder.

—Si las hermanas no entregan al muchacho por las buenas, entonces nos lo llevaremos. —Y después de decir eso, se marcha violentamente de la cocina. Lo sigo por el pasillo, pero ya ha cruzado la puerta y la oscuridad lo ha engullido. Se me hace un nudo en el pecho, que va formando una gran maraña. Contengo el deseo de correr detrás de él o, mejor todavía, de correr hacia el este hasta llegar al bosquecillo, a la colina, a la casa de las hermanas y a Cole.

«Cuando amanezca», dijo mi tío. Trato de respirar más pausadamente. Las preguntas zumban en mi cabeza, mareándome, y permanezco en la oscuridad intentando convencerme de que encontraré la forma de arreglar las cosas. Unos dedos se apoyan en mi brazo y siento el contacto de mi madre, firme y agradable, instándome a entrar.

Mi madre se desliza dentro de la cocina para limpiar lo que ha dejado Wren a su paso. Yo me dirijo hacia el dormitorio, pues quiero quitar el trozo de papel del marco de la ventana. La brisa agita la nota contra el cristal oscuro. En un soplo estoy allí, levantando la ventana, rogando que no cruja muy fuerte y agarrando el papel antes de que salga volando en la noche. Solo tiene dos palabras, escritas en letra fina y redonda:

NECESITO VERTE.

Deslizo los dedos por las letras escritas apresuradamente y las palabras producen un tirón extraño en mi corazón, la misma extraña fuerza gravitatoria que me atrae hacia el aire fresco. La sensación me dice, tanto como las palabras, que la nota es de Cole. ¿Cuándo pudo haberla dejado? El peso me deja sin aliento, una mezcla de emoción y preocupación, y guardo el trozo de papel en el vestido.

Me doy cuenta de que todavía tengo puestas las botas de mi padre. Me apoyo contra la cama para quitármelas cuando escucho pisadas débiles.

—Lexi, hace mucho frío —dice la voz a mis espaldas y miro hacia atrás con una sonrisa.

—Tienes razón, Wren —señalo, deslizando la ventana hacia abajo—. Hay que mantenerla bien cerrada, ¿de acuerdo?

Asiente temblorosamente y extiende la mano. La agarro y dejo que me conduzca hacia la cocina.

La noche tarda mucho en llegar.

La nota de Cole me quema en el bolsillo mientras camino de un lado a otro dentro de la casa, hasta que el dormitorio de mi madre queda a oscuras. Y luego voy a ver a Wren, metida en la cama pero aún despierta. Acomodo el raído edredón alrededor de su cuerpo y le agito el pelo juguetonamente. La vieja casa emite débiles chasquidos y golpes secos mientras se escabulle el calor del día.

—Espero que no regresen —murmura en medio de un bostezo—. Estoy cansada. No quiero jugar. —Se acomoda en la cama, pero sus ojos siguen desviándose frenéticamente hacia la ventana. Le acaricio el pelo.

—Todo estará bien.

—¿Lo prometes? —pregunta. Extiende las manos y veo que el amuleto de las hermanas aún cuelga de su muñeca, desprendiendo olor a musgo, a tierra y a flores silvestres. Sujeto sus manos entre las mías y las llevo a mis labios. Titubeo mientras intento encontrar las palabras correctas.

—Te prometo que arreglaré todo —susurro en el espacio entre sus palmas. Wren mantiene las manos ahuecadas alrededor de las palabras mientras vuelve a apoyarse sobre la almohada.

—Y Wren... —agrego sentándome en la cama a su lado—, pase lo que pase, esta noche no salgas de la cama. Y si vuelves a escuchar a tus amigos, ignóralos. Sus intenciones no pueden ser buenas en medio de la noche.

Mi hermana se retuerce y se hunde más bajo en el edredón.

—Hablo en serio —insisto, mientras ella desaparece por completo debajo de las mantas.

Observo cómo danza la luz de las velas y espero.

Cuando estoy segura de que está dormida, me pongo de pie. El suelo se inclina suavemente, o tal vez soy yo la que se inclina y se bambolea por falta de sueño. Finalmente, las paredes y el suelo dejan de moverse y ajusto el cuchillo de mi padre alrededor de mi pierna. Luego le doy un beso a Wren arriba de la cabeza, abro cuidadosamente la ventana y salto hacia afuera.

Después cierro la ventana y aseguro los postigos antes de volver los ojos hacia la noche expectante.

14

La luna está brillante, la noche está en calma y el viento zumba a lo lejos.

La fuerza de la gravedad me empuja hacia él, guiando mis pies por encima de un sendero que ya conocen, que siempre conocieron, con una urgencia nueva. Me abro camino bajo la luz de la luna, entre sombras azules y grises, sobre el suelo azul y gris, observando el círculo azul y blanco en el cielo azul y negro. Cada poco, me recuerdo por qué estoy despierta, y la amenaza de Otto me ayuda a mantener los ojos muy abiertos y a aguzar el oído.

Alguien anda cerca.

Hay pisadas en la oscuridad que no puedo escuchar. Sé que están ahí, de la misma forma en que uno sabe que hay alguien en una habitación, aun cuando no haga ningún ruido. El aire me produce un cosquilleo al llegar al bosquecillo. La arboleda es tan oscura que parece una sola sombra larga. Después, una parte de ella se separa.

—Cole —murmuro mientras él avanza hacia una zona iluminada por la luna. Han desaparecido los rasgos asustados y demacrados de esta tarde. Sus manos cuelgan a los lados de su cuerpo en vez de estar rodeando sus costillas. En su rostro, el agotamiento parece ligeramente difuso. Sus ojos están cautelosos pero tranquilos.

—Lexi —dice—. ¿Has recibido mi nota?

—Sí —respondo, palpándome el bolsillo—. Pero habría venido de todas maneras, para advertirte. Mi tío...

—Espera —me interrumpe. Su voz, más fuerte que nunca, atraviesa el viento en vez de fundirse en él—. Acerca de lo ocurrido antes... Te pedí que nos viéramos para poder explicarte algo. Necesito hacerlo.

—No tienes que darme explicaciones, Cole, si es que no quieres.

—No quiero, pero necesito hacerlo. —Su capa se hincha con el viento—. Pero no sé por dónde empezar.

—¿El fuego? Dijiste que tu aldea se había incendiado por completo. ¿Que... *tú* la incendiaste?

—No es tan simple —responde meneando la cabeza.

—Entonces cuéntame qué ocurrió. —Detrás de él, la arboleda parece una sombra imponente. Eso o una bestia a punto de devorárselo—. ¿Cole?

»Adelante —lo aliento al ver que vacila—. Te estoy escuchando.

Echa una última mirada hacia el cielo nocturno y luego baja los ojos otra vez. Para cuando se encuentran con los míos, hay en ellos un dejo de abandono.

—Te lo mostraré —murmura finalmente.

Se adelanta, rodea mis hombros con sus dedos y me besa.

Es repentino, ligero y suave, como aire sobre mis labios. El viento sopla con fuerza alrededor de nosotros, tirando de la tela de nuestra ropa, pero no nos separa.

Y luego desaparece la presión fría contra mis labios, y mis ojos están abiertos y posados en dos ojos grises como las piedras de un río.

—¿*Esto* es lo que querías mostrarme?

—No —contesta mientras sus dedos se deslizan por mis brazos, me aparta del sendero y me lleva lejos de Near—. Esto fue solo por si acaso.

¿Por si acaso qué?, me pregunto mientras las últimas señales de Near se esconden detrás de las colinas.

—¿Iremos muy lejos? —susurro.

Hay una urgencia en los pasos largos de Cole; casi puedo escuchar el golpe de sus pisadas en el suelo. Casi. Y luego comienza a hablar. Hasta ahora, a cada palabra había que sacársela a la fuerza, persuadirlo para que hablara. Pero ahora las palabras brotan fácilmente.

—Los ojos de mi madre eran como piedras empapadas por la lluvia, no tan oscuros como los míos, pero muy parecidos. Tenía el pelo largo y oscuro, que siempre llevaba atado, pero que no podía contener. Es una de las cosas que más recuerdo de ella: lo pálida que era su cara, enmarcada por la oscuridad de su pelo. Pero era perfecta. Y fuerte. Te hubiera encantado, Lexi. Lo sé.

—¿Y tu padre?

—Murió. —La palabra es tan dura y tan breve—. No llegué a conocerlo —agrega—. Y no sé nada de él, ni su nombre ni qué aspecto tenía. Solo sé una cosa, una cosa muy importante.

Llegamos a la cima de la pendiente, en donde un tramo de campo llano se expande antes de dejar paso al próximo valle. El campo que se extiende más allá de esta colina parece enorme. Es realmente imposible afirmar cuál es la dimensión del mundo que está más allá de Near, porque casi nunca puedes ver más allá de una o dos colinas al mismo tiempo. El mundo podría terminar, detenerse de golpe, justo después de la siguiente elevación. Cole se queda quieto para observarlo y yo no puedo evitar preguntarme por qué caminamos tanto.

—¿Y bien? —pregunto.

Y entonces extiende la mano. No hacia mí, sino hacia la noche.

El aire que nos rodea parece estremecerse y el viento frío me roza la piel. Respiro profundamente mientras el viento se enrosca alrededor de su mano extendida, que gira cada vez más rápido hasta que parece que sus dedos se estuvieran fundiendo dentro de ella. Luego se vuelven más delgados, hasta que puedo ver a través de ellos, hasta que ya no hay diferencia entre el viento arremolinado y su piel.

—Eres un brujo —susurro. Debería sentirme conmocionada, pero creo que algo dentro de mí lo supo desde el momento en que lo vi, porque lo único que siento es una arrasadora sensación de calma.

Gira la mano como si estuviera acunando algo. Después sus dedos se curvan hacia adentro y el viento se desintegra, desaparece.

—Y él también lo era. —Los ojos de Cole se endurecen.

»Cuando era pequeño —continúa—, pensaba que era maravilloso. Otros niños tienen amigos imaginarios, pero yo tenía algo mucho mejor. Algo vasto, poderoso… pero también íntimo. Nunca me sentía solo.

»Cuando estaba enfadado, el viento se enfurecía, soplaba con más fuerza. Había unos hilos invisibles que me unían a él. El viento se adueñaba de lo que yo sentía y se escapaba llevándoselo consigo. Mi madre tenía miedo. No de mí, no lo creo, sino *por* mí. Me contó que la gente no entendía a los brujos y, por lo tanto, les temían, y ella no quería que me tuvieran miedo. Era una mujer muy fuerte, pero creo que esas preocupaciones la atormentaban.

Mi pecho se pone tenso. Ella me recuerda a mi padre, la mezcla de orgullo y preocupación en los ojos aun mientras me enseñaba a cazar, a rastrear y a cortar madera.

—Pero su marido era una cuestión muy distinta…

—¿Su marido? Pensé que habías dicho…

—Ella se volvió a casar antes de que yo naciera. Pero yo nunca lo vi como un padre. Y él, estoy seguro, nunca me vio como un hijo.

Alrededor de nosotros, el viento ruge.

—Yo hice un gran esfuerzo por ella, por mi madre. Traté de mantener la calma. Pensé que si podía estar vacío, si podía no sentir nunca nada muy fuerte, entonces todo estaría bien. Y, así fue, durante un tiempo breve. La gente pareció olvidar lo que yo era.

Cole no parece notarlo, pero el viento es cada vez más intenso y parece estar furioso. Destroza el suelo y arranca las hojas y la maleza, haciéndolas girar en pequeños círculos. El tono de Cole también está cambiando.

—Pero no todos lo olvidaron. El marido de mi madre… él nunca lo olvidó. —Cole alza la vista, pero su mirada es borrosa, y me pregunto dónde está, qué ve. Está aún más pálido que siempre y, cuando endurece la mandíbula, le tiembla un músculo en un lado de su cara.

—*El viento del páramo es engañoso, ¿no es eso lo que decías, Lexi?* —Lanza una risa corta y triste. Se acerca y resbala sobre una roca cercana, como si sus piernas no pudieran mantenerse firmes. Tiene una gracia triste y natural—. Bueno, tenías razón. El viento es engañoso. Al igual que la lluvia, el sol y el propio páramo. Ellos no siempre se comportan amable o razonablemente. El viento puede deslizarse sigilosamente dentro de los pulmones de una persona y hacerse oír cuando ella respire. La lluvia puede producir escalofríos en los huesos.

Veo que tiembla, pero resisto el deseo de estirar la mano y tocarlo. Tengo miedo de que deje de hablar. Tengo miedo de que parpadee y vuelva ese silencioso extraño, aferrando sus costillas para contener todo allí adentro. Tengo miedo de que se desvanezca en mitad de la oscuridad.

—Ella enfermó tan rápido… tan rápido como se propaga el viento. Y se murió antes de morir, si es que eso tiene sentido. El color la abandonó. Tenía fiebre y debería haber estado caliente, debería haber estado roja, pero estaba gris. Fría. —Respira hondo—. Se estaba muriendo. Su vida se esfumaba delante de nuestros ojos y no podíamos hacer nada. Su marido se volvió hacia mí. Me miró de verdad, tal vez por primera vez.

Las manos de Cole están apretadas y apoyadas sobre sus rodillas. Él no se da cuenta, no se da cuenta de nada. Me muevo hacia él, pero el viento me empuja hacia atrás.

—Tú le hablas al páramo —me dijo su marido—. Dile que la salve. —Estaba desesperado—. Si la quieres, oblígalo a salvarla. —Eso fue lo que dijo.

Los ojos como piedras de Cole lanzan destellos, las lágrimas brillan con luz azul y blanca y se acumulan en los bordes.

—Pero no funciona de esa manera. Yo no puedo controlar las tormentas y, aun si pudiera, la lluvia no podría quitarse a sí misma de sus pulmones, de sus huesos.

Los pequeños círculos de viento están aumentando y mis manos se aferran al borde de una roca para no perder el equilibrio. Ahora, Cole parece existir en su propio espacio, donde el viento ni siquiera le agita el cabello ni tira de su capa.

—Ella murió. —Hace una pausa y traga—. Esa fue la noche en que la aldea se incendió.

Se me atora el aire en la garganta. No sé qué decir. El viento se curva alrededor de él como una lapa, pero su voz logra atravesarla.

—Había tanto viento… Pensé que no era posible que todo proviniera de mí. Era muy ruidoso, muy fuerte. Derribó algunas de las antorchas. Traté de calmarme, pero la tormenta continuaba creciendo. Una tormenta seca, solo nubes y el viento que crecía, devorando todo. Yo quería que también me devorara a mí, pero no lo hizo. El pueblo se incendió como un trozo de papel, doblándose sobre sí mismo hasta que ya no quedó nada. Solo yo. No quise hacerlo, Lexi

—murmura, posando sus ojos finalmente sobre los míos. La culpa rebosa en las lágrimas de sus pestañas oscuras.

Me estiro hacia él, pero retrocede.

—No pude controlarlo.

El viento se levanta otra vez en medio de nosotros, pero yo me abro camino a través de él hasta que llego a su lado. Me arrodillo frente a Cole y pongo mis manos sobre las suyas. Cuando alza la vista hacia mí, su cara está mojada. El dolor que hay en sus ojos me resulta tan familiar que me arranca el aire de los pulmones.

—Y luego terminó y solo quedaron cenizas.

No puedo dejar de verlo, gris y chamuscado, solo, donde alguna vez hubo un pueblo.

—Me sentí tan… *vacío* —recuerda sacudiendo la cabeza—. Destrozado, hueco. Y dolía. Más que nada en el mundo.

—Cálmate, todo está bien —susurro y mi voz se desvanece en el viento.

Parpadea y echa una mirada a los remolinos que levantan piedras y tierra. Menea la cabeza e intenta apartarse.

—Aléjate.

Mis dedos se cierran alrededor de los suyos y el viento sopla con más fuerza.

—No.

Pequeños tornados, espirales de hojas, maleza y piedras se aproximan a nosotros, deslumbrados por Cole y su extraña fuerza de gravitatoria, de la misma manera en que yo me siento atraída hacia él. Se unen y crecen cada vez más.

—Aléjate, *por favor* —vuelve a decir con pánico en la voz, mientras se pone de pie con dificultad. Me levanto con él, negándome a soltarle la mano. Pero entonces el viento me arroja violentamente hacia atrás y se enreda en mi capa. Me aparto de él, trastabillando mientras el aire se enrosca a mi alrededor, arrastrando con él la tierra y la maleza suelta. Y no deja de crecer. El viento aúlla con más fuerza mientras gira en un tornado perfecto, cavando un círculo en el páramo a mi alrededor.

—¡Cole! —grito, pero la palabra se pierde instantáneamente en el remolino, devorada, apenas brota de mis labios. Logro ponerme de pie. El mundo debajo del tornado comienza a volverse difuso. El páramo, las piedras y Cole, todos corren a la vez y luego desaparecen por completo detrás de la pared de aire. El túnel comienza a ascender hacia el cielo. Pero aquí, en el centro, todo está completamente tranquilo, quieto, más allá del sonido opaco y constante. El viento tira suavemente de mis mangas, de los bordes de mi capa, de los mechones sueltos de cabello, pero es casi con suavidad. Imagino a Cole adentro de su propio túnel aquella noche, su aldea incendiándose mientras el viento lo mantenía seguro. Solo. Yo me siento sola aquí. Extiendo la mano y dejo que mis dedos rocen la pared del tornado.

Y luego otros dedos atraviesan el viento, tocan los míos, se entrelazan con los míos… Cole cruza la pared de aire y entra en el círculo. El remolino se abre para él, agitando su pelo oscuro antes de cerrarse herméticamente detrás. Me atrae hacia él y me envuelve entre sus brazos.

—Estoy aquí —susurro. Y sus labios también se mueven, pero ahora no hay más voz que la del viento, mientras Cole me atrae más hacia él e inclina su frente sobre la mía. Aquí no hay nadie más que nosotros. Más allá del remolino, el mundo se desgarra, silba, sopla, empuja y tira. Pero solo por un instante, aunque resulte increíble, los dos nos quedamos quietos.

El remolino pierde fuerza y comienza a bambolearse. Cole me abraza aún más mientras el remolino se desintegra y pasa velozmente junto a nosotros, fuerte y violento por un segundo fugaz. Y luego desaparece, y lo único que queda es una brisa suave y dispersa, mientras las colinas brotan delante de nosotros y la maleza se calma. Cole examina mi rostro. Parece que esperara miedo, repugnancia, tensión, pero nunca me he sentido tan viva. Me suelta y retrocede, temblando.

—Lexi —exhala, tomando grandes y profundas bocanadas de aire, como si el viento le hubiera robado el aire directamente de los pulmones. El viento ha secado las manchas húmedas de sus mejillas y ha tejido suaves dibujos en su pelo—. Ahora ya lo sabes. Esto es lo que soy. Lo siento.

Parece derrumbarse, deslizarse hacia el suelo, pero le sujeto el brazo. Su respiración es entrecortada y, por un momento, pienso que se desmayará.

—No lo sientas.

—Yo entiendo —dice, balanceándose sobre los pies—, que no quieras...

Lo interrumpo de golpe.

—¿Fue eso lo que quisiste decir antes, cuando me besaste por si acaso?

Mira hacia el este por encima de mi cabeza, los ojos brillantes, y alcanzo a ver que esboza una leve sonrisa.

—Mírame —murmuro, deslizando los dedos por su mandíbula y girando su cabeza hacia la mía—. Sigo aquí.

Cole me besa una vez, un beso calmado y desesperado. Puedo sentir el dolor en sus labios, el dejo de sal. Luego se aparta y mira otra vez hacia el este. Sigo su mirada. Los bordes del cielo están cambiando. Si no emprendemos el regreso a Near, el amanecer llegará sigilosamente y nos atrapará desprevenidos.

—Vamos.

Me deja guiarlo, las yemas de mis dedos aferradas a su brazo, transmitiéndole seguridad a mi piel: él sigue aquí. Camino despacio. No quiero que Near aparezca demasiado pronto ante nuestros

147

ojos. El tornado podrá haberse ido, pero igualmente es como si estuviéramos solos en el mundo.

Es Cole quien rompe el silencio mientras caminamos.

—Quería mostrártelo, pero no de esa manera. Me prometí a mí mismo... —murmura—. No permitir que volviera a ocurrir, no puedo volver a perder el control.

—Pero tú *puedes* controlarlo. Acabo de verlo... —Le doy un leve apretón con los dedos—. Enroscaste ese viento alrededor de tu mano antes de comenzar a enfadarte. Y cuando olvidaste tu ira por un momento, todo se descontroló. Estoy segura de que si solo...

—Es muy peligroso —afirma y sus ojos se cierran suavemente mientras caminamos, sus pies deslizándose sobre la tierra revuelta—. Un solo paso en falso y...

—Pero Cole...

—¿Por qué crees que te he traído tan lejos? Ya ha pasado más de un año desde esa noche y me he repetido todos los días, a cada segundo, que debo mantenerme sereno, vacío. —Sus ojos se posan en los míos—. ¿Por qué crees que me mantengo fuera de la aldea? ¿Por qué piensas que he tratado de no estar muy cerca de ti? —Recuerdo la manera en que se separó de mí, cómo evitó que su mano rozara la mía. La expresión extraña, de preocupación y algo más, cuando descubrió mis dedos entrelazados con los suyos.

—Yo no tenía la intención de detenerme en este pueblo —señala—. Simplemente pasaba por aquí.

—¿A dónde ibas?

Menea la cabeza y el esfuerzo parece agotador.

—No lo sé. Desde aquella noche, ya no pude quedarme quieto. Tenía que moverme todo el tiempo.

—¿Pero te detuviste aquí? ¿Por qué?

Frena de golpe y me vuelvo hacia él.

—Escuché algo —explica, sus manos posándose ligeras sobre mis hombros—. Algo terrible está sucediendo en Near, Lexi. Este lugar, es como si estuviera poseído. El viento está poseído, por canciones y voces.

—Wren, mi hermana… —comento frunciendo el ceño—. Esta mañana dijo algo extrañísimo. Dijo que los niños desaparecidos se acercaron a su ventana y le propusieron ir a jugar. Dijo que los escuchó.

La tensión de Cole llega hasta las puntas de sus dedos.

—Las voces que yo escuché no podrían pertenecer a esos niños. No exactamente. Era una voz de mujer. No estaba moldeando al viento, no de la manera en que yo lo hago. Era como si su voz *fuera* el viento. Y tampoco era solo el viento. Era como si todo se estuviera moviendo bajo un hechizo. Al principio, solo me detuve a escuchar, para ver si aquí había otro brujo.

Sus manos comienzan a apartarse de mis hombros, pero levanto la mía y las mantengo allí.

—¿Entonces hay una bruja que saca a los niños de sus camas?

—Sí. —Asiente—. La voz era cantarina. Yo estaba rodeando la aldea cuando la oí. No entendía qué estaba ocurriendo, pero sabía que algo iba mal.

—¿Qué quieres decir con eso de que iba *mal*?

—Yo nunca conocí a otra bruja antes de llegar aquí —responde—. Pero lo que yo hago, solo puedo hacerlo con el viento, y solo con la superficie, con la forma. Esta bruja estaba utilizando al viento de una forma que yo nunca consideré posible. A eso me refiero cuando dije que algo iba *mal*.

—¿Y te quedaste?

—A la noche siguiente, los niños comenzaron a desaparecer. Sabía que tenía que estar relacionado. Nada puede reparar lo que sucedió en mi aldea, pero pensé que si podía hacer algo para ayudar aquí, entonces era mi obligación hacerlo.

—¿Es por eso que estabas anoche en el páramo, cerca de la casa de Edgar?

Asiente otra vez, y su respiración se vuelve más lenta, más suave. Echamos a andar nuevamente por las colinas, hacia la casa de las hermanas.

—Después me encontré contigo. Las hermanas no querían hablar conmigo sobre lo que estaba sucediendo. Pero me dijeron que debía preguntarte a ti sobre la historia.

Las piezas se colocan en su lugar. La forma en que el viento canta *La Ronda de la Bruja*, la falta de pistas, el misterioso sendero trazado por encima del brezo y de los pastos altos, la pelea de Dreska con el Maestro Tomas.

—¿Tú crees que es la Bruja de Near?

—Suenas incrédula —responde mientras llegamos a la cima de una pequeña colina y el bosquecillo surge frente a nosotros. Nos dirigimos hacia el refugio de la arboleda.

—Es *realmente* difícil de creer.

—¿Por qué?

—Porque ella *murió*, Cole. Convocar a la lluvia o a las flores es una cosa, pero levantarse de la tumba es otra muy distinta.

Cole frunce el ceño, la arruga entre sus ojos se vuelve más profunda. Llegamos al lugar más alejado del bosque, no al sitio desde donde él me apartó del sendero y me llevó hacia el páramo, sino a la parte que mira hacia arriba, hacia la casa de las hermanas. Mis ojos ascienden rápidamente por la colina hasta la vieja cabaña. Al lado, la muralla de piedra brilla como la luna o el agua, y en lo único en que puedo pensar es en que necesito desesperadamente llegar hasta ella y acostarme. Así de cansada estoy: podría echarme a dormir alegremente encima de las rocas. Con la cabeza inundada

150

de preguntas, salgo del bosquecillo. Y entonces es cuando suceden tres cosas.

La mano de Cole se cierra alrededor de mi muñeca.

El viento sopla con fuerza, ahogando nuestra respiración.

El cañón metálico de un arma resplandece bajo la luz de la luna.

15

Cole me empuja otra vez bajo la sombra de la arboleda justo cuando Otto y Bo aparecen en el páramo bañado por la luz de la luna. Se encuentran junto al cobertizo; mi tío levanta el arma y desaparece por la esquina de la estructura inclinada, mientras Bo camina cojeando de un lado a otro, las manos en los bolsillos, la mirada dirigida hacia el páramo. Otto vuelve a aparecer del otro lado del cobertizo y alcanzo a escuchar que lanza maldiciones por lo bajo.

—¿Dónde *está*? —ruge mi tío descendiendo por la colina hacia nosotros.

—¿Estás seguro de que está aquí? —pregunta Bo, clavando la punta del pie en la tierra y señalando con la mano hacia el campo que se extiende delante de ellos—. Vamos, Otto. Regresemos —dice, bostezando—. Hace días que no veo mi cama.

—Tiene que estar aquí. Sé que lo están ocultando. —Suena tenso, cansado—. Maldita sea. —Echa una mirada más allá del cobertizo, hacia el páramo envuelto en la noche. Puedo imaginarlo entrecerrando los ojos, esperando a que aparezca algo.

—De todas maneras, pensé que habías dicho que haríamos esto por la mañana. Y ahora me arrastras hasta aquí en medio de la noche.

—He cambiado de opinión. Pensé que sería mejor venir ahora, antes de que la aldea se despierte.

Él quiere decir antes de que yo me despierte, antes de que yo pueda llegar aquí y alertar a Cole. Él lo sabe. O, al menos, lo sospecha.

Detrás de Otto, Bo suspira y extrae algunas cosas del bolsillo. Se acerca con pasos largos al cobertizo y se arrodilla lo mejor que puede con su pierna enferma, dejando caer al suelo un objeto pequeño. Luego empuja un retazo de tela debajo del borde de una de las maderas podridas cuando mi tío finalmente se gira y lo observa.

—¿Qué estás haciendo?

—Acelerando las cosas —responde, pateando un poco de tierra por encima del trozo de tela—. ¿Cuál es *tu* plan? ¿Acercar una silla y esperar a que el muchacho aparezca? ¿O esperar a que las hermanas te encuentren y te echen al fogón?

Maldigo por lo bajo al darme cuenta de lo que está sucediendo: está colocando pruebas para poder culparlo.

—Esto no me gusta nada, Bo —dice mi tío, el tono es una mezcla de sorpresa e ira.

—Mira, Otto, hay que hacer algo. —Bo descarga la mano con fuerza sobre el hombro de mi tío—. Sabemos que es él. De esta manera, podemos hacer que los demás también se den cuenta.

—El Concejo te mandó a hacer esto, ¿verdad?

Bo hace una pausa, parece estar evaluando sus palabras.

—El Maestro Eli dice que es lo mejor.

—¿Te lo dijo a ti y no a mí?

Una sonrisa sombría se extiende por el rostro de Bo.

—Tú has estado preocupado, y es necesario ocuparse de esto de manera efectiva.

—¿Y qué pasa con los *niños*? —gruñe Otto—. ¿En qué nos ayuda esto a encontrarlos?

—Una vez que tengamos al extraño —contesta Bo señalando el cobertizo—, lo obligaremos a que nos diga dónde están. Hasta entonces...

Los hombros de mi tío se han alzado hasta sus oídos. Me inclino hacia adelante, esperando que diga *No, ya basta, esto está mal*.

Pero no lo hace.

Se limita a pasarse los dedos por el pelo, se tira de la barba y sigue a Bo colina abajo. Yo vuelvo a apoyarme contra Cole. Bo y Otto se acercan por el sendero hacia el bosquecillo.

Hacia *nosotros*.

Se me acelera el pulso y Cole debe sentirlo porque me abraza con fuerza y respira en mi pelo, algo entre un beso y un *shhh*.

Luego se desliza hacia atrás a través de los árboles, increíblemente silencioso por encima de las ramitas y de las hojas secas, llevándome con él. Centímetro a centímetro, nos alejamos del sendero y nos adentramos en el refugio de los troncos más gruesos. El viento sopla lo suficiente como para hacer que las ramas y las hojas silben mientras los dos hombres entran al bosquecillo.

Mi tío pasa a centímetros de mi cara.

Pero no me ve. Sus ojos nunca abandonan la parte de atrás de la cabeza de Bo.

Y después se van, salen de la arboleda y regresan a Near. Y aquí nos quedamos nosotros, Cole y yo apretados contra un árbol en la noche cada vez más oscura. Él lanza una larga bocanada de aire, que se desliza alrededor de mi nuca y me estremezco.

—Ha estado cerca —susurra Cole. Me aparto y nos deslizamos otra vez hacia el sendero.

—Cole, te han tendido una *trampa* para acusarte.

—Entonces yo eliminaré las pruebas.

—¿Acaso no lo ves? Esa no es la cuestión. —Me inclino contra un árbol—. A ellos no les importa si lo hiciste o no lo hiciste. ¿Cómo podemos probar que eres inocente?

—No podemos. A ellos no les importa que sea inocente.

—Tenemos que encontrar al que está haciendo esto —insisto—. Si *realmente* es la Bruja de Near, si ella ha vuelto de alguna manera, ¿cómo hacemos para encontrarla? ¿Cómo la *detenemos*? —Me retumba la cabeza y me siento exhausta.

—Lexi —murmura con una extraña calma que puede ser simplemente agotamiento—. Tú misma dijiste que las voces de los niños no estaban proferidas por niños, y que ese sendero abierto por el viento no fue realizado por pies. Esto tiene que ver con magia. ¿Cuántas brujas y brujos hay en Near?

—Las hermanas, la Bruja de Near (quien, por lo que yo sé, está muerta) y tú.

—¿Confías en las hermanas?

—Sí.

—¿Y confías en mí?

—Sí —respondo dando un paso hacia él.

—Entonces, tiene que ser la Bruja de Near.

Asiento, con cautela. Mi instinto me dice que es cierto, o al menos posible, y mi padre me enseñó a confiar en mi instinto. Pero ¿qué está haciendo ella exactamente, y cómo se detiene a una bruja que se supone que está muerta? La cabeza me da vueltas. *Duerme, solo un poquito*, ruega mi cuerpo.

—Ya lo averiguaremos, Lexi. —Cole cierra el espacio que nos separa y sus dedos descienden por mi mentón—. ¿Qué le sucede a la Bruja de Near en la historia?

—La desterraron. La expulsaron de Near. Murió sola entre la maleza hace cientos de años.

—¿Cómo contaba la historia tu padre? Tal vez tengamos allí algunos indicios.

Apoyo la cabeza sobre su pecho y cierro los ojos. Mis pensamientos vagan de un lado a otro, pero trato de continuar donde me detuve, trato de recordar el final narrado por mi padre. El problema de relatar una historia es que es difícil empezar de nuevo cuando te detienes en la mitad. Yo recuerdo las cosas completas, no por fragmentos.

—Veamos —susurro, sintiendo como si fuera a salir volando—. La Bruja de Near era parte de todo y de nada. Y quería mucho a la aldea y a los niños. Algunos días, cuando sentía que tenía la paciencia necesaria, les hacía trucos. Pequeños trucos, como hacer que las plantas florecieran en un abrir y cerrar de ojos o que el viento susurrara como si estuviera profiriendo palabras. A los chicos les fascinaba todo tipo de magia y les entusiasmaba verla donde fuera, y la querían por eso.

Hago una pausa, porque mi padre siempre la hacía a estas alturas. Él solo me contó la parte que sigue una o dos veces y me cuesta encontrar las palabras.

—Hasta que un día, un niño murió en el jardín de la bruja, y el mundo cambió. Los tres cazadores que protegían a la aldea la desterraron. La noche en que la expulsaron, su cabaña se hundió en la hierba y el jardín volvió a crecer sobre la tierra. Y nunca más la vieron. Pero se la escuchaba en el páramo, cantándole a las colinas para hacerlas dormir. Con el transcurso de los años, el canto se fue volviendo cada vez más suave, hasta que ya no fue mucho más que el murmullo del viento. Y luego se apagó por completo. Y ese fue el final de la Bruja de Near. —Suspiro—. No es terriblemente útil, pero así era cómo la contaba mi padre.

Cole se inclina un poco hacia atrás para mirarme.

—Lo dices como si hubiera otra versión.

—Eso creo. —Meneo la cabeza, aturdida—. Magda nunca la ha contado, pero yo sé que no cree en este final. Una vez se lo conté y ella arrugó la cara y sacudió la cabeza.

—Bueno, esto es un comienzo. Si existe otro final, uno que las hermanas se niegan a compartir, tal vez sea porque hay algo de verdad en él. Les preguntaremos por la mañana.

—Ellas no confían en mí —señalo.

—Ellas no confían en nadie, pero nos lo contarán. Ahora vete a casa. Duerme. —Deposita un beso ligero en la parte superior de mi cabeza y se da la vuelta para abandonar el bosquecillo.

—Espera —digo, tirando de él—. ¿Qué haremos con Otto? Volverá.

—No te preocupes. Estaré bien.

—¿Cómo? —pregunto mientras la tensión comienza a oprimirme nuevamente el pecho—. ¿Dónde te te vas a esconder?

Como si fuera la respuesta, el viento se levanta y hace girar las hojas en pequeños remolinos y, delante de mis ojos, Cole comienza a difuminarse. Su contorno se desdibuja en la noche que nos rodea. Sonríe débilmente.

—Hay mucho espacio.

Le sujeto el brazo con más fuerza, temiendo que se desvanezca por completo. Pero el viento se calma y lo encuentro frente a mí, otra vez de carne y hueso.

—¿Cuánto tiempo puedes ocultarte? —pregunto.

—Hasta que encontremos al verdadero responsable. Hasta que encontremos a los niños. Entonces, ya no tendré que hacerlo.

No es una respuesta tan específica como yo esperaba, pero supongo que será suficiente. Me inclino hacia él para darle el beso de las buenas noches.

—Por si acaso —susurro.

Coloca las manos alrededor de mi cintura, pero vacila.

—¿Qué pasa? —inquiero, dando un paso hacia atrás.

—Estoy cansado. No tengo mucho control sobre mí.

—Entonces, mantén la calma. —Me inclino hacia adelante, con tanta suavidad y lentitud como si fuera un ciervo. Cuando mis labios están a centímetros de los suyos me detengo, esperando que él retroceda otra vez, pero no lo hace. Mi respiración se aprieta contra la suya.

»Mantén la calma —repito, y nuestros labios se rozan. De pronto, las nubes dejan de moverse, como si quisieran detener el momento tanto como yo. Cuando me aparto hay algo nuevo en su cara, algo tenue, el rastro de una sonrisa. Cansada, pero ahí está.

Y luego es Cole quien me atrae hacia él, su mano fría sobre la curva de mi espalda, mientras deja caer besos en mi hombro y en mi cuello. Dejo escapar una risa breve mientras su pelo hace cosquillas sobre mi piel. Me hace sentir bien: reír y que me abrace así. A nuestro alrededor, el viento comienza a ondear, a subir y bajar. Cole se levanta hasta que sus ojos se encuentran con los míos. Sobre nuestras cabezas, el cielo está cada vez más oscuro, casi negro, y sé que eso no es bueno. Ya hemos pasado la parte más oscura de la noche y ya debería estar extendiéndose la luz. Echo la cabeza hacia atrás y miro el cielo a través de las copas de los árboles. Las nubes siguen allí, tapando la luna.

—Cole —susurro mientras el viento vacilante se transforma en algo más fuerte—. Cole, mantén la *calma*.

Sus ojos se clavan nuevamente en los míos y esta vez frunce el ceño.

—No soy yo —señala mientras el viento sopla cada vez más fuerte, enroscándose en una melodía familiar que me oprime el corazón—. Es ella.

Y justo en ese momento el mundo se vuelve negro y la canción suena más fuerte. Y ahí, debajo de la melodía, lo escucho. A eso que casi parecen palabras. Las que los adultos no escuchan y los niños escuchan muy claramente, llamándolos para que abandonen sus camas.

Wren.

Se me contrae el pecho nuevamente al darme cuenta de lo que está sucediendo. La canción y la extraña oscuridad aparecen por la noche y, por la mañana, las camas están vacías. Tengo que ir a casa. Me aparto de Cole y me dirijo hacia el bosquecillo, cuando el mundo oscila violentamente bajo mis pies. Los dedos de Cole se cierran sobre los míos y dice algo que no alcanzo a oír. La música se adueña de todo y la noche se vuelve espesa como la tinta. El páramo que tengo debajo se desvanece. Sus dedos se desvanecen. La noche se desvanece. Y todo se vuelve oscuro y estático.

16

Los rayos del sol, tibios y repentinos, se derraman sobre la habitación.

Me siento en la cama, sobresaltada. Los pasos suaves de mi madre resuenan en la cocina; los pasos saltarines de Wren golpean el pasillo. Wren: en casa y a salvo. Escapa de mi boca una bocanada de aire entrecortada. Me siento entumecida, aturdida. ¿Cómo he llegado hasta aquí? La luz que se filtra por la ventana es diáfana y pura.

Me asalta un recuerdo, tan débil como un sueño, de que alguien me trae a casa, me guía hasta aquí, con una voz baja y susurrante, mientras mis botas resbalan por la maleza enmarañada. Aparto las sábanas. Mi capa se encuentra al lado de la cómoda. Me dirijo a la ventana, la empujo para abrirla y miro hacia abajo. Mis botas esperan ordenadamente debajo del alféizar. Todo está en su lugar.

Cuando me topo con Wren en el pasillo, me arrodillo y la envuelvo entre mis brazos, ignorando sus intentos de liberarse.

—Todos están jugando sin mí —se queja.

—¿Quiénes? —Si Wren está aquí y a salvo, ¿entonces la cama de quién estaba vacía esta mañana?

Pero la respuesta me llega enseguida.

—Y la señora Harp dice lo mismo —comenta una voz.

La voz pertenece justamente a Tyler, quien está relatándole a mi madre todos los detalles con entusiasmo.

Y está hablando de la señora Harp, la madre de Emily. La niña toma forma en mi mente, haciendo una pirueta pequeña y juguetona, dos trenzas oscuras ondeando detrás de ella como dos largas colas de caballo.

—Entonces, ¿no tienen ninguna pista? —pregunta mi madre con voz suave.

Permanezco en el pasillo durante un momento, abrazando a Wren y tratando de escuchar más fragmentos de la conversación.

No hay pruebas y ya no me sorprende. El viento entró y robó a Emily de su pequeña cama. Puedo imaginármelo: el edredón echado pulcramente sobre los pies de la cama, dejando a la vista las sábanas pálidas, la habitación fría y vacía. Tal vez encontraron su amuleto en la mesa de noche, desechado como las mantas en una noche cálida.

Wren se retuerce para liberarse de mis brazos, su propio amuleto en la muñeca, emitiendo un aroma dulce y terroso. Lo rozo con los dedos mientras una brisa entra zigzagueando por la ventana.

Tiemblo y veo que la puerta de la casa está abierta.

Ahí es cuando me doy cuenta de lo tarde que es: el sol ya está muy alto. Y justo en ese momento oigo los pasos fuertes de mi tío atravesando el umbral y se me corta la respiración en la garganta.

Cole.

Las pruebas falsas que colocó Bo.

Wren sale corriendo deprisa por el pasillo hacia Otto. Casi choca con él y le extiende los brazos en el último momento para darle un abrazo. Él la atrapa, la levanta y la envuelve entre sus brazos pesados.

—Buenos días, Wren —exclama entre su pelo antes de apoyarla en el suelo.

Sus ojos se encuentran con los míos por un instante y luego, para mi sorpresa, sonríe.

—Buenos días, Lexi —saluda, la voz inalterable.

Trato de no dejar que la conmoción se refleje en mi rostro.

—¿Cómo estás, tío?

Luego veo sus mangas, levantadas y sucias, un largo rasguño en el antebrazo.

—¿Qué *has hecho*? —pregunto entornando los ojos.

Otto se desenrolla las mangas con cuidado.

—Hice lo que había que hacer.

Intento pasar rápidamente junto a él, pero sus manos son muy rápidas y me sujetan la muñeca.

—¿Fuiste a verlo? ¿Intentaste advertirle? —inquiere.

—¿De qué estás hablando? —Retrocedo.

Me sujeta con más fuerza y hago un gesto de dolor tratando de liberarme mientras Tyler irrumpe en el vestíbulo.

—Entonces, ayúdame, Lexi. Te dije que no me desobedecieras. —La voz de Otto brota entrecortada—. ¿Acaso no ves lo que estás haciendo? ¿Lo que ya has hecho?

—*Otto* —exclama mi madre detrás de él, la voz más fuerte de lo que la he escuchado en meses—. Déjala en paz.

Mi tío me suelta de inmediato, como si no hubiera notado que me estaba haciendo daño, y yo retrocedo trastabillando contra Tyler, que se muestra muy dispuesto a atajarme.

Me trago todas las maldiciones que suben por mi garganta mientras lo aparto y salgo de la casa.

—Ahora no puedo salvarla —masculla Otto mientras yo me marcho.

Tengo marcas rojas con forma de dedos en la muñeca, pero lo único que siento es enfado y frustración, y, más que nada, miedo por Cole y las hermanas.

Me pongo las botas, que están debajo de mi ventana, pero abandono el cuchillo de mi padre y la capa, ignorando el aire fresco del final del verano. No puedo entrar otra vez, no tengo tiempo.

Las amenazas de Otto se elevan en el aire detrás de mí, pero no miro hacia atrás.

Lo primero que veo es humo.

Pero cuando aparece la cabaña ante mi vista, me doy cuenta de que sale de la chimenea; el aire ha pasado de fresco a frío en cuestión de días. La puerta está abierta e incluso puedo distinguir, desde el sendero, la mesa patas arriba en el interior, el suelo salpicado de platos, tazas y hojas y otras cosas que entraron volando desde fuera. Una de las sillas de la cocina se encuentra en el jardín delantero y, en ella, está sentada Magda. A sus pies, hay una cesta con palos y piedras, y ella tararea por lo bajo mientras trabaja, como si todo estuviera bien. Su tonada se enrosca con el viento de tal manera que no puedo separar ambas melodías. Al acercarme, logro distinguir algunas palabras de su canción. Escapan de sus labios arrugados casi sin consonantes.

—…las puertas de madera, ojos atentos por la noche aparecen, los demonios alejados permanecen…

Está construyendo pájaros. Sus dedos retorcidos quitan tiras finitas de los palos cortos y derechos, y envuelven el cordel alrededor de piedras y de trozos de madera. Me acerco deprisa a la casa echando una mirada hacia el páramo, en busca de algún retazo gris en medio del campo verde y el cielo azul claro. Pero lo único que veo es el constante ondular de la maleza. Una niebla se ha instalado encima de todo. Los lomos de las colinas asoman encrespados a través de ella como bestias dormidas.

—¡Magda! —la llamo mientras me acerco—. ¿Qué ha pasado? ¿Dónde está Cole? ¿Está…?

Con el rabillo del ojo capto un vistazo fugaz, una sombra. Y luego está ahí, en la puerta, esperándome.

Corro por el sendero y le echo los brazos al cuello. Retrocede unos pasos tambaleándose, pero no me aparta, y sus brazos me rodean dulcemente.

—Estás aquí —exclamo jadeando aliviada—. Pensé... No sé qué pensé. Otto vino a casa y hablaba de... hacer lo que había que hacer. Me acusó de advertirte.

—Estoy aquí —dice—. Está todo bien.

—¿Qué ha pasado, Cole? Anoche... y después esto. Pensé... —balbuceo torpemente y lo aferro con más fuerza, inhalando el aroma de su capa gris: aire fresco con un dejo a humo.

Inclina la cabeza y besa suavemente la curva de mi cuello. Echo una mirada hacia el interior de la casa.

—Yo les he advertido a Magda y a Dreska —comenta sobre mi hombro—, pero se negaron a marcharse.

—Por supuesto —interviene Dreska bruscamente, levantando algunos platos rotos. Utiliza la escoba como una muleta y una herramienta al mismo tiempo. Se encorva para agarrar la pata de un banco que está del revés y lo coloca correctamente delante del fuego.

—¿Qué ha pasado? —pregunto inclinándome para recoger una cesta.

—¿Qué crees que ha pasado? —responde Dreska—. Tu tío y sus hombres subieron hasta aquí buscando a nuestro huésped y, al no encontrarlo, hicieron este desastre. —Levanta un tazón—. Como si pudiera estar escondido debajo de los platos.

—Fueron al cobertizo —agrega Cole sacudiendo la cabeza—. No debería haber quitado las pruebas.

—Todas las cosas que tiraron y desparramaron por todos lados ya han sido tiradas y desparramadas cientos de veces —refunfuña

Dreska—. Pon la cesta sobre la mesa —indica—, una vez que Cole la haya colocado apropiadamente.

Cole se aleja y apoya la mesa de madera sobre las patas. La superficie es un muestrario de cicatrices y quemaduras, pero más allá del crujido que emite al colocarla del lado correcto, parece estar bien.

—Es por eso que me preguntó si te había advertido —digo frotándome los brazos para darme calor. Al notarlo, Cole se quita la capa y la coloca sobre mis hombros. Es sorprendentemente suave y abriga mucho.

Dreska arrastra la tetera y la coloca sobre el fuego caliente.

Unos minutos después, Magda llega tambaleándose con su cesta llena de pájaros hechos con palos y piedras, ya terminados. La deja caer al suelo, junto a la puerta, con un repiqueteo.

—Sus ojos estaban llenos de cosas oscuras. Ese hombre es lo peor —afirma.

Siento la inesperada necesidad de defender a mi tío, aun cuando él sea quien permite que esto suceda. Aun cuando todavía haya marcas rojas en mi muñeca por sus dedos pesados.

—Otto no… —comienzo a decir.

—No, Otto no —me interrumpe Magda agitando la mano—. El otro. El alto de aspecto aburrido.

—Bo —respondo y la palabra brota como una maldición—. Bo Pike. —Dentro de mi mente lo veo arrodillado, colocando los retazos de ropa de niño, la nariz y el pelo apuntando hacia abajo.

—Esto no puede continuar. —Me vuelvo hacia Cole—. No puedes seguir ocultándote de ellos. Si los hombres de Otto consiguen poner a todo el mundo en tu contra, no habrá dónde esconderse.

—No me marcharé, Lexi. —Su actitud terca no deja lugar a las argumentaciones.

—Magda —digo, tratando de cambiar de tema—. Dreska. —Las hermanas no me miran ni dejan de moverse afanosamente, pero sé que me están escuchando, esperando que prosiga.

»La Bruja de Near no se esfumó en el páramo, ¿verdad? —pregunto, y se me encoge la voz—. Algo debe de haber pasado. Algo malo.

Magda respira profundamente y larga el aire.

—Sí, queridita —responde, deslizándose en una silla. Al inclinarse, su cuerpo cruje como ramas secas—. Pasó algo malo. —Echa una mirada por la ventana hacia las onduladas colinas del este, como si temiera que alguien pudiera estar escuchando.

—¿Qué sucedió? —pregunto.

Dreska deja de barrer, pero solo durante un instante, y luego redobla el esfuerzo. El rumor de la escoba llena la habitación como si fuera electricidad estática. La tapa metálica de la tetera silba cuando hierve el agua. Magda toma un paño de cocina y, con ambas manos, levanta la tetera del fuego.

—Quiero saber el final de la historia. —Vacilo y luego agrego—: El verdadero final.

Las tazas repiquetean unas con otras al colocarlas sobre la mesa, junto con la tetera y el pan en rebanadas.

Magda me mira como si me hubiera vuelto loca… o hubiera madurado, que es más o menos lo mismo. Abre la boca dejando a la vista los huecos donde le faltan dientes, pero antes de que hable, Dreska menea la cabeza.

—No, no, no. Eso no es necesario, queridita —dice Magda, jugueteando nerviosamente con un palo de madera que ha encontrado en el suelo.

—Necesito saber… —insisto echándole una mirada a Cole, que se ha colocado junto a la ventana abierta. Me pregunto si es difícil para él estar confinado, si necesita aire fresco—, si la Bruja de Near está robando a los niños…

—¿Quién ha dicho eso? —interrumpe Dreska.

—¿Cómo podría hacer algo así? —agrega Magda—. Está muerta y enterrada.

Por la forma en que hablan, es obvio que están actuando con cautela. No se creen ni una sola palabra. Cole me hace un leve gesto de aliento.

—Ya sé que piensas que es ella, Dreska —continúo, tratando de no quebrarme bajo su mirada pétrea. Ninguna de las dos habla, pero intercambian una serie de miradas—. Te escuché hablando con Tomas, en la aldea. Intentaste decírselo, y ambas intentasteis decírselo a Otto. Ellos no os creen, pero yo sí.

Todo el sonido se ha esfumado de la habitación.

—Y si no encontramos pronto al culpable y a los niños… —Mis ojos se desvían velozmente a Cole, que se encuentra junto a la ventana abierta. Luego hacia Magda, ocupada con el té, y hacia Dreska, que me mira atentamente, como si me atravesara con esos ojos penetrantes. Esta es mi oportunidad de persuadirlas.

»La situación empeorará. Nadie puede descubrir quién se está llevando a los niños. Culparán a Cole, pero eso no arreglará nada: los chicos continuarán desapareciendo. Wren desaparecerá. ¡No puedo quedarme sentada esperando que eso ocurra mientras ellos buscan a alguien a quien culpar! —Alzo la vista hacia el techo, tratando de encontrar la calma entre los aleros de madera—. Tenemos que darles pruebas, tenemos que arreglar las cosas.

Dreska me echa una mirada intensa, como si no pudiera decidir si decirme que me vaya a casa o confiar en mí.

—Magda, Dreska. Mi padre dedicó su vida a tratar de que Near confiara en las dos. Ahora, por favor, confiad en *mí*. Permitidme ayudar.

—Lexi es quien me advirtió a mí, quien nos advirtió a nosotros sobre los hombres de Otto —agrega finalmente Cole.

—¿Y por qué estás tan convencida de que es la Bruja de Near, Lexi Harris? —pregunta Dreska.

—Ella podía controlar todos los elementos, ¿verdad? Hasta mover la tierra. Podía cubrir las huellas. Y descubrimos un sendero extraño, como una huella, que corre por encima de la maleza.

Los ojos de Dreska se entornan unos segundos, pero no me interrumpe.

—Así que lo único que no sé es cómo regresó y por qué querría robar a los niños. ¿Me lo diréis o no? —Las palabras brotan en voz más fuerte de lo que esperaba y resuenan por las paredes de piedra.

La cara de Dreska se arruga y todas sus grietas se orientan hacia el centro, entre sus ojos. Magda tararea *La Ronda de la Bruja* mientras vierte el líquido caliente en los viejos coladores de malla metálica y dentro de las tazas. El vapor asciende por el aire, curvándose alrededor de ella.

Dreska le echa una última mirada a Cole, que está inclinado contra la pared, junto a la ventana, y sacude la cabeza. Pero cuando habla, es para decir:

—Muy bien, Lexi.

—Es mejor que nos sentemos —agrega Magda—. El té está listo.

17

—La Bruja de Near vivía en los confines de la aldea —comienza Magda—, en el límite donde Near se une con el mundo salvaje. Esto ocurrió hace muchísimos años, tal vez antes de que Near recibiera su nombre. Y sí, es cierto que ella tenía un jardín, y es cierto que a los niños les encantaba ir a verla. Los aldeanos no la molestaban, pero tampoco se relacionaban con ella. Un día, cuenta la historia, un niño fue a ver a la Bruja de Near y no regresó a su casa. —Magda mira fijamente un rincón de la habitación.

Dreska se mueve alrededor de la sala, claramente incómoda. Cierra las ventanas y Cole se estremece, pero ella no se detiene, juguetea nerviosamente con la tetera y mira a través del cristal al páramo que se va oscureciendo. Finalmente se desata la lluvia, que cae con fuerza contra la casa. Magda continúa.

—Mientras el sol caía y se apagaba lentamente el día, la madre del niño fue a buscarlo. Llegó a esa pequeña cabaña, en los límites de Near, justo allí. —Entonces Magda señala por encima del hombro de su hermana un lugar más allá de la cabaña—. Pero la bruja no estaba en la casa. Sin embargo, el niño sí que estaba allí, entre las flores rojas y amarillas del jardín. —Sus dedos toman la taza de té.

»Estaba muerto. Muerto como si se hubiera quedado dormido sobre esas flores y no pensara levantarse jamás. Dicen que los aullidos de la madre podían escucharse incluso por encima del viento del páramo.

»Más tarde, la Bruja de Near volvió a su casa con los brazos llenos de hierbas y bayas, y otras cosas que a las brujas les gusta recolectar por ahí. Su cabaña estaba envuelta en llamas y su precioso jardín pisoteado y calcinado. Un grupo de cazadores la estaba esperando.

»"¡Asesina!", gritaron, "¡Asesina!" —la voz de Magda se quiebra y me estremezco—. Y los cazadores se abalanzaron como cuervos sobre la bruja. Ella llamó a los árboles, pero sus raíces no les permitían correr a salvarla. Llamó a la hierba, pero esta era débil y pequeña y no podía ayudar.

La lluvia golpea contra la piedra de la casa y Dreska parece estar escuchando la historia de su hermana con un oído y la lluvia con el otro. Cole se encuentra en el rincón y no dice nada, pero tiene la mandíbula tensa y los ojos desenfocados.

—Finalmente, la Bruja de Near llamó a la mismísima tierra, pero ya era muy tarde. Ya ni la tierra podía salvarla. —Bebe un largo sorbo de té—. O al menos eso dicen, queridita. —Puedo verlo exactamente como ella lo cuenta, solo que no es la bruja quien está en mi mente suplicando ayuda al páramo. Es Cole. Me asalta un escalofrío.

—Cielos, Magda, menuda historia —exclama Dreska desde su lugar junto al alféizar de la ventana. Después se aleja, pero sigue manteniendo las manos ocupadas, moviendo una maceta, empujando algunas hojas sueltas con el bastón.

Magda me observa.

—Ellos mataron a la bruja, los tres cazadores la mataron.

—¿Los tres cazadores? —pregunto—. ¿Los hombres que formaron el primer Concejo? Les dieron el título por *proteger* a la aldea.

—Por aquel entonces, no formaban el Concejo —señala Dreska después de asentir brevemente—, eran solo jóvenes cazadores. Pero sí, eran hombres como tu tío, como ese Bo. Los cazadores trasladaron el cuerpo de la bruja hasta el páramo, lejos, muy lejos, y lo enterraron profundamente.

—Pero la tierra es como la piel. Crece en capas —murmuro recordando las palabras sin sentido de Magda en el jardín, y la anciana asiente.

—La parte superior se va desprendiendo. Las capas más internas, tarde o temprano, logran salir a la superficie —recita y agrega—: Si tienen la ira suficiente.

—Y la fuerza suficiente.

—Fue una muerte equivocada para una bruja tan poderosa.

—Con el transcurso de los años, el cuerpo fue creciendo y creciendo, hasta que, finalmente, llegó a la superficie y la atravesó —relata Dreska, sombríamente—. Y ahora, por fin, el páramo ha podido salvar a su bruja. —Después de una pausa prolongada, añade en tono lúgubre—. O al menos eso *creemos*.

Una vez más, las hermanas hablan con su estilo entrelazado.

—Ella trepó y salió al páramo —dice Dreska.

—Ahora su piel está hecha de hierba —añade Magda.

—Ahora su sangre está hecha de lluvia.

—Ahora su voz está hecha de viento.

—Ahora la Bruja de Near es el páramo.

—Y está furiosa.

Las palabras de las hermanas reverberan por la cabaña y serpentean alrededor de nosotros como el vapor. De pronto, deseo que las ventanas estuvieran abiertas, aunque entrara la lluvia. Es difícil respirar aquí dentro. Mientras Magda habla, el suelo de tierra de la cabaña parece ondear y las paredes de piedra chocarse entre ellas.

—Esa es la razón por la cual ahora los niños están desapareciendo —comento en voz baja—. La Bruja de Near se los está llevando para castigar a la aldea…

Magda continúa asintiendo, de manera constante como el goteo de un grifo.

Las palabras del libro de mi padre, las palabras de Magda, regresan velozmente a mi mente: *El viento está solo y siempre busca compañía*. Eso es exactamente lo que está haciendo la bruja: sacándolos de sus camas y atrayéndolos hacia ella. Me estremezco.

—Pero ¿por qué solo de noche?

—Porque por muy poderosa que sea, todavía está muerta —responde Dreska.

—Los muertos están obligados a permanecer en su lecho hasta que oscurezca —agrega Magda.

Pero hay algo en el tono de sus voces, algo que he estado intentando detectar todo este tiempo. Una cierta simpatía cuando las hermanas hablan de la Bruja de Near.

—Las tres érais amigas —espeto, comprendiéndolo justo cuando las palabras abandonan mis labios.

Algo parecido a una sonrisa destella en la cara de Dreska.

—Nosotras también fuimos niñas alguna vez.

—Jugábamos en su jardín —comenta Magda revolviendo el té.

—La respetábamos.

Aprieto los dedos contra la taza de té hasta que el calor se propaga por mis manos. Todo este tiempo, Cole ha permanecido como una sombra contra la pared, silencioso, inescrutable. Me pregunto si se ve reflejado en la historia, su propia casa desapareciendo entre las llamas. O si está presenciando cosas más oscuras dentro de su mente. Pero cuando alza la vista desde el rincón y sus ojos se encuentran con los míos, una especie de sonrisa triste se desliza por su rostro. Es tenue, más para mí que para él, pero le devuelvo la sonrisa y desvío otra vez la mirada hacia las hermanas.

—Ella no lo hizo, ¿verdad? ¿Matar a ese niño?

—A veces, una vida se ve truncada tempranamente —responde Dreska meneando la cabeza.

—Y necesitamos alguien a quien culpar.

—El niño tenía un corazón muy malo.

—Se tumbó en ese jardín y se durmió.

—Y la mataron por eso —susurro, la taza de té apretada contra los labios—. ¿Lo sabíais? ¿Durante todo este tiempo? ¿Por qué no me lo dijisteis? ¿Por qué no hicisteis nada?

—Creer y saber son dos cosas distintas —afirma Dreska regresando a la mesa.

—Saber y poder probarlo, también —agrega Magda.

Las hermanas fruncen el ceño de la misma manera, profunda y arrugada. En el rincón, el rostro de Cole está nuevamente entre las sombras. Y, al otro lado de la ventana, la lluvia se está disipando, aunque el cielo sigue oscuro.

—No sabemos dónde está enterrada —indica Dreska haciendo un movimiento amplio con la mano.

—Y tratamos de avisarlos —añade Magda, inclinando la cabeza hacia atrás, hacia la aldea—. Tratamos de advertir a los hombres del equipo de búsqueda desde el principio, pero no quisieron escucharnos.

—Tercos —comenta Dreska—. Igual que aquella vez.

—Como tú misma dijiste, Lexi. —Magda hace girar su taza en pequeños círculos sobre la mesa—. Los aldeanos no se lo creerán nunca. Los hombres de Otto no se lo creerán jamás.

Echo una mirada a través del día gris mientras la luz vuelve a escurrirse por los rincones.

—¿Qué tenemos que hacer para enmendar las cosas? —pregunto.

—Bueno, primero… —comienza Magda, terminando el té y poniéndose de pie—. Primero, tienen que encontrar el cuerpo de la bruja. Tienen que encontrar sus huesos.

—Y dejar que descansen —murmura Dreska, casi con reverencia.

—Sepultados apropiadamente.

—Conservados apropiadamente.

—Esa es la manera de actuar con las brujas.

—Y con todas las cosas.

—¿Dónde? —pregunto levantándome.

—Donde ella vivía —responden.

Las hermanas nos hacen salir de la casa. En el exterior el aire es fresco, no cortante, pero lo suficientemente frío como para que se me erice la piel.

—Sí, sé que está por aquí en algún lugar —comenta Magda, rascándose la mejilla arrugada con la uña llena de tierra—. Ah, sí, justo ahí. —Señala la segunda porción de terreno, que está entre la cabaña y la muralla de piedra, la que se encuentra a continuación de su jardín. La zona que siempre parece estar completamente desmalezada, extrañamente vacía en un lugar desbordado de hierba y de flores silvestres. Me inclino y descubro que el suelo, al mirarlo de cerca, está quemado. Árido, desprovisto de hierba. Deslizo los dedos por encima. La lluvia lo ha enlodado todo. Es ilógico. El incendio tiene que haber ocurrido hace siglos; el césped debería haberse recuperado. Y, sin embargo, todavía puedo ver las marcas del fuego, como si el suelo se hubiera quemado recientemente.

—Esta era su casa —murmuro.

—Y el jardín está casi listo —dice Dreska, señalando el suelo entre la cabaña de piedra y el terreno carbonizado. El jardín de Magda… primero fue de la Bruja de Near.

—La bruja merecía respeto, viva y muerta —susurra Magda tan calladamente que Dreska no debería poder oírla. Y, sin embargo, las dos asienten, una al lado de la otra, las cabezas balanceándose a un ritmo ligeramente distinto—. Pero, en cambio, lo único que recibió fue miedo, y luego fuego y muerte.

—Pero ¿cómo encontraremos los huesos? —pregunto—. Podrían estar en cualquier parte.

Dreska extiende una mano cansada hacia el este, hacia la vastedad del páramo.

—Esa es la dirección en que se llevaron su cuerpo. Esa es la dirección en que encontrarán los huesos. ¿Muy lejos?, no lo sé.

Una mano se apoya en mi hombro y Cole está ahí, detrás de mí.

—Los encontraremos —promete.

Magda y Dreska vuelven a la casa y nosotros nos quedamos solos, en el límite de Near.

—Parece imposible —exclamo, aún de espaldas a él—. ¿Por dónde empezamos?

Echo una mirada hacia el páramo y se me cae el alma al suelo. El terreno se extiende ondulante de manera interminable, infinita. Una colina después de otra, salpicadas de árboles. Parece que el páramo se comiera las cosas. Rocas y troncos semidigeridos sobresalen de las laderas inclinadas. Y, en algún lugar de esa vasta extensión, también se ha devorado a la Bruja de Near.

18

Observo las interminables colinas y lo único que siento es desesperanza.

Cole da un paso hacia adelante y lo empujo hacia atrás.

—Todavía no —exclamo sacudiendo la cabeza—. No podemos adentrarnos en el páramo así sin más. Necesitamos un plan. Además, ellos vendrán a por ti, Cole. Otto y sus hombres nos seguirán.

Se queda mirándome en silencio.

—Hay gente a la que tengo que visitar. Puedo ser tan persuasiva como mi tío cuando tengo que serlo. —No necesitaré mucho tiempo.

Cole sigue sin decir nada y me doy cuenta de lo callado que ha estado desde que las hermanas contaron la historia. Me giro entre sus brazos y sus ojos grises aún están extrañamente muertos, mirando hacia adentro y no hacia afuera. Cuando finalmente habla, su voz suena hueca, casi irritada.

—Es una pérdida de tiempo, Lexi.

—¿A qué te refieres?

—No importa. Lo que ellos piensen de mí no importa. —A nuestro alrededor, el viento se vuelve más intenso, como un peso en mi pecho.

—Me importa a *mí*. Y si Otto y sus hombres te atrapan y te llevan a juicio, será muy importante lo que la gente piense.

Cierra los ojos. Acerco las manos a su rostro, su piel fría contra mis dedos.

—¿Qué pasa?

La arruga entre sus cejas se relaja un segundo ante mi contacto, pero mantiene los ojos cerrados. Puedo escuchar su respiración llenando su pecho con jadeos cortos e irregulares, como si se le desgarraran los pulmones cuando inhala aire. Dejo las manos ahí, en su rostro, hasta que su piel se acostumbra a mi contacto, hasta que su respiración se suaviza y el viento amaina, convirtiéndose en una brisa suave. Podría quedarme así para siempre.

—A veces me pregunto qué haría —responde finalmente, sin abrir los ojos— si alguien hubiera sobrevivido al incendio. ¿Habría confesado y permitido que me castigaran? ¿Acaso eso habría aliviado el dolor de alguno?

—¿Por qué dices eso? —Me sorprende el enfado que hay en mí—. ¿En qué podría haber mejorado lo ocurrido?

Sus ojos se abren lentamente, las pestañas negras contra la piel blanca.

—Escuchaste a las hermanas. A veces la gente necesita algo o a alguien a quien culpar. Les brinda paz hasta que puedan encontrar las verdaderas respuestas.

—Pero no tienen por qué culparte a ti. Pueden culpar a la Bruja de Near. Nosotros podemos probarlo, tan pronto como encontremos a los niños. —Trato de llenar mi voz con la determinación suficiente para los dos. Así que era eso en lo que estaba pensando en la cabaña de las hermanas, cuando me sonrió con tristeza. ¿Acaso deseaba que hubiera habido cazadores con vida para capturarlo, para castigarlo, para que no pudiera castigarse a sí mismo?

Cole se relaja un poco, pero la calma no se mete dentro de su piel. Sacude la cabeza unos segundos y luego está aquí otra vez, mirándome.

—Lo siento —musita suavemente—. No he querido molestarte. —Su voz es transparente, sincera.

—Cole, no eres una roca —murmuro—. No eres un árbol o un manojo de maleza, o una nube. Y no eres algo que se deshecha, que se quema o se pisotea. Dime por favor que lo entiendes. —Me sostiene la mirada—. Y tampoco eres solamente el viento. Tú estás aquí, eres real. Podrás llevar mucho dentro, pero eso no es todo lo que eres. Ni tampoco te hace menos humano.

Asiente levemente. Deslizo los brazos alrededor de su cintura y su capa nos envuelve a los dos.

Hacia ambos lados, el páramo está en calma, la luz es diáfana y el aire parece más cálido. En este momento da la impresión de que nada malo podría suceder en un lugar semejante.

En este pequeño instante de paz, las palabras de mi tío brotan sigilosamente: «Ahora no puedo salvarla». ¿Qué quiso decir? Me aferro más a Cole, que inclina su cabeza contra la mía.

—Tú tienes un don —susurro. Todavía huele a ceniza, pero también a viento, de la forma en que huele la ropa cuando la dejas secar al sol en el aire de la mañana—. Y yo necesito tu ayuda. Te necesito a ti.

Levanto la mano y aparto el pelo de su cara. Sus ojos se cierran mientras exhala y la tensión de su cuerpo disminuye.

—¿Cuándo empezamos? —pregunta.

—Esta noche buscaremos los huesos.

—Pensé que primero necesitabas un plan.

—Para entonces —repongo sonriéndole—, ya tendré uno.

Lo beso por última vez y no puedo ocultar el pequeño placer que siento cuando el viento susurra a nuestro alrededor.

—Entonces, nos veremos esta noche —dice.

Asiento, apartando los brazos de Cole, y desabrocho el cierre de su capa. La deslizo sobre sus hombros y echo a andar por el sendero. El viento se enreda entre mi pelo, que hoy olvidé atar. Juega con los mechones oscuros, me acaricia la nuca. Cuando lanzo una última mirada hacia atrás, él no está mirando las nubes ni las colinas del páramo. Me está mirando a mí mientras sonríe.

Le devuelvo la sonrisa y desciendo por la colina, deseando que llegue la noche.

Pero antes hay trabajo que hacer.

19

Llego al grupo de casas que están al sur de la cabaña de las hermanas y del centro del pueblo. Las viviendas están dispersas en el lado este, como si los aldeanos se inclinaran, como la hierba, lejos de Magda y Dreska.

Estoy acortando camino por el caserío, repasando mi plan, cuando un niño sale disparado de su hogar, seguido de las ahogadas protestas de su madre. Riley Thatcher.

Ocho años y huesudo como un manojo de palitos, Riley corre por el patio, tropieza con la tierra y se levanta en un santiamén. Pero en ese instante, algo cambia. Falta algo. El niño se dirige hacia otra casa cuando mi vista repara en un objeto pequeño que ha quedado entre la maleza. Me arrodillo y recojo el amuleto de las hermanas, el sobrecito de musgo y tierra dulce, ahora con el cordel roto.

—Riley —lo llamo y el jovencito se da la vuelta. Lo alcanzo y le devuelvo el amuleto. Asiente, sonríe, y lo mete en el bolsillo justo cuando las manos de una mujer le sujetan de la parte de atrás de la camisa.

—Riley Thatcher, vuelve ahora mismo; te dije que no salieras.

La señora Thatcher lo hace dar media vuelta con una mano y lo empuja con firmeza por el umbral. Reprimo una carcajada mientras ella suspira.

—Es tan inquieto. Todos lo son. No está acostumbrado a estar encerrado mientras todavía brilla el sol —explica.

—Lo sé —afirmo, y mi risa se desvanece—. A Wren se le permite salir a hacer los recados con mi madre, pero ella echa de menos su libertad. Afortunadamente ha llovido estos días, porque, si el sol sale durante mucho tiempo, tendremos que atarla a una silla.

La señora Thatcher asiente comprensiva.

—Pero con todo lo que está ocurriendo, ¿qué otra cosa podemos hacer? Y ese extraño no aparece por ningún lado…

—¿Qué anda diciendo la gente?

Se frota la frente con el dorso de la mano.

—¿No lo sabes? Están asustados. No está bien que un extraño se presente aquí el día anterior a todo esto. —Agita la mano hacia las cabañas, hacia las huellas que Riley dejó en la tierra, hacia todo.

—Eso no significa que sea el responsable.

Me observa rápidamente y suspira.

—Entra, querida —dice—. No es necesario hablar aquí afuera. Especialmente con el tiempo tan cambiante.

Lanzo una mirada nerviosa al cielo, pero el sol todavía está alto, así que la sigo hacia el interior.

La señora Thatcher es una mujer fuerte. Tiene un talento natural con las manos, como mi madre, y hace la mayoría de las ollas y tazones del pueblo. Mientras que Riley y su padre parecen palitos unidos por un rugoso cordel, ella tiene la forma de una de sus ollas. Pero por más redondas que sean sus curvas, sus ojos son muy agudos. Ella no me trata como a una niña. Mi madre y ella siempre han estado unidas. Y estaban todavía más unidas antes de que mi madre se convirtiera en un fantasma.

—El extraño. ¿Cómo dijiste que se llamaba? —Se limpia las manos en un paño que siempre descansa sobre su hombro.

—No lo he dicho. Se llama Cole.

—Bueno, no le ha dicho una palabra a nadie de la aldea. Y cuando van a interrogarlo, desaparece. Y entiendo que no es la primera vez que intentan encontrarlo. Esta es mi opinión: si se marchó, en buena hora nos libramos de él y, si no lo hizo, que la búsqueda sea limpia.

—Pero Cole *no* lo hizo.

Se vuelve hacia la mesa y prepara una bandeja.

—¿En serio? ¿Y cómo estás tan segura, Lexi Harris?

Respiro hondo. Ella no se creerá que la Bruja de Near sea la culpable.

—Señora Thatcher —susurro como disponiéndome a hacerle una confidencia, inclinándome hacia adelante como hace Wren—, yo también he estado buscando, por la noche. Y ese chico, Cole, ha estado *ayudándome*. Es listo y es un buen rastreador. Y gracias a él, estoy mucho más cerca de encontrar al verdadero secuestrador.

Se halla de espaldas a mí, pero sé que me está escuchando.

—Otto y sus hombres no tienen ni la menor idea de quién se está llevando a los niños y, como no quieren quedar como unos tontos, escogieron a Cole como podrían haber escogido a cualquiera. Y si lo echan de la aldea, es probable que nunca descubramos quién se está llevando a los niños realmente.

—Tendrá suerte si eso es lo único que le hacen.

—¿Qué le van a hacer? —pregunto, la garganta tensa.

La mujer coloca un plato de galletas sobre la mesa en medio de nosotras, discos circulares que parecen tan duros y secos como la cerámica que fabrica. A los pocos segundos aparece Riley y agarra dos o tres de una sola vez. La gran mano de la señora Thatcher le atrapa el brazo antes de que las galletas puedan abrirse paso hacia su bolsillo. Riley tiene una sonrisa traviesa que me recuerda a Tyler cuando tenía su edad. Su mano libre desliza otras dos galletas en el bolsillo trasero.

—Vete ya, Riley —exclama su madre. El niño da otro manotazo a la bandeja y se marcha feliz, habiendo reunido media docena de galletas entre las manos y los bolsillos. Tomo una y le doy un mordisco cortésmente. La galleta se resiste. Muerdo otra vez hasta que me duelen los dientes, pero es inútil, así que la coloco en mi regazo.

—No sé, Lexi —prosigue la señora Thatcher mordisqueando una galleta con los ojos entornados—. Todos están bastante inquietos. Quieren que alguien pague. ¿Realmente crees que el extraño es inocente?

—Sí. Estoy segura. ¿Me cree?

—Eh... me inclino a creerte —responde con un suspiro—. Pero a menos que tú y tu amigo encontréis pronto a esos niños, no importará lo que yo me incline a creer.

Y sé que tiene razón. Me pongo de pie y le agradezco las galletas y la conversación. Me lanza una sonrisa dura pero sincera. Cuando salgo, siento el viento frío y cortante en las manos y en las mejillas. El sol está más bajo. Me doy la vuelta y la veo esperando en la puerta para despedirme. Pero cuando voy a darle las gracias otra vez, noto que la mujer está mirando más allá de mí, la boca conformando una línea fina y las manos cruzadas sobre su ancho estómago. Al girarme distingo a un cuervo girando encima de nuestras cabezas, una mancha negra contra el cielo claro.

—Tienes que convencer a aquellos que han perdido a sus hijos —comenta, sin dejar de mirar al pájaro—. Aquellos cuyos niños han desparecido. Los Harp, los Porter, los Drake. He oído que el Maestro Matthew se ha tomado esto muy en serio.

El Maestro Matthew. Y luego mi mente se tambalea. Matthew Drake, el tercer miembro del Concejo... y el abuelo de Edgar y de Elena.

—Si podéis encontrar a los niños, hacedlo rápido —dice la señora Thatcher por lo bajo. Y con eso, vuelve a meterse en la casa. Pero yo ya me estoy moviendo lo más rápido que puedo. Mi corazón está corriendo, mi mente está corriendo y mis pies los están alcanzando. Me dirijo a la casa de Helena.

Hay tres personas que supieron alguna vez dónde se enterró a la bruja. De eso estoy segura.

El sol está descendiendo lentamente por el borde del cielo mientras me dirijo hacia la casa de los Drake.

Tres personas, los miembros del Concejo. Cuando Dreska estaba discutiendo con el Maestro Tomas, lo llamó *guardián de los secretos y las verdades olvidadas*. ¿Es acaso la tumba de la bruja un secreto que fue pasando de Concejo en Concejo? Tengo que confiar en que el secreto haya perdurado hasta hoy. Mi única posibilidad de encontrar la tumba es convencer a alguno de ellos de que me lo cuente.

El Maestro Tomas discutió con Dreska y, por su tono, puedo darme cuenta de que él no cederá.

El Maestro Eli, supuestamente, le ordenó a Bo que pusiera las pruebas falsas, así que él tampoco me sirve.

Pero el Maestro Matthew *Drake*... ha estado extrañamente ausente durante todos estos sucesos. Y la pérdida de un nieto podría ser suficiente como para hacer tambalear los cimientos de cualquiera. Si existe alguna posibilidad de averiguar dónde está enterrada la bruja, esa posibilidad recae sobre él.

Diviso a Helena a poca de distancia de su casa y mis pies se detienen de golpe. La culpa me pesa como si tuviera piedras en los bolsillos de mi vestido, como un sabor amargo en el fondo de la garganta.

Aun desde aquí, se ve desmejorada. Insto a mis pies a avanzar. Debería haber venido antes, no para interrogarla, sino para ver cómo estaba. Me arden las mejillas por la carrera y el aire frío y, cuando llego adonde se encuentra Helena. Veo que ella también tiene la cara roja, pero de otra manera. Ojos enrojecidos y mejillas manchadas. Lleva el pelo rubio blanquecino recogido detrás de la cabeza por el viento, y está lavando ropa en un arroyo.

Se la ve transformada. La Helena alegre, mi Helena (que anheló ser los ojos y oídos de la aldea cuando anunció que había visto al extraño, cuando bromeó sobre lo guapo que era), ahora está demacrada, exhausta. Tararea por lo bajo, vagando por melodías como un fantasma por habitaciones. De vez en cuando, la melodía se desvía hacia *La Ronda de la Bruja*. Al acercarme puedo ver sus manos rojas por el frío del agua. Cuando me ve trata de sonreír, un estiramiento de los labios que está más cerca de ser una mueca. Me siento junto a ella sobre el césped y espero. Ella continúa fregando algo oscuro y azul: la camisa de un niño. Coloco los brazos alrededor de sus hombros.

—Quiero que todo esté listo para el regreso de Edgar —comenta, sacando del agua la pequeña camisa azul de su hermano y escurriéndola—. Así sabrá que no nos olvidamos de él. —Sus dedos siguen retorciendo la tela—. Espero que encuentren a ese extraño —continúa, y su voz no parece la suya—. Espero que lo maten.

Sus palabras me hieren, pero no permito que lo note.

—Lo siento mucho —susurro contra su mejilla. Se toma varios segundos antes de dejar de realizar esos movimientos breves y desesperados con la ropa. Me alejo lo suficiente como para observarla, sorprendida ante el repentino ardor de sus ojos—. Encontraremos a Edgar. Yo también he estado buscando, todas las noches.

—¿Dónde has estado? —Su voz es tan baja y forzada que siento que se me cierra mi propia garganta—. Todos los demás vinieron a vernos —dice, y su voz desciende todavía más al añadir—, a verme a *mí*. —Aparta la mirada y deja que sus ojos se deslicen por encima del río.

Comienzo a decir otra vez que lo siento (una frase un tanto inútil, pero tengo que decir algo) cuando Helena me interrumpe.

—¿Has estado rastreando al extraño? Así es como encontrarás a Edgar.

—El equipo de búsqueda está difundiendo mentiras, Helena —comento mientras niego con la cabeza—. Ellos no saben quién, o qué, se está llevando a los niños, y están acusando a ese pobre desconocido porque no tienen un sospechoso. Pero no es él. Yo lo sé. —Aparto sus manos del agua, donde continúan trabajando furiosamente. Las saco y trato de calentarlas.

—¿Qué sabes? —pregunta, arrancando sus manos de las mías—. ¿Estarías tan segura si Wren hubiera desaparecido? —No espera una respuesta, no parece importarle—. Solo quiero que vuelva mi hermano. —Su voz es tranquila otra vez—. Debe de estar tan asustado...

—Encontraré a Edgar —afirmo—. Pero, por favor, no culpes a Cole.

Se muestra impresionada al descubrir que yo sé su nombre.

—Él ha estado ayudándome, Helena —susurro—. Estamos cerca de encontrar al verdadero culpable. Todos queremos respuestas —añado, colocando un mechón suelto detrás de su oreja y girando su cara hacia la mía—. Pero no es él.

—¿Qué quieres que piense, Lexi? El señor Porter jura que lo vio cerca de la casa de Cecilia hace dos noches, cuando ella se desvaneció. Y ahora el señor Ward... él dice que lo vio fuera de nuestra casa la noche en que Edgar desapareció.

La brisa sopla con más fuerza y reprimo un escalofrío, mientras el sol parece seguir descendiendo delante de mis ojos. Helena vuelve a meter las manos en el agua helada y no se estremece.

—Ocurrió en mitad de la noche —insisto—. ¿Cómo puede ser que juren haber visto algo además de oscuridad? No quiero discutir contigo, pero piénsalo, ¿por qué el otro testigo no apareció antes? Ayer afirmaron que alguien lo vio cerca de la casa de Cecilia, pero nadie dijo que él estaba junto a la tuya. ¿Hoy, de repente, añaden a alguien que lo vio antes? ¿Y qué estaba haciendo el padre de Tyler de noche por aquí? En cualquier momento alguien saltará y dirá que también lo vio junto a la ventana de Emily, cuando, en realidad, todos estaban en la cama durmiendo.

Espero que ella asienta, que se toque el pelo o que haga un comentario sobre el Concejo, sobre lo extraño que es todo, sobre *cualquier cosa*.

Pero ella se limita a empujar otra prenda debajo del agua.

Me pongo de pie y me quito algunas hojas de la falda. Esto es una pérdida de tiempo. No sé dónde está Helena, *mi* Helena, pero no está aquí.

—¿Dónde está tu abuelo?

Agita una mano roja en dirección a la casa.

—Volveré pronto. Lo prometo. —Una vez dicho eso, me vuelvo y dejo a mi amiga junto al arroyo helado.

Hay una galería que rodea tres lados de la casa. En la esquina, justo antes de que desaparezcan las angostas columnas de madera y la verja, se ve la sombra de un hombre que mira hacia afuera.

Me aproximo al porche, tratando de mantenerme más erguida, de hacer que mis hombros parezcan más anchos, de mantener la cabeza alta. Es raro ver al Maestro Matthew tan lejos de la acción, escondido en su vieja casa, en la cual vivió desde antes de ser nombrado miembro del Concejo. Escucho el revuelo de hojas y me doy cuenta de que apoya un libro contra la baranda de madera, un chal oscuro alrededor de los hombros.

—Lexi Harris —exclama sin darse la vuelta. Su voz es fuerte y profunda para un hombre tan viejo—. Tu tío parece creer que has iniciado tu propia búsqueda nocturna. ¿Qué te trae por aquí a la luz del día? ¿Alguna esperanza inútil de encontrar pistas? Te aseguro que hemos buscado… *yo* he buscado. —Se mantiene de espaldas a mí y pasa una página muy fina—. ¿O estás aquí para limpiar el nombre de ese muchacho, para convencerme de que no es él? Me temo que eso no será bueno para ti.

Se me debilitan las piernas un segundo, pero trago con fuerza y mantengo la cabeza alta.

—Señor, he venido a hablar con *usted*.

Finalmente, se da media vuelta para mirarme. En los ojos del Maestro Matthew hay serenidad, un rasgo que no atribuyo fácilmente al Concejo. Debe de ser porque tiene una familia, hijos, nietos. Esas cosas que nos moldean, nos apaciguan.

Inclina la cabeza hacia abajo y me contempla por encima de las gafas. Estoy frente a él, sin abrigo, intentando no temblar por el frío y por otras cuestiones que no tienen nada que ver con el clima.

—Con esa postura eres igual a tu padre. Como si pudieras desafiar al mundo y sus costumbres solo con mantener la cabeza lo suficientemente alta. —Al ver que no contesto, añade—: Deja de contener la respiración, Lexi. No importa lo derecha que te pongas. —Levanta una mano para indicarme que me acerque y me colocó a su lado en el porche. El cielo del oeste se está sumergiendo en rojos y anaranjados, y en lo único en que puedo pensar es en fuego.

—Necesito su ayuda, Maestro Ma…

—Solo Matthew.

—Matthew —susurro—. Necesito que me cuente una historia.

Gira la cabeza hacia mí, arqueando las cejas. El sol del atardecer dibuja su cara con arrugas iluminadas de rojo. No puedo evitar preguntarme lo viejo que es. Debe de tener por lo menos ochenta años, pero cuando vuelve la cabeza de cierta forma, parece varios años más joven.

—Necesito que me cuente la historia de la Bruja de Near. Solo el final.

En un segundo, sus ojos pasan de la curiosidad al recelo. Trato de no moverme nerviosamente bajo su mirada fría y clara.

—La parte en que el Concejo la arrastra hacia el páramo y la entierra. —¿Qué estoy diciendo?—. Solo necesito conocer esa parte...

La frustración dibujada en su rostro se ha transformado nuevamente en sorpresa, pero no sé si es por la pregunta o por mi osadía. Mi padre sonreiría. Mi tío, en cambio, si me escuchara hablar de esta manera, me liquidaría.

—No conozco más que una vieja leyenda... —No hay malicia en su voz, pero tampoco bondad. Cada palabra es cauta y medida.

—Yo creo que la Bruja de Near ha vuelto, y que es ella quien se está llevando a los niños. Si me dice dónde la enterraron, entonces creo que puedo encontrarlos. Si existe una manera, aunque sea solo una remota posibilidad, de encontrar a su nieto, ¿cómo no va a ayudarme? Culpar al extraño no nos devolverá a Edgar. ¿Qué pasará cuando se deshagan de él y los niños sigan desapareciendo? Aun cuando usted no crea que se trata de la bruja, es una posibilidad, y eso es más de lo que tienen mi tío y sus hombres.

Siento como si hubiera consumido todo el aire en mis pulmones.

Después de un penoso silencio, dice:

—La Bruja de Near está muerta. Perseguir fantasmas no es bueno para nadie.

—Pero ¿y si...?

—Niña, ella está *muerta*. —Estampa el libro contra el suelo de la galería—. Lleva muerta cientos de años. —Se mira las manos, los dedos blancos de aferrar la barandilla—. Murió hace mucho tiempo.

189

Tanto como para convertirse en una historia. Tanto que algunos días dudo de que haya vivido alguna vez.

—Pero si existe alguna posibilidad —insisto con voz débil—. Aun cuando sea una teoría tonta… Una teoría es mejor que nada.

—Coloco mis manos sobre las suyas, las de ambos están frías mientras las últimas luces se esfuman del cielo. Se queda mirando mis dedos—. Mi hermana Wren es amiga de Edgar. Tienen casi la misma edad. Yo no puedo… —Le aprieto las manos con más fuerza—. No puedo quedarme sentada esperando que ella desaparezca. Por favor, Matthew. —No me doy cuenta de que estoy a punto de llorar hasta que la voz se me hace un nudo en la garganta.

El Maestro Matthew rehúye mi mirada. Está observando los restos de luz, que ha perdido el color y envuelve al mundo en tonos de gris.

—Cinco colinas hacia el este, en un pequeño bosque —las palabras brotan de él en una sola exhalación, poco más que un susurro.

»El Concejo fundador la llevó hacia el este, más allá la casa, o lo que quedaba de ella, pasando cinco colinas, hasta llegar a una arboleda. Según cuentan las historias, era apenas un bosquecillo, pero eso fue hace mucho tiempo y, en el páramo, cuando algo decide crecer, lo hace con mucha rapidez.

Es curioso cómo, cuando comenzamos a contar un secreto, no podemos parar. Algo se abre dentro de nosotros y el simple impulso de dejarlo salir nos empuja a seguir.

—Yo decido creer, señorita Harris, que el Concejo hizo lo que consideró que era… correcto… no… *correcto* no es la palabra apropiada. Más bien, lo que ellos pensaron que había que hacer.

—Ella no mató al niño.

Finalmente, el Maestro me mira.

—No creo que eso fuera importante. —Y, en ese instante, me doy cuenta de que Cole se encuentra en grave peligro. Retiro suavemente las manos de las del Maestro Matthew.

—Gracias —digo, y él asiente breve y cansinamente.

—Eres realmente como él, como tu padre.

—No me queda claro si usted considera que eso es algo bueno o malo.

—¿Qué importancia tiene? Simplemente es cierto.

Me alejo del porche justo cuando él añade muy por lo bajo, casi imposible de oír:

—Buena suerte.

Sonrío y echo a andar hacia el norte, en dirección a mi casa, a esperar a que caiga la noche.

Hay un cuervo de madera clavado en nuestra puerta.

El palito del centro está casi tan retorcido y nudoso como los dedos de Magda. Han colocado dos largos clavos: uno sujeta al palo contra la puerta y el otro parte la madera, que está medio rota, como un pico oxidado. Unas pocas plumas negras cuelgan hacia los lados, atadas al palo con una cuerda, y ondean en el aire del atardecer. Y ahí, justo encima del clavo puntiagudo que actúa como el pico, están los ojos: dos rocas de río, lisas y brillantes como espejos. Empujo la puerta y el cuervo de madera repiquetea contra ella. ¿Qué fue lo que dijo Magda?

Ojos atentos por la noche aparecen, los demonios alejados permanecen.

20

La casa está en silencio.

Espero oír los gruñidos de Otto escapando de la cocina o el ruido de su taza golpeando contra la mesa, pero todo está en calma. Wren está sentada con las piernas cruzadas en una de las sillas de la cocina, haciendo girar un trompo improvisado sobre la vieja mesa de madera, con aspecto de estar horriblemente aburrida, mientras mi madre remienda torpemente el dobladillo de un vestido. Hasta el ruido de la tela y del trompo son sordos, como si se hubiera extraído todo el aire de la habitación. Me quedo vacilando en la puerta, repasando en mi cabeza la discusión previa que tuve con mi tío.

—¿Dónde está Otto? —pregunto, y mi voz rompe la extraña quietud, haciendo que el momento estalle en mil pedazos. El trompo de madera se tambalea y cae rebotando de la mesa con un estridente *clac, clac, clac, clac*. Wren baja de un salto y corre tras él. Mi madre levanta la vista de su tarea.

—Los hombres están reunidos. En el pueblo.

—¿Por qué?

—Tú sabes por qué, Lexi.

Quiero aullar de frustración. Pero, en cambio, aprieto el puño hasta que las uñas se clavan en las palmas de mis manos y me limito a decir:

—Cole es *inocente*.

—Las hermanas confían en él, ¿verdad? —comenta con mirada penetrante.

Asiento. Luego frunce ligeramente el ceño y agrega:

—Entonces, se puede confiar en él.

Estira la mano y apoya los dedos sobre mi brazo.

—Es probable que Near no cuide a las hermanas, Lexi, pero ellas cuidan Near. —Sonríe con tristeza—. Lo sabes.

Son las palabras de mi padre las que brotan de sus labios y quiero abrazarla.

En ese momento, Wren entra saltando a la cocina, escoltada por Otto. Su mirada oscura cae de inmediato sobre mí.

Recuerdo las palabras de Matthew. *Tu tío parece creer que has iniciado tu propia búsqueda nocturna.*

—Otto...

Me preparo para otra pelea, pero no llega. Ni amenazas ni fuertes acusaciones.

—¿No te das cuenta, Lexi? —dice, la voz apenas más alta que un susurro—. Me has traicionado a mí y a mis deseos. Eso puedo perdonarlo. Pero, al ayudar a ese muchacho, traicionaste a Near. El Concejo no está obligado a perdonar. Si lo creen conveniente, pueden desterrarte.

—¿Desterrarme? —repito. La palabra resulta rara en mi boca.

—Y yo no podré hacer nada para impedirlo.

Otto se sienta en la silla y mi madre se separa de mí para traerle una taza. Mi tío apoya la cabeza entre las manos. La imagen del páramo salvaje con sus bordes difusos destella en mi mente. Ninguna señal de Near, solo espacio y libertad. ¿Sería eso tan malo? Como si leyera mis pensamientos, Otto añade:

—Te quedarías para siempre sin hogar, sin familia y sin Wren. —En mi mente, la imagen comienza a oscurecerse y a transformarse hasta que el espacio interminable se vuelve muy pequeño y aterrador. Respiro hondo y muevo la cabeza de un lado a otro. Eso no sucederá. No lo permitiré.

Todo se acabará pronto. Arreglaré las cosas.

No sé cómo habrá resultado la reunión del pueblo. No sé cuáles son los planes del Concejo ni los de Otto y sus hombres. Pero lo que sí sé es que ellos podrán tener un plan para mañana, pero yo tengo la intención de resolver esto esta misma noche.

En algún alejado rincón de la casa, mi madre tararea una melodía.

Es algo viejo, lento y dulce, y el simple hecho de que no se trate de *La Ronda de la Bruja* hace que mis hombros se aflojen y todo mi cuerpo suspire frente a la cómoda, que está junto a la ventana. Las velas ya están encendidas y el amuleto todavía cuelga de la muñeca de Wren. En el exterior, la luz ya ha desaparecido y la luna está baja. La canción de mi madre se apaga y, unos minutos después, la veo a través del cristal empañado, acompañando a Otto a su casa. Le frota los hombros para quitarle la tensión y lo escolta hasta su cabaña. Luego se queda esperando junto a la puerta hasta que mi tío desaparece en el interior. Unos segundos después, un resplandor opaco ilumina la casa y ella regresa.

Detrás de mí, Wren juguetea con su brazalete mientras balancea las piernas hacia adelante y hacia atrás desde el borde de la cama.

—Oye, Wren —le pregunto volviéndome hacia ella—. ¿Recuerdas que nuestro padre solía contarnos historias sobre la Bruja de Near? ¿Y que decía que ella les cantaba a las colinas por la noche para hacerlas dormir?

—No lo recuerdo —responde meneando la cabeza y se me cae el alma a los pies.

—Él era… —¿Cómo reconstruir a nuestro padre ante Wren? No solo sus historias, sino su olor a leña y a aire fresco, y sus sonrisas, increíblemente cálidas y dulces para ser un hombre tan grandote. Serían solamente retratos, imágenes bonitas sin ningún peso.

—Bueno —comienzo, aclarándome la garganta—, él solía decir que la Bruja de Near quería mucho a los niños. Y, bueno, ella… —No puedo encontrar las palabras, no logro reconciliar estas historias con la idea de que la bruja es real y que, de alguna manera, ha vuelto y está robando a los niños de sus camas, en vez de cantarles en su jardín. Está todo enredado, como el tiempo entre dormir y despertarse, donde se mezclan los sueños y la vida real y todo se vuelve confuso. Trato de imitar las historias de mi padre.

»Wren, ¿y si no fueran tus amigos los que te llaman? ¿Y si fuera la Bruja de Near la que te convoca para que vayas al páramo?

—*Porque los chicos saben mejor bajo la luz de la luna* —recita Wren, claramente disgustada—. No intentes asustarme —agrega, retorciéndose bajo las sábanas.

—Claro que no —insisto—. Hablo muy en serio. —Pero tiene razón, no logro que parezca real, porque son las historias que escuchamos desde niñas. Estiro la manta sobre su cuerpo pequeño y toco el amuleto que cuelga de su muñeca—. Magda y Dreska son brujas, Wren, eso sí es cierto, e hicieron este brazalete para protegerte. Pase lo que pase, no te lo quites.

—Cada vez son más los que van a jugar —comenta con una mueca de desilusión— y yo todavía no he ido. Todos me llaman para que vaya. —Wren lanza un profundo suspiro y se acurruca debajo de las sábanas.

—El juego se acabará muy pronto. —Le acaricio el pelo y le susurro historias, esas que son suaves y dulces como las que contaba mi padre. No de brujas ni del canto del viento, sino de colinas ondulantes que se pierden en el mar. De nubes que se cansaron, se

21

Cinco colinas hacia el este, en un pequeño bosque.

Repito las palabras en mi cabeza una y otra vez mientras salto descalza por la ventana y me pongo las botas. Desde fuera, le echo una mirada a Wren, que está completamente dormida, y recito en silencio una plegaria para que su amuleto siga funcionando. Me ajusto las botas, cierro las hebillas y reviso dos veces que no se abran antes de darme la vuelta, enfrentar el páramo y emprender la marcha hacia la casa de las hermanas.

Cuando llego, las ventanas están oscuras y el techo tapa la luna, de modo que el espacio que rodea la casa es un círculo negro.

—Cole —susurro, y luego capto un movimiento fugaz mientras mis ojos se adaptan a la casa en sombras y a la resplandeciente luna que está detrás. Está reclinado contra las piedras de la cabaña, los brazos cruzados y el mentón apretado contra el pecho, como si se hubiera quedado dormido de pie. Pero, al acercarme, alza la vista.

—Muy bien, Lexi —dice acercándose a saludarme—. ¿Ya tienes un plan?

—Dije que lo tendría —respondo sonriendo en la oscuridad.

Cole asiente en silencio. Me agarra la mano y nos dirigimos deprisa hacia el borde de la colina de las hermanas. Le cuento todo lo ocurrido por la tarde: lo de Matthew y lo de las cinco colinas y el bosque que nos separa de la Bruja de Near. Pasamos el pequeño terreno calcinado donde vivía la bruja y llegamos al punto justo en el que la colina de las hermanas se funde con el páramo. Nos detenemos como si estuviéramos parados al borde de un acantilado mirando al mar. Y, durante un momento, me siento completamente aterrorizada ante la vastedad del mundo. Durante un momento, las cinco colinas parecen cinco montañas y luego cinco mundos. Las dudas comienzan a deslizarse sigilosamente dentro de mí. ¿Y si estamos equivocados? ¿Y si Matthew me ha mentido?

Pero luego comienza a soplar el viento contra mi espalda, lo suficiente como para impulsarme hacia adelante. Cole me aprieta la mano, y así nos encaminamos hacia la primera colina.

La casa de las hermanas desaparece rápidamente de nuestra vista. Mantenemos la ascendente luna delante de nosotros y, debajo de su luz plateada, examino la tierra intacta en busca de indicios de pisadas. Pero el terreno es enmarañado y salvaje, y resulta extremadamente difícil reconocer qué está intacto en un lugar en donde todo está alborotado. De vez en cuando me arrodillo, segura de que acabo de divisar una pisada o una huella, pero son solo jugarretas del páramo.

Noto que hay unos palitos aplastados limpiamente por el peso de un pie. De cerca, es claramente la pezuña de un ciervo y no el pie de un niño, y la huella es vieja, está casi borrada por la lluvia, la tierra y el cambio.

Iniciamos el ascenso de la segunda colina.

—¿Dónde aprendiste a rastrear? —pregunta Cole.

Me detengo y me arrodillo. Mis dedos recorren una piedra incrustada en la maleza, lisa y oscura como las que utilizan las hermanas para los ojos de los cuervos de madera. La levanto y le quito la tierra con el pulgar.

—Mi padre me enseñó.

—¿Qué le ocurrió? —Cole se arrodilla a mi lado.

Dejo que la piedra lisa caiga otra vez al suelo con un ruido sordo.

Conozco la historia de mi padre. La conozco tan bien como las que él me contaba a mí, pero no tengo tanta seguridad al relatarla. Está escrita en mi sangre, en mis huesos y en mi memoria, y no en trozos de papel. Desearía poder contarla como un cuento y no como su vida y mi pérdida. Pero aún no sé cómo. Una parte de mí, pequeña y rota, espera que nunca encuentre la manera de hacerlo, porque mi padre no era simplemente un cuento para irse a dormir.

—Si no quieres… —murmura.

Respiro profundamente y comienzo a descender la segunda colina.

—Mi padre era un rastreador. El mejor —relato mientras Cole camina detrás de mí—. Era un hombre grande, pero podía volverse pequeño y silencioso como un ratón de campo. Y tenía una risa que agitaba las hojas de los árboles.

»Puedes preguntarle a cualquiera en Near y te hablarán de su fuerza o de su habilidad, pero yo siempre lo recordaré por esa risa, y por la forma en que podía hacer que su voz estruendosa se volviera suave y cálida cuando me contaba historias.

»Los aldeanos lo quería tanto que le dieron un título por debajo del Concejo. Lo llamaban *Protector*. Mi padre cuidaba tanto al pueblo que hasta el páramo parecía confiar en él. Y era como si supiera cómo servir a ambos, cómo caminar por esa delgada línea entre persona y brujo. Esa era la idea que yo tenía de él a medida que iba creciendo. Yo también quería aprender a transitar por esa línea.

—¿Es por eso que sigues considerando que esto —dice mientras se señala a sí mismo y a la brisa que alborota su pelo y su capa— es un don?

—No puedo dejar de pensar que… si yo fuera como tú, nunca estaría sola. Mi padre tenía una afinidad natural con el páramo —explico—. Como si supiera lo que quería, como si el páramo confiara en él. Sé que brujo no se hace, sino que se nace, pero yo realmente pensaba que él había encontrado la forma de hablarle al páramo, de hacer que la tierra y el tiempo le respondieran. Yo pensaba que era el don más grande, el estar conectado con algo tan vasto.

—Es la sensación de soledad más grande del mundo —afirma Cole—. Yo no siento lo mismo que una persona. Quiero sentir dolor, alegría, amor. Esas son las cosas que conectan a los seres humanos. Son vínculos mucho más fuertes que los que me conectan con el viento.

Frunzo el ceño. Nunca lo había pensado de esa manera.

—Entonces, ¿tú no sientes eso?

—Sí, lo siento —responde después de vacilar—. Pero es fácil olvidar quién eres y perderte.

Y quiero decir que lo entiendo, que yo también he sentido esa pérdida, pero me limito a asentir.

Trepamos la tercera colina y Cole no dice nada, así que continúo hablando.

—Cada vez que mi padre salía, lo primero que hacía era darle las gracias al páramo —cuento—. Miraba hacia arriba, a las nubes; hacia abajo, a la hierba; y luego hacia adelante, a las colinas, y susurraba una plegaria.

Llegamos a la cima de la tercera colina y el mundo se hunde a nuestro alrededor. Concentro la mirada en la cuarta colina que tenemos delante, y no en la agobiante levedad que inunda mi cabeza y mi pecho cuando hablo de mi padre, que no me deja espacio para respirar.

«Páramo, me encomiendo a ti», susurraba. «Nací del páramo, al igual que mi familia. Del páramo tomo y al páramo devuelvo».

Cada vez que ponía un pie en las colinas rezaba, y, durante mucho tiempo, el páramo lo protegió.

Descendemos por una pendiente irregular y le echo una mirada a Cole, que mantiene los ojos sobre el viento mientras este serpentea a través de las altas briznas de hierba, y escucha.

—Él siempre se sintió atraído por las hermanas. Pienso que es el mismo sentimiento que me atrajo hacia ti… —Los ojos de Cole se encuentran con los míos y siento como si mis palabras trataran de volver a deslizarse dentro de mi garganta. Continúo hablando.

»Bueno, las cosas eran aún peores entonces. Near era un lugar que se había vuelto obstinado con el tiempo, y la gente se había alejado del páramo. Le tenían miedo. Eso ocurría desde la época de la Bruja de Near y el Concejo, hace siglos.

Subimos la cuarta colina.

»El Concejo siempre lideró al pueblo a través del miedo. Miedo de lo que *había* ocurrido, de lo que podía volver a ocurrir.

»Con el paso de los años, mi padre se fue haciendo amigo de las hermanas. Observaba lo que podían hacer cuando movían la tierra y hacían que las plantas crecieran de una manera única en el pueblo. Ahora ellas solo hacen amuletos, pero él decía que tenían tanto poder que podían hacer que las plantas crecieran en la tierra árida con solo tocarla con la mano. Podían levantar casas de piedra de la nada. Mi padre le preguntó al Concejo por qué se aferraban a esos miedos ancestrales, por qué no aceptaban a las hermanas y a sus dones. Ya habían pasado siglos desde la muerte de la Bruja de Near. El pueblo lo había nombrado su Protector y él observaba cómo la gente se marchitaba por esos miedos antiguos. Pero el Concejo no quería que las cosas cambiaran.

—¿Qué sucedió?

—Trataron de acallarlo —respondo—. Le dijeron que estaba loco y, como eso no lo detuvo, le quitaron el título de Protector y se lo entregaron a Otto. Después de eso, nada fue lo mismo. No se hablaron durante dos años.

Llegamos a la cima de la cuarta colina.

—Aun después de la traición de su hermano, mi padre no se dio por vencido. Intentó cambiar sus mentes, intentó mostrarles que el pueblo podía prosperar con la ayuda de las Thorne.

—¿Y funcionó?

—Poco a poco —contesto con una leve sonrisa—. Algunas personas empezaron a escucharlo. Al principio, solo unas pocas estaban dispuestas a confiar en las hermanas. Luego, más y más. Magda y Dreska empezaron a bajar al pueblo, empezaron a hablar con la gente y a enseñarle formas de hacer jardines y huertos y lograr que las plantas crecieran. Y todo hacía pensar que los aldeanos finalmente empezarían a ablandarse.

Exhalo una larga bocanada de aire y trato de no temblar.

—Hasta que un día…

Debajo de nosotros, el valle está envuelto en sombras. Al mirar hacia abajo, parece un abismo. Cada paso que doy siento como si la oscuridad fuera a devorarme, como si se deslizara por encima de mis botas y de mi capa.

Algo cruje detrás de nosotros. Nos damos la vuelta y examinamos la noche y el camino por donde vinimos, pero todo está vacío.

Lanzo un suspiro.

Seguramente haya sido un ciervo.

—Un día —prosigo, la garganta, el pecho y los ojos me queman durante el descenso—, mi padre se encontraba en las colinas, en el lado sur. Había sido un otoño lluvioso seguido por un invierno muy seco, y la tierra estaba agrietada. No por encima, sino muy en lo profundo, donde uno no puede llegar a ver. Él se hallaba en la mitad de la colina cuando se produjo un desprendimiento. La ladera se desmoronó y se quedó inmovilizado debajo… Tardaron horas en encontrarlo. Lo llevaron a casa, pero su cuerpo estaba roto. Tardó tres días…

Trago con fuerza, pero algunas palabras se niegan a salir. En su lugar, digo:

—Es increíble todo lo que puede cambiar en un solo día, imagínate en tres. En esos tres días, vi a mi tío endurecerse, vi a mi madre convertirse en un fantasma y vi a mi padre morir. Traté de absorber cada palabra que dijo, traté de aprenderlas de memoria y de no quebrarme.

»Otto vino a nuestra casa y se sentó junto a la cama. Hablaron por primera vez en dos años. La mayoría de las cosas que se dijeron fueron en voz muy baja como para que alguien pudiera oírlas. Pero, una vez, escuché a Otto levantar la voz.

»"Mi propia sangre, tonterías" dijo, una y otra vez.

»Mi tío se quedó sentado con la cabeza gacha durante tres días. Nunca se marchó. No se lo veía enfadado, sino triste y perdido. Pienso que, de alguna manera, Otto se culpaba a sí mismo.

»Pero mi padre nunca lo culpó. Y nunca culpó al páramo. Al tercer día se despidió. Su voz siempre se escuchaba por toda la casa. Por más suave que hablara, las paredes siempre dejaban pasar su voz. Le pidió al páramo que cuidara a su familia y a su pueblo. Lo último que dijo, después de hacer las paces con todo y con todos, fue: «Páramo, me encomiendo a ti». Cierro los ojos.

Cuando los abro, la quinta colina se cierne delante de nosotros. Emprendemos el ascenso y un gran dolor se extiende en mi interior. Trastabillo, pero Cole está junto a mí, sujetándome el brazo. Siento su mano fría aun a través de la manga, y parece que quisiera decirme algo. Pero no hay nada que decir.

Sus manos son suaves y fuertes al mismo tiempo, y sus dedos me dicen que está conmigo.

Me acurruco contra su capa, todavía un poco perdida en mi relato. Cierro los ojos con fuerza. Las palabras me rasparon la garganta hasta dejarla en carne viva. Tal vez algún día las palabras broten como tantas otras, fáciles, fluidas y espontáneas. Pero en este momento, se llevan con ellas partes de mí. Recupero la fuerza y me aparto: sé que tenemos que continuar moviéndonos. El crujido se escucha otra vez detrás de nosotros, pero no nos detenemos.

Estamos a punto de llegar a la cima de la quinta colina.

Por encima de nuestras cabezas, un cuervo revolotea como una nube oscura.

Aparece ante nuestros ojos al acercarse a la luna, y la luz azul y blanca danza en sus plumas negras. Pero, una vez que pasa volando y vuelve a adentrarse en la densa oscuridad, desaparece. Aun así puedo oír su aleteo en el viento, y un escalofrío me recorre la espalda. Me acuerdo de la Bruja de Near y sus doce cuervos. Debemos estar cerca. El pájaro cruza otra vez delante de la luz antes de dirigirse hacia el este, hundiéndose debajo de la línea de la quinta colina.

Cole y yo continuamos ascendiendo pero, después de varios metros, se detiene y frunce el ceño mientras ladea la cabeza, como si estuviera escuchando un sonido lejano.

Ahí es cuando me doy cuenta de que el viento sopla con mucha fuerza, pero ha ido creciendo tan lentamente que lo noto ahora que comienza a formar ondas y a ulular, pero no con los tonos bajos de Cole, sino con tonos más altos, casi musicales. Cole se estremece a mi lado, pero seguimos subiendo hacia la cima.

—Falta muy poco —digo.

El viento aumenta y nos sacude de un lado a otro. Una ráfaga nos empuja hacia atrás. El sonido ondulante es tan fuerte que casi logro escuchar en él las palabras de la canción. La siguiente casi nos aplasta contra la hierba apelmazada y vibra a través de mis huesos.

Una ráfaga retrocede, como tomando aire, y, en ese momento, nos impulsamos hacia la cima de la colina, el mundo se despliega a nuestro alrededor. Cinco colinas hacia el este y… allí está.

El bosque.

22

—¡Cole, mira! —grito señalando la sombra de los árboles abajo en el valle.

Pero él no responde. Me doy la vuelta justo cuando trastabilla y se desploma en la hierba, agarrándose la cabeza.

—¿Qué pasa? —pregunto cayendo de rodillas a su lado.

—La música. Es como si estuviera combinando dos tonos —exclama, doblándose de dolor—. Me hace daño en los oídos.

El viento aumenta y Cole inclina la cabeza, respirando profundamente varias veces. Puedo ver cómo lucha por mantener la calma, por mantener el control. El viento está peleando consigo mismo, arrancándole el aire de los pulmones.

En el cielo, las nubes se deslizan hacia la luna brillante y no sé qué hacer. Me estiro hacia abajo para ayudar a Cole, pero él sacude la cabeza y se levanta lentamente, el viento azotando su capa hacia atrás, que ondea y chasquea en el aire. Señala el bosque que se encuentra debajo, en el valle.

—Es ella —grita sin aliento, por encima del viento—. Está controlando… todo al mismo tiempo… atrayéndolo hacia ella.

La luz se desvanece y todo se vuelve negro.

Ya no hay más azules y grises, ni azules y blancos, ni azules y negros.

Solo negro.

Y el viento también ha cambiado. Todo su ruido y su fuerza condensados en una nítida melodía.

Después, la noche misma comienza a cambiar.

Un extraño resplandor, no arriba, sino abajo, en el valle. El bosque.

Es como si la luna y los árboles hubieran intercambiado sus sitios. El cielo está sumergido en la densa oscuridad de nubes cargadas, algo que parece ocurrir todas las noches, pero abajo, en el valle, los árboles (o los lugares en medio de los árboles, es imposible identificar el origen) están completamente iluminados, resplandecientes. Los bosques están encendidos como la brasa, de color blanco azulado, y contenidos por las onduladas colinas. Es como un faro, pienso con un escalofrío. Así que esto es lo que sucede cuando el mundo se vuelve negro: el bosque le roba la luz al cielo.

A mi lado, Cole se endereza y respira entrecortadamente. No puedo dejar de mirar los árboles resplandecientes. Es extraño y mágico, muy misterioso. La melodía se ha convertido simplemente en una canción, clara y elocuente, como ejecutada por un instrumento y no por el viento. Todo es un sueño perfecto.

La música continúa, más clara que nunca, y es difícil escucharla solo con el borde de los oídos porque nunca antes había notado lo hermosa que es. Sigue estando en el viento, está ejecutada por el propio viento, pero llega hacia nosotros como el aroma del pan de mi madre, dejando una extraña sensación de saciedad.

Una ráfaga sopla de manera tan fuerte y repentina que casi destroza la melodía. El mismo acorde grave y triste que había escuchado aquella primera noche, como algo que se superpone. Pero la música persiste y vuelve a recobrarse al otro lado.

Los pies me arrastran hacia adelante, atraídos hacia los árboles por su propia voluntad, y no puedo evitar sentirme como si fuera una polilla, un insecto que revolotea ciego a todo menos al bosque increíblemente resplandeciente. Desciendo unos pasos por la colina antes de que los dedos de Cole se cierren alrededor de mi muñeca.

—Espera —me ruega, pero incluso él parece deslumbrado por la luz.

—¿Qué es ese lugar? —pregunto. Siento a Cole a mi lado, pero no lo veo porque no logro despegar los ojos del resplandor.

Y luego, a una colina de distancia, se mueve una sombra oscura. Una pequeña silueta, como la de un niño, rodeada de una oscuridad aún más profunda, como envuelta en la misma noche. La silueta se desplaza con rapidez por el páramo hacia la línea de árboles con una ligereza y velocidad antinaturales, como impulsada, transportada por el viento y por la hierba. Como si sus pies no tocaran el suelo.

Luego baja danzando hacia el valle y sube al bosque.

—No —exclamo, como llamando a la silueta mientras se acerca al bosquecillo iluminado por la luna. Cole no me suelta.

»¿Acaso no lo ves? —pregunto, retirando la mano con fuerza—. Es una niña. Tenemos que salvarla.

Me aparto de Cole y bajo corriendo dificultosamente la colina. Puedo sentir su presencia a mi lado. Está hablando, pidiéndome que disminuya la velocidad, que espere y algo más, pero el viento sopla contra mis oídos y no puedo despegar los ojos de la figura, cuya silueta se recorta contra los árboles resplandecientes. Tal vez sea una niña de pelo rubio que no se enreda y voz cantarina. El *tal vez* parece transformar la forma que tengo ante los ojos en mi alegre hermana.

Llego a la base de la colina con demasiada fuerza y velocidad, tropiezo y caigo de rodillas. La tierra enmarañada me corta los dedos y las pantorrillas, pero el ardor queda olvidado mientras Cole me ayuda a ponerme de pie. Me sorprende lo cercano que está el bosque. Parecía estar mucho más lejos, pero ahora que nos encontramos en el valle, las finas ramas y la alfombra de hojas son visibles en la luz azul y blanca.

—¿Wren? —grito, pero la pequeña no se da la vuelta. Ni siquiera lanza una mirada por encima del hombro. Camina directamente hacia el bosque y la pierdo inmediatamente de vista.

Grito su nombre otra vez mientras me muevo deprisa hacia la línea de árboles, pero la mano de Cole ya no me sujeta suavemente, su voz ya no es una sugerencia.

—No, Lexi. No es ella. Algo no va bien. —El viento sigue aumentando, pero la música ha desaparecido, y ahora solo aúlla encolerizado. Cole hace una mueca de dolor y aparta la cabeza del origen del sonido, del bosque. Desprendo la mano y avanzo algunos metros. Casi logro tocar una rama medio rota que se proyecta sobre el claro, cuando sucede: doce cuervos emergen de las copas de los árboles con un estallido, brotando de la línea irregular de árboles más negros que la noche, emitiendo sus ásperos graznidos. El viento se eleva y desciende con las palabras que hay dentro de mi cabeza.

Doce cuervos posados en la muralla de piedra.

Cole y yo retrocedemos al mismo tiempo. Se acerca a mí, los nervios a flor de piel. Oigo el crujir de ramas. Hojas secas en el suelo del bosque rompiéndose bajo el peso de algo, de alguien. Consigo retroceder un paso más. Cole también lo hace, y nos quedamos atrapados entre la necesidad de huir y la curiosidad que se hunde en nuestros huesos y los detiene. Mi hermana podría estar en el bosque: no puedo escapar, no puedo abandonarla. Pero también hay algo más allí. Algo está haciendo crujir las ramas y se está acercando cada vez más a través de los árboles. Y entonces los veo.

Cinco líneas blancas enroscadas alrededor de un árbol delgado, cerca del frente del bosque. Lanzo un grito ahogado. Huesos de dedos. El miedo me vence un poco y retrocedo un par de metros.

Dos círculos brillantes flotan justo detrás del árbol angosto, como piedras de río. Los huesos se desprenden del árbol y se extienden hacia adelante, hacia mí. Y mientras lo hacen, mientras rozan el aire del pequeño valle, les va creciendo musgo alrededor. Tierra y maleza se enroscan alrededor de los huesos como si fueran carne y músculo, fibrosas y resbaladizas. Cole me alcanza y se coloca entre el bosque y yo. Los círculos relucientes se deslizan hacia adelante y veo que son realmente rocas de río, incrustadas como ojos inertes en una cara de musgo. Una cara de mujer. Justo debajo de los ojos, la piel terrosa se estira y la mujer lanza una especie de silbido. Abre la boca, y lo que brota en principio no son palabras, sino viento y un indicio de voz, como si tuviera tierra obstruyendo su garganta.

Las ramas se rompen debajo de sus pies de musgo mientras emerge del bosque resplandeciente. Lanza una bocanada de aire y el viento se levanta con la fuerza suficiente como para hacer que todo se incline, que el mundo haga una reverencia. La hierba se aplasta contra el suelo y hasta el bosque parece reclinarse. Lo único que escucho es el constante rumor del viento sobre la vegetación, y la voz de la bruja.

—No te atrevas —profiere con un bufido. Retrocedo, pero Cole se mantiene erguido en su sitio. Sus ojos son tan oscuros como los de la bruja, que se tragan la luz del bosque.

—¡Tenemos que encontrar a la niña! —le grito por encima del viento. Caminamos hacia adelante y otra ráfaga de viento nos azota la espalda, pero se quiebra inútilmente, como el agua contra las rocas, al toparse con el bosque y con la bruja. Ella toma aire y el viento ruge a su alrededor, amplificando sus palabras de modo tal que nos rodean como si surgieran de todos lados.

—NO TE ATREVAS A PERTURBAR MI JARDÍN —brama. El sonido reverbera por el mundo y después se desintegra, rompiéndose en silbidos y aullidos.

Cole me sujeta con un brazo, sus ojos sin apartarse de la bruja del páramo, y se paraliza; pero después sus ojos se entornan y el viento vuelve a soplar detrás de nosotros. Su mano libre se levanta y el aire que está a nuestras espaldas se derrama por encima de nuestras cabezas y llena el espacio entre la Bruja de Near y nosotros, como si fuera una pared. Sopla con tanta fuerza que el mundo que se encuentra más allá del viento se distorsiona y ondea. Luego, la bruja lanza un sonido, una mezcla entre rugido y carcajada y, así sin más, la pared se rompe y se estrella contra nosotros, arrojándonos hacia atrás, sobre la hierba.

En ese momento los árboles vuelven a ponerse negros, y la luna se adueña nuevamente del cielo. Nos quedamos abajo, en el valle junto al bosque oscurecido, con la luna llena y brillante sobre nuestras cabezas. A mi lado, Cole respira fatigosamente.

—¿Qué ha pasado? —susurro mientras me arrodillo y lo ayudo a ponerse de pie. Su brazo me aferra con fuerza, pero ahora me preocupa que sea tanto para sostenerse erguido como para mantenerme cerca. Sus ojos se encuentran con los míos y me besa, y no es un beso fresco y suave, sino caliente y desesperado, con miedo. No solo miedo de la bruja, sino también de lo que él ha hecho. Aprieta su boca contra la mía como si pudiera obligar a la normalidad, a la humanidad, a la carne y a la sangre a regresar a su cuerpo, y borrar así la imagen de los ojos de la Bruja de Near, que eran el reflejo exacto de los suyos.

Y ahí es cuando escuchamos otra vez el crujido, el que nos seguía por las colinas. Pisadas, botas pesadas en la cima de la colina. Cole despega sus labios de los míos y ambos miramos hacia arriba. Veo el destello de los rifles antes de que mis ojos se encuentren con los de mi tío. Otto, Bo y Tyler. Todos nos quedamos paralizados como los árboles y las piedras que nos rodean, mirándonos unos a otros. Mi tío aferra con más fuerza su arma mientras sus ojos pasan de mí a Cole. Tyler lanza una maldición y el sonido desciende por el valle. Nunca antes había visto tanto odio en sus ojos. Su pelo rubio emite destellos blancos bajo la luz de la luna, pero, desde donde estoy, sus ojos azules parecen negros. Puedo sentir su mirada deslizándose alrededor de mi cuerpo, contemplando la forma en que encaja con el de Cole. Cinco personas, todas esperando que una haga el primer movimiento. Los tres hombres nos miran desde la cima de la colina como si fuéramos ciervos y todo sucede al mismo tiempo.

Otto levanta el arma, que destella con la luz de la luna.

Bo ladea la cabeza.

Tyler da un paso adelante.

Los brazos de Cole me aprietan la cintura mientras acerca el perfil de su cara a la mía y susurra:

—No te sueltes.

Antes de que pueda preguntar qué significa eso, el viento comienza a soplar con fuerza, azotándonos tan violentamente que el mundo empieza a difuminarse otra vez. La hierba se aplasta mientras la ráfaga sube por la colina hacia mis hombros con tanta ferocidad que me encuentro esperando oír el sonido del impacto, del choque, pero es solo el silbido del viento lo que llena mis oídos, así como también la voz de Cole, serpenteando fácilmente a través de él.

—Corre.

Y entonces nos precipitamos hacia el bosque.

Las ramas nos desgarran las capas, las mangas y la piel mientras zigzagueamos a través de los árboles, tratando de rodear el borde del bosque. Raíces medio podridas emergen retorcidas del suelo.

Mantengo los dedos en el brazo de Cole y corro de manera más intuitiva que otra cosa, dejando que sus movimientos se extiendan sobre mí mientras mis pies encuentran los huecos dejados por los de él.

Tenemos el claro a la izquierda y el bosque más profundo a la derecha. El centro del bosque es negro, frío y silencioso. Cada vez que comienzo a virar hacia él, recordando la sombra con forma de niña y los cinco dedos huesudos, Cole me obliga a regresar al borde de los árboles.

—No puedo ganar mucho tiempo —exclama—. Quién sabe cuánto… se mantendrá el viento. —Parece faltarle el aliento y siento que comienza a dispersarse bajo mis dedos, convirtiéndose en algo más parecido a la neblina que a la piel.

—Cole —digo, aferrándolo con más fuerza. Disminuye la velocidad lo suficiente como para mirarme, los ojos brillantes.

—Todo irá bien —murmura, percibiendo la preocupación en mi mirada. Sus brazos vuelven a estar sólidos bajo mi mano—. Pero tenemos que darnos prisa. —Salimos disparados, un calor abrasador en los pulmones, la piel zumbando de miedo y de frío.

—¡Matthew debe haberlo contado! —exclamo.

Detrás de nosotros, las ramas se rompen debajo de las pisadas. Los hombres están en el bosque.

Echo una mirada hacia atrás, pero lo único que veo son ramas negras y la luz de la luna que llega oblicua desde la izquierda. Tropiezo y me retraso, mi mano resbalando por el brazo de Cole, por su muñeca, hasta que nuestros dedos quedan entrelazados. Voces masculinas resuenan en la oscuridad, cada vez más débiles. Han elegido un camino que se adentra más profundamente en el bosque.

De pronto, Cole dobla hacia la izquierda y atravesamos los árboles. La luna está otra vez alta y brillante, rociando el páramo de luz, exponiendo todo a la vista. Incluso a nosotros.

Nos lanzamos hacia la cima de la colina mientras todo arde en mi interior y pide desesperadamente aire y descanso. Cuando creo que mis pulmones y mis piernas se darán por vencidos, el viento arrecia nuevamente, me empuja la espalda y me insta a seguir hacia adelante. Llego a la cima de la colina, los dedos de Cole aún entrelazados con los míos, y echo una mirada hacia abajo, hacia el bosque, a los tres hombres que aparecen nuevamente. Antes de que alcen la vista hacia arriba, nosotros ya hemos desaparecido.

Tenemos el viento en la espalda durante todo el camino a casa.

No nos detenemos en la cabaña de las hermanas. No hablamos. Solo corremos, pues necesitamos hasta la última gota de fuerza para conseguirlo. Justo cuando mi casa surge ante nuestra vista nos detenemos tambaleantes, mientras el viento se disuelve en una quietud aterradora. Me agacho hasta el suelo, jadeando, y cierro los ojos mientras me invade el mareo y siento que el mundo entero da vueltas. Cuando los abro, Cole está arrodillado a mi lado, inclinando la cabeza mientras trata de recuperar el equilibrio. Cuando alza la vista, está pálido como un fantasma.

—Tienes que marcharte de aquí —advierto—. Ellos te han visto. Pensarán que estamos escondidos en algún lado.

—Ve a asegurarte de que Wren esté bien —dice, y justo en ese momento recuerdo a la pequeña sombra oscura deslizándose dentro del bosque. Me vuelvo hacia la casa. La ventana del dormitorio está abierta y el corazón me da un vuelco. Puedo ver las cortinas agitándose en la habitación que comparto con mi hermana, puedo ver claramente la pared trasera, donde la luz de la luna está proyectando sombras. Estoy ahí, en el alféizar de la ventana, antes que Cole, reprimiendo el deseo de llamar a Wren en la oscuridad. Contengo las lágrimas y el pánico mientras me lanzo hacia adentro del dormitorio por encima del alféizar, torpe y ruidosamente.

Y ahí está.

Metida en la cama y tapada por las mantas. Cruzo la habitación y mis ojos divisan el amuleto de su muñeca, que aún huele a tierra y a algo dulce. Elevo una silenciosa plegaria a Magda y a Dreska. Cole llega a la ventana sin aliento y me asomo hacia afuera. La preocupación destella en sus ojos, pero asiento levemente y respiro hondo. Él echa una mirada hacia atrás, por encima del hombro.

—¿Cuántos niños hay en Near? —pregunta apoyándose contra la ventana.

—Al menos doce —susurro—. ¿Por qué?

—Uno de ellos no ha sido tan afortunado.

23

El pecho de Wren sube y baja.

Observo su silueta dormida y pienso en la figura del bosque y en la cautivante canción del viento. La imagino persuadiendo a un niño para que abra los párpados, se quite las mantas, y apoye los pies en el suelo. Instando a la silueta medio dormida a salir a la oscuridad de la noche.

Me vuelvo hacia la ventana, donde Cole está esperando. A lo lejos, un pájaro levanta vuelo, perturbado.

—Tienes que…

—Lo sé. Ya me voy. —Y la forma en que lo dice es tan concluyente, y el pánico en mis ojos debe ser tan evidente, que desliza su pulgar por encima de mis dedos.

—Espérame, volveré —murmura, pálido y cansado. Parece anestesiado, perdido. Aparta su mano de la mía—. Solucionaremos todo por la mañana.

Se escuchan pisadas en la oscuridad y echo una mirada más allá de él.

—Cole, vete —advierto, pero cuando bajo la vista, ya no está.

Me meto en la habitación, me quito la capa de los hombros y las botas de los pies. Retiro las mantas de la cama de Wren y, mientras me acurruco entre el calor de las sábanas, siento que el frío se escurre de mi piel por primera vez en toda la noche.

—Mañana —le susurro a la luna y a mi hermana mientras el sueño se desliza conmigo debajo de las mantas—. Mañana arreglaremos todo. Mañana regresaremos al bosque y encontraremos los huesos de la bruja mientras ella esté dormida. Mañana encontraré a los niños. Mañana…

Me hundo más entre las mantas mientras el viento sopla con mayor fuerza, y le ruego al sueño que venga para que la mañana llegue más rápido.

El problema con las malas noticias es este:

Todas las malas noticias suelen propagarse rápido como el fuego, pero cuando te toman por sorpresa, lo hacen de manera abrupta y candente, devorando todo a su paso con tanta velocidad que no puedes hacer nada. Cuando las estás esperando, es aún peor. Es el humo que llena la habitación tan lentamente que puedes ver cómo te va quitando el aire.

Por la mañana. Palabras a las que me aferro mientras espero que llegue el amanecer. Parpadeo y el tiempo transcurre a saltos torpes y extraños, pero el sol no da la impresión de estar dispuesto a salir.

Me descubro mirando el techo mientras los últimos haces de luz de la luna dibujan círculos en el cielo raso. Alzo los ojos hacia ellos, esperando que pase la noche, tratando de encontrarle sentido a todo, incapaz de retener nada mientras mi mente se enciende y se apaga.

Mis ojos se desvían súbitamente hacia la ventana.

Uno de ellos no fue tan afortunado.

Pero ¿quién?

El alba está llegando a los bordes del cielo. Abandono la idea de dormir, me levanto de la cama y camino por el pasillo. Hay una vela encendida en la cocina. Mi madre está ahí, preparando té.

Se me cae el alma al suelo cuando veo a una mujer redonda y conocida sentada en una silla, retorciendo sus grandes manos.

La señora Thatcher toma el té que mi madre le ofrece. Ella misma hizo la taza; te das cuenta por la forma en que los dedos encajan perfectamente en la superficie de cerámica. Ella no llora como las otras, pero bebe y maldice. Apenas nota los bordes quemados del panecillo que está comiendo ni lo caliente está. Me quedo apoyada en silencio contra la pared mientras mi madre deja de cocinar y se sienta frente a la madre de Riley, ahuecando las manos alrededor de su taza de té.

—Tonto, tonto —masculla la señora y me recuerda a Dreska, solo que más joven y más grandota—. Le dije que lo colgara, para que nos protegiera. Pero él no quiso escucharme.

—¿Colgar qué?

—Ese maldito cuervo. Jack no quiso. Dijo que era una estupidez para gente estúpida con miedos estúpidos. ¡Y mira lo que ha pasado! —La taza golpea contra la mesa casi con la misma fuerza que la de mi tío cuando vocifera.

—Nos habría venido bien toda la suerte que pudieran darnos para protegernos de la persona... —Sus ojos se desvían bruscamente hacia mí—, o de lo que sea que se está llevando a los niños. No digo que hubieran arreglado las cosas, no digo que los cuervos hubieran mantenido a salvo al niño, pero ahora... —Termina el té pero, esta vez, apoya la taza con suavidad, la furia finalmente convertida en tristeza—. Ahora no podremos saberlo.

Mi madre extiende el brazo por encima de la mesa y le sujeta la mano.

—No es demasiado tarde —murmura—. Lo encontraremos. Lexi ayudará en la búsqueda.

La señora Thatcher suspira con fuerza y se aparta de la mesa.

—Tengo que volver —masculla, y la silla cruje cuando se pone de pie—. Jack ha estado una hora hecho una furia, despotricando y causando revuelo. Buscando a quien culpar. —Sus ojos se encuentran con los míos—. Te lo advertí. ¿Dónde está ahora tu amigo? —Menea la cabeza de un lado a otro—. Si tiene algo de cerebro, hace rato que se marchó de Near.

—Ven —dice mi madre—. Te acompañaré a tu casa. —Y después de decir eso, guía a la señora Thatcher hacia el exterior, hacia la fresca mañana.

¿Dónde está Cole? Su promesa resuena dentro de mi cabeza. *Espérame. Volveré.* Mis manos comienzan a temblar, así que aprieto los puños. Debería irme antes de que Otto tenga la posibilidad de venir a detenerme. Debería salir a buscar a Cole para que podamos ir al bosque. No quiero regresar sola, aun a la luz del día. ¿Dónde está? ¿Y si acaso se está ocultando? ¿Y si me necesita?

Wren entra en la cocina medio dormida, su cabello ya liso. Le doy una palmada en la cabeza: un gesto simple y agradecido. Me mira como si yo estuviera loca. No es la mirada de una niña, es de compasión. *Pobre hermana mayor*, puedo imaginarme que piensa. Para una niña, mayor es mayor. Podría ser perfectamente Magda o Dreska. *Pobre Lexi, ha enloquecido. Cree que el chico habla con el viento e incendia aldeas. Cree que la Bruja de Near está robando niños. Cree que puede detener lo que está ocurriendo.*

—Wren ¿dónde piensas que están tus amigos?

—No lo sé —responde examinándome—, pero están todos juntos. —Suspira y cruza los brazos—. Y *ellos* no tienen que quedarse dentro.

Me inclino para darle un beso en la frente.

—De todas formas, cada vez hace más frío.

En el patio, los sonidos están aumentando, superponiéndose. La tensa quietud de la casa se ve reemplazada repentinamente por un clamor de voces y un murmullo de pisadas. Son de Otto, del señor Drake, del señor Thatcher, de Tyler y de un puñado de hombres más que se han reunido en el exterior. Pero una de las voces es suave, tranquila y ligera, y no encaja con la ira dura y seca de los demás.

Cole.

Me levanto rápidamente de la silla y salgo apresuradamente justo en el momento en que Otto descarga la culata de su rifle en el pecho de Cole, haciéndolo caer de rodillas.

En ese instante el viento comienza a soplar, pero no tanto como para que los demás lo noten. Pero para mí, es como si Cole estuviera jadeando. Siento la lucha entre el dolor y la ira en el aire, y puedo ver en su mandíbula el intento desesperado de no perder la calma. Intenta levantarse, pero Otto lo golpea con el puño y se desploma otra vez en el suelo enmarañado. Y el viento estalla de furia.

—¡Cole! —grito, y le lanzo una mirada asesina a mi tío. Corro hacia ellos, pero una silueta aparece frente a mí y choco contra carne, huesos, pelo rubio y una sonrisa mordaz.

Tyler me rodea con sus brazos, inmovilizando mi cuerpo contra el suyo. El viento ruge.

—Cálmate, Lexi —dice apretándome—. No te pongas así.

Intento apartarme, pero él es muy fuerte. Recuerdo cuando era apenas una cosita enclenque, no más alto que yo. Ahora sus brazos rodean mi pecho y me marcan la piel.

—Es tu culpa que las cosas hayan llegado a esto —agrega mi tío—. Deberías haber escuchado.

—Vamos, entremos —exclama Tyler echándole una mirada a Cole, que está en el suelo con el cuerpo doblado. Está intentando levantarse de manera vacilante y Tyler tira de mí, prácticamente me lleva hacia atrás, hacia la casa.

—Suéltame —le advierto, pero él se limita a esbozar su repugnante sonrisa. Y hay algo en sus ojos, algo peor que esa sonrisa
arrogante. Ira. Él siempre pensó que mi resistencia era un juego.
Pero me vio, anoche, en los brazos de Cole. Entiende que no es que
yo no elegiría a nadie: no lo elegiría a él. Me aprieta más fuerte y
trato de no hacer ningún gesto de dolor.

Yo se le advertí, me recuerdo a mí misma, mientras lo golpeo
con la rodilla y se escucha un gratificante crujido. Tyler lanza un
grito ahogado y retrocede vacilante. Cole ya está de pie, aferrándo-
se el pecho. Corro hacia él, pero unos brazos aparecen por detrás,
me agarran del cuello y no me dejan respirar bien. Lucho contra
Tyler, pero el ángulo es extraño y, en vez de liberarme, no hago más
que empeorar la situación.

—Lexi, detente —masculla Cole mientras tose y se endereza.
Se frota el pecho y no mira a mi tío ni a mí, sino a la tierra bajo mis
pies. El viento está amainando, poco a poco.

—No seas ridícula, muchacha —ruge mi tío y descarga su
mano con fuerza sobre el hombro de Cole. Da la impresión de que
Cole se desplomará bajo el peso de esa mano, pero sus ojos no se
despegan de la franja de tierra.

Hay una resignación agotada y extraña en los ojos de mi tío, y
en lo único en que puedo pensar es en Matthew meneando la cabeza y diciendo que el Concejo hizo lo que pensó que tenía que hacer.

—Solo tenemos que hablar con él —dice Otto.

—Ya lo veo —espeto.

—Debió haberse mantenido al margen —me susurra Tyler, su
respiración contra mi mejilla—. Debió haber escapado cuando podía hacerlo. Pero Otto sabía que no lo haría. Otto sabía que regresaría.

Y luego, Tyler le habla en voz alta al grupo de hombres que
está reunido:

—Anoche vi a este extraño llevando a un niño a un bosque al este del páramo. —Es una mentira descarada y todos lo saben.

—Verás, Lexi —dice Otto, con tono frío y regular—, Tyler afirma que lo vio. Y yo también.

—Se adentró con el niño en la oscuridad y regresó solo.

Todos están mintiendo, de una manera completamente abierta y desvergonzada.

—Esto es absurdo. Sabéis perfectamente que no visteis eso. Dejad que se marche.

Los ojos de Cole se posan en los míos y emite una sonrisa débil y forzada.

—Yo estaré bien. Los huesos, Lexi.

—No te atrevas a decir su nombre —gruñe Tyler, pero Cole solo parece verme a mí.

—Arregla las cosas —murmura.

Hay algo extraño en sus ojos. Está tratando de mostrarse fuerte, tratando de asegurarme que todo irá bien. Aun ahora, eso es lo que está *intentando* decirme. Pero hay un dejo de tristeza en sus ojos, un intento de decir *adiós* o *lo siento*. No sé qué es exactamente, pero sí sé que no quiero descifrarlo. El viento se hunde detrás del páramo, tan agotado como Cole. De pronto, sus palabras vuelven a mí.

«A veces me pregunto qué haría si alguien hubiera sobrevivido al incendio. ¿Habría confesado y permitido que me castigaran? ¿Acaso eso habría aliviado el dolor de alguno?».

No, no puedo dejar que lo haga. Y él no lo haría… ¿o sí? Me prometió que arreglaríamos las cosas. Juntos. Y quiero creerle. Me lanzo hacia adelante, tomando a Tyler desprevenido, pero antes de poder soltarme, sus manos aparecen otra vez y me atraen hacia él.

—Vamos —ordena mi tío. Y aleja a Cole de mí, de la casa y de Near. Lo lleva hacia el norte y al medio del páramo.

—Que ella no se mueva de aquí —grita Otto.

Todos, excepto Tyler y Bo, siguen a Otto y a Cole. En pocos segundos, se pierden detrás de una ondulante colina. ¿A dónde van? ¿A dónde lo llevan?

—No derramaremos la sangre de un extraño en el suelo de Near —masculla Bo, la voz pegajosa como la miel. Parece casi divertido.

—Pero él no… —Forcejeo para liberarme, pero Tyler es una pared.

—Mierda, Tyler, *suéltame* —gruño.

—Otto te lo advirtió, Lexi —dice Tyler—. *Yo* debería habértelo advertido. Ya tienes suficientes problemas. Pero lamento que todo tenga que terminar así.

Fin. Fin. Esa es la palabra que golpea en mi pecho y siento que me falta el aire.

—Ahora ven —me tranquiliza—. Entremos. —Aflojo el cuerpo y apoyo la parte de atrás de la cabeza contra su pecho. Como era de esperar, sus manos resbalan de mis muñecas. Me giro lentamente hacia él y levanto la vista hacia sus ojos fríos y azules. Me sonríe cautelosamente, y le doy un puñetazo en la cara.

24

Me duele la mano, pero estoy segura de que la cara le duele más, y nada de eso se compara con la desagradable sensación que tengo en la boca del estómago. Debería haber corrido detrás de Cole justo cuando Tyler chocó contra la hierba, pero vacilé solo un instante y Bo ya estaba junto a mí aferrándome los brazos, tratando de arrastrarme al interior de la casa.

—¿Qué sucede? —pregunta mi madre, acercándose por el sendero.

—Lexi se está comportando de manera extraña —responde Bo.

Tyler se pone de pie, un hilo de sangre en la comisura de la boca. Mi madre se acerca y sus ojos pasean entre Bo, Tyler y yo. Le ruego con la mirada, pero ella se limita a observar. Deja que me acompañen hacia el interior de la casa, una expresión rara en el rostro, como si estuviera conteniendo la respiración, toda ella tranquila e inmóvil excepto los ojos, que se alternan frenéticamente entre nosotros.

Camino de un lado a otro en mi habitación, asegurándome de que mis pisadas resuenen, porque el silencio del lugar me está asfixiando. Puedo escucharla en la cocina con Bo, desplegando con calma las mismas mentiras acerca de Cole. Tyler está sentado afuera porque mi madre no le permite entrar. Estoy segura de que le encantaría montar guardia en mi dormitorio, desde mi cama. Pero mi madre solo le dirigió una mirada y unas pocas palabras duras, y

Tyler colocó una de las sillas de la cocina junto a la puerta principal, debajo del cielo cargado de nubes. Puedo imaginármelo, aún sosteniendo un paño de cocina contra la nariz, la cabeza apoyada contra la puerta.

No pueden mantenerme prisionera en mi propia casa. Sé cómo escabullirme, cómo volverme pequeña y silenciosa. Ajusto el cuchillo de mi padre alrededor de la cintura y la capa verde sobre los hombros. Tyler podrá estar junto a la puerta, pero el viento utiliza la ventana, y yo también. Pero cuando la empujo para abrirla, no cede. Hay dos clavos pesados y oxidados atravesando la madera, inmovilizando el marco. Pateo la pared que está debajo y siento que se me escapan varias lágrimas calientes: frustración, fatiga y miedo.

—Lexi —la voz de mi madre llega flotando desde la puerta. Sostiene una cesta y parece más despierta de lo que la he visto en un año. Me seco las lágrimas con el dorso de la mano, pero ya está aquí, a mi lado.

»Ven —dice tomándome de la mano y arrastrándome hacia el pasillo. En la cocina, Bo está apoyado contra la mesa, de espaldas a nosotras. Wren está jugando con unas muñecas de masa recién hechas, pero hasta ella no parece muy entusiasmada. Tyler continúa en la misma posición, junto a la puerta, tarareando una melodía que está amortiguada por el paño que le cubre la cara. Mi madre me conduce a su dormitorio y cierra la puerta. Apoya la cesta en el suelo y saca mis botas, todavía llenas de barro. Le echo los brazos al cuello y luego me agacho, poniéndome las botas mientras mi madre levanta suavemente la ventana con dedos silenciosos. Me da un fuerte abrazo antes de darse la vuelta y deslizarse hacia la cocina. Salgo por la ventana y salto con sigilo, las piernas dobladas y las botas hundiéndose en la tierra enmalezada. Y luego echo a correr.

Quiero ir hacia el norte.

Lejos de Near, donde las colinas se extienden ondulantes, ocultando decenas de valles, adonde Otto y sus hombres llevaron a Cole. Todo mi ser quiere correr en esa dirección, pero me obligo a dirigirme hacia el este, hacia el bosque, hacia los huesos. Esta es mi única oportunidad. Cole también lo sabía. El sol asciende despacio por el borde del cielo, deslizándose hacia las últimas horas de la mañana.

«Yo estaré bien». La promesa de Cole resuena en el viento mientras corro. «Los huesos, Lexi. Arregla las cosas».

Cole estará bien.

Cole tiene que estar bien.

Otra voz se inmiscuye. La voz de Bo, lenta y ligeramente divertida: «No derramaremos la sangre de un extraño en el suelo de Near».

Me obligo a dirigirme a las colinas del este.

Mientras corro, la cara de mi tío destella en mi mente, y después el rifle, brillando bajo la luz de la luna. Desearía que Cole se hubiera defendido en el patio, pero pude ver en sus ojos que sabía que eso no ayudaría. Ahora, en cada ráfaga de viento, busco una señal de él. Pasa soplando contra mi mejilla y aparta el cabello de mi cuello, pero es solo el viento. La promesa de Cole de que arreglaríamos todo se superpone con ese intento de decir adiós que parecían expresar sus ojos, e imagino que puedo escuchar un disparo, a lo lejos y en lo alto. Me pregunto por un momento si la lluvia lavará cualquier atisbo de rojo que haya en el suelo, si formará pequeños charcos oscuros como lo hace después de una cacería, limpiando la tierra manchada. No, ahora no. Descubro que mi pecho está cada vez más tenso y me concentro en tomar largas y vacilantes bocanadas de aire mientras mis piernas se sacuden.

Mantén la calma, la voz de mi padre se desliza en mi interior. *Presta atención. No dejes que tu mente vague sin rumbo o lo mismo ocurrirá con tu presa.* Meneo la cabeza y trepo la quinta y última colina, sabiendo lo que espera más allá. Los árboles surgen ante mi vista como nubes bajas abandonadas en el valle, tan pesadas que se hundieron en el suelo. Desciendo la colina.

El bosque es distinto en la luz moteada del día, pero no mejor, no menos atemorizante. No emite una resplandeciente luz azul y blanca desde dentro, sino una gris y blanca desde afuera, difuminada por las ramas muertas de los árboles. Los propios árboles trazan líneas irregulares, varas delgadas brotando del suelo. Hay algo violento en la forma en que están introducidos en la tierra como si fueran alfileres. Descuidados y afilados. Y todo parece sofocado por una agobiante quietud.

Me muevo lentamente hacia el borde del bosque y el suelo crepita bajo mis pies, cubierto por una manta de hojas secas y ramas quebradizas. Mientras mis dedos rozan los árboles externos, la mano huesuda aparece en mi mente, retorcida y blanca contra el tronco oscuro. Retrocedo. No quiero tocar este lugar. No quiero dejar una marca. Tengo tanto miedo de encontrar respuestas como de no encontrar ninguna, y ese miedo me enfurece aún más que ninguna otra cosa. Encuentro el sitio en donde se encontraba la Bruja de Near cuando se asomó y, después de respirar hondo y tocar ligeramente el cuchillo de mi padre, obligo a mis pies a cruzar el umbral y a adentrarse en el bosque de la bruja.

25

Contengo la respiración pero nada sucede. No viene nadie.

El viento no sopla con fuerza. El mundo no cambia. Así que comienzo a moverme. En vez de rodear la línea de árboles, manteniéndome en el borde del bosque, voy directamente hacia el centro, donde la bruja tiene que haber desaparecido. Respiro hondo y me recuerdo a mí misma que quienes están muertos deben mantenerse en sus camas mientras brilla el sol. Alzo la mirada a través de las copas de los árboles, pero es imposible medir la hora. El bosque devora al mundo que lo rodea, consume la luz y el calor, de modo que solo algunos fragmentos logran atravesarlo. Parece infinito.

Busco algún indicio de la sombra con forma de niña, pero solo encuentro hojas muertas. Este bosque es denso pero hueco, vacío, las cortezas quebradizas, las ramas frágiles.

La mayoría de los bosques albergan una cierta gama de animales. Algunos se arrastran por el suelo, otros trepan a los árboles. Vuelan, se posan o corretean. Cada especie hace ruido. Pero aquí no se oye nada.

Y luego, un intenso graznido rompe la quietud. Un cuervo. Arriba, un pájaro negro serpentea a través de los árboles. Y después otro, y un tercero. Todos se internan en lo profundo del bosque. Sigo el rastro de los graznidos y de las plumas negras zigzagueando entre la arboleda, mientras las ramas y los arbustos espinosos enganchan mi capa y arañan mis piernas. Corro más rápido hasta que mi bota queda atrapada en algo y me lanza sobre la tierra húmeda. El dolor trepa violentamente por mi pierna y trato de liberarme, pero cada vez me aprieta más. Una raíz larga y retorcida se ha enganchado con la hebilla de la bota. Forcejeo, suelto la tira de cuero, y estoy poniéndome de pie cuando la veo.

Medio borrada por mi caída, entre el musgo y la tierra: una huella, cinco dedos pequeños. Una almohadilla, un talón. Y otro pie. Me levanto deprisa.

Y otro.

Y otro.

No hay huellas de aquí hasta el pueblo, pero el bosque está rebosante de ellas. Múltiples pares de pies de tamaños pequeños.

Hay pisadas pero no hay niños. Ni ninguno de los sonidos que emiten los niños. Pienso en lo ruidosos que son Edgar y Cecilia cuando juegan, en la forma en que Emily baila y ríe, en todo el ruido que hace Riley al chocarse con todo lo que encuentra a su paso. Ahora solo escucho el ocasional graznido de los cuervos dando vueltas sobre mi cabeza.

Trato de seguir las huellas, pero van en una docena de direcciones diferentes.

Dos pies más pequeños, tal vez de Edgar, se arrastran soñolientos hacia la derecha, deslizándose sobre la tierra y borroneando las otras marcas.

Una niña de pies ligeros y pasos danzantes, puros dedos y almohadillas y nada de talones, dobla hacia la izquierda.

Otro par deambula hacia un lado y hacia el otro formando ondas regulares, como caminando sobre una línea invisible y sinuosa.

Y un cuarto par de pies marcha resuelto, orgulloso, como lo hace un niño cuando trata de aparentar ser un hombre.

Sigo a cada uno de ellos y descubro que, aunque tomen distintos caminos, tarde o temprano todos van hacia el mismo lugar. Se dirigen hacia un sitio que está más adelante, donde los árboles se abren formando una especie de claro. Cuando llego, un nervioso aleteo me hace alzar la vista. Sombríos pájaros negros esperan en casi todos los árboles muertos, sus ojos negros imperturbables, lanzando graznidos tan punzantes como el bosque.

Mis ojos bajan al suelo, donde el bosque ha hecho el hueco suficiente como para que se forme una especie de montículo. Una masa densa de ramas y hojas enmarañadas está situada en el centro. Y ahí, en el claro, las pisadas desaparecen.

«¿Qué es eso?», pregunto en voz alta porque, a veces, es mejor hacer como si estuvieras con alguien. Imagino la respuesta tranquilizadora de mi padre, ya que no tengo una.

Deja que el páramo te responda, comenta una débil versión de su ausencia.

«¿Y bien?», pregunto otra vez al páramo. Un cuervo lanza un graznido penetrante. Me acerco más y varios pájaros baten las alas de manera amenazadora, pero no apartan las garras de los árboles en que están posados. El grupo de ramas con aspecto de nido está formado, en realidad, por varios árboles, cuyas ramas se inclinan desganadamente para resguardar el espacio que hay entre ellas.

Es como una casa, me doy cuenta. Como un nido. Yo construyo mis nidos de mantas y sábanas, pero este está conformado por ramas afiladas y madera podrida. Las ramas están muy juntas, una al lado de la otra en algunos lugares, pero en otros están retiradas, dejando huecos suficientemente grandes como para que yo pase. Ya tengo una pierna dentro del nido cuando una ráfaga de viento levanta el aire del interior y sale a recibirme. Es denso y húmedo, y huele a podredumbre natural.

Arriba, un cuervo chasquea su pico negro en algo blanco y liso, que me recuerda más que nada a un nudillo. El pájaro juega con él, pero la forma blanca resbala y cae a través del nido, rebotando en una rama antes de zambullirse en el hueco frío y oscuro. Puedo verlo encima del montículo de tierra. Un destello blanco. Y luego descubro que hay otros fragmentos allí abajo, todos blancos y semienterrados.

Huesos.

Resplandecen en los rayos de luz que se cuelan por el bosque y por los nidos de árboles. Un antebrazo sobresale de una masa de hierbas enmarañadas.

Es la Bruja de Near. O lo que queda de ella.

Recuerdo otra vez a los cinco huesos blancos enroscados alrededor del árbol, la forma en que el musgo y la tierra trepaban por ellos como músculo y tejido en mitad de la noche; y luego miro hacia abajo y me siento mal. Todo está podrido. Trago con fuerza y estoy a punto de descender por el hoyo cubierto de musgo para escarbar a través de la descomposición, en busca de los huesos de la bruja, cuando lo oigo.

Un chasquido, lo suficientemente intenso como para hacer que uno de los cuervos eche a volar.

Las ramas se rompen más allá de mi línea de visión, y tengo el cuchillo de mi padre en la mano antes de llegar a darme la vuelta para encontrar el origen del ruido. Una vez que desengancho la pierna del nido, salto al suelo y retrocedo, de modo que el nido de árboles inclinados queda entre el sonido de pisadas que se aproximan y yo. Son dos personas, dos pasos distintos, uno más pesado que el otro. Reconozco la voz del señor Ward, una versión más profunda que la de Tyler, mientras le habla a alguien que masculla una respuesta. Me doy cuenta, por el tono de este último, que es el que está más incómodo de los dos, el más supersticioso. Es el señor Drake, el padre de Edgar, un hombre frágil y nervioso cuyos ojos se mueven demasiado, sacudiéndose de una cosa a la otra con tanta rapidez que es increíble que no se le salten del todo.

¿Qué están haciendo aquí? ¿Qué le han hecho a Cole?

—Sí, aquí es donde los vieron anoche —dice el señor Ward, con voz cada vez más fuerte. Debe de estar entrando en el claro—. Más allá del bosque.

Retrocedo lentamente. El nido continúa en medio de nosotros.

El señor Drake hace comentarios acerca del olor. Yo contengo la respiración mientras echo una mirada al bosque e intento instrumentar mi retirada sin hacer un solo ruido.

—¿A Lexi y a ese extraño? —pregunta nerviosamente. El señor Ward seguramente asiente, porque el señor Drake continúa hablando—. ¿Realmente piensas que él se llevó a Edgar?

—No tiene importancia —balbucea el señor Ward. Doy otro paso hacia atrás mientras las voces se van acercando, y puedo imaginármelo al otro lado del nido, deslizando la mano por encima—. Al menos ahora ya se ha ido.

El aire se me queda atrapado en la garganta.

No.

Cierro los ojos, segura de que ellos pueden escuchar los golpes de mis pulsaciones.

No.

—Tú no crees que él lo haya hecho —dice el señor Drake, sin formular exactamente una pregunta.

—Como acabo de decirte —continúa el señor Ward—, no tiene importancia. No te devolverá a tu hijo.

No. No. No, me repito a mí misma, dando un silencioso paso hacia atrás. Sacudo la cabeza y trato de concentrarme. Están equivocados. Están equivocados y Cole dijo que yo tenía que encontrar los huesos y que él me encontraría a mí. Entonces, ¿dónde está? ¿Y dónde están los niños? Me concentro en esta última pregunta porque parece ser la única que tal vez sea capaz de responder.

—Entonces, ¿por qué?

Yo he visto a una niña entrando en el bosque cuando la luz de la luna se metió entre los árboles y se propagó la música. Vi a una niña. Tienen que estar cerca, pero ¿dónde?

—Para estar seguros, tal vez —responde el señor Ward.

Examino los árboles, el suelo, la tierra, el musgo, las ramitas secas, y...

Mi pie cae con fuerza sobre una rama quebradiza produciendo un crujido atronador tal que, aun sin ver a los hombres, sé que lo han escuchado. Arriba, los doce cuervos levantan vuelo y comienzan a graznar, con unos sonidos terribles y penetrantes. No puedo esperar. Esta es mi única oportunidad. Me giro y, abandonando los huesos, salgo disparada, lo más rápido que puedo, a través del bosque y hacia el páramo, mis rodillas tambaleándose a cada paso, mi cuerpo más allá del agotamiento. Alzo la mirada y me quedo azorada al ver que el sol ya ha cruzado todo el cielo y se está hundiendo en una bruma de color. Corro, por encima de las cinco colinas y regreso a la casa de las hermanas. Mis pulmones lloran y mis piernas lloran, pero yo no puedo llorar. Yo no voy a llorar.

La expresión de los ojos de Cole, esa extraña especie de adiós, la disculpa.

¿Habría confesado y permitido que me castigaran?

No voy a llorar.

¿Acaso eso habría aliviado *el dolor de alguno*?

No lo haré.

Él lo prometió. Dijo que estaría bien. Él...

Mis rodillas ceden mientras llego a la cima de la última colina y la casa de las hermanas aparece ante mis ojos. Me desplomó sobre la hierba, jadeando, y entierro mis dedos en la tierra enmalezada.

—¿Qué estás haciendo ahí en el suelo, queridita?

Al levantar la vista, me encuentro a Magda inclinada sobre mí con su posición muy característica y su voz suave y cansada. Todos parecen muy cansados. Me ayuda a levantarme y me guía en silencio hacia la cabaña. No hay ninguna capa gris en el clavo del cobertizo. Dreska se encuentra en el jardín, los brazos cruzados, observando el suelo calcinado. Sus ojos verdes se alzan rápidamente hacia mí, pero no se mueve. La tierra que está debajo de nosotras parece tararear una melodía. Magda me insta a pasar delante de su hermana y entrar en la casa.

—¿No has visto a Cole, verdad? —pregunto, la voz ronca, como si hubiera estado gritando.

—No, no, no… —responde como en un suspiro, alejándose con la palabra mientras vierte agua en la tetera. Me desplomo en una silla. Siento que las lágrimas caen a borbotones por mi rostro cuando pasan violentamente delante de mis ojos las imágenes de charcos rojos. Las aparto de mi mente.

—Se lo llevaron —anuncio, porque debo hacerlo.

Magda asiente con su manera tan triste y comprensiva, y apoya sus dedos retorcidos en mi hombro.

—Nos vieron anoche. Vinieron esta mañana y se lo llevaron al páramo. Y Bo dijo que no derramarían la sangre de un extraño en el suelo de Near, y no sé qué hicieron, pero él me prometió que volvería a buscarme si yo encontraba los huesos, y los he encontrado, pero él no estaba allí, no estaba allí y los cazadores están diciendo que él ya se…

Respiro con dificultad, mis manos alrededor de las costillas. Se ha ido. Debería decir que Cole ya se ha ido, pero eso no es cierto. Si lo digo de esa manera, uno podría pensar que acaba de marcharse, que se alejó por donde vino. Pero a Cole se lo llevaron hombres de carne y hueso. Hombres que buscaban a alguien a quien culpar.

Debería decir *Cole está muerto*, pero no creo que pueda pronunciar esas palabras sin quebrarme, y no puedo romperme en este momento. No tengo los huesos, no encontré a los niños, y hay demasiadas cosas que hacer antes de darme el lujo de venirme abajo.

—Así que los encontraste —dice Dreska desde la puerta. Ni siquiera la he oído entrar.

—¿No me has entendido? —exclamo apartándome de la mesa, la silla se cae al suelo—. Cole se *ha ido.*

—Y también cuatro niños.

—¿Cómo puede ser que no te importe que se lo hayan llevado? ¿Que probablemente…?

—Él sabía lo que hacía.

—¡No! No lo sabía. ¡Me lo prometió!

Todo duele en mi interior. La habitación se inclina. La tetera silba.

—Entonces, confía en él —dice finalmente Magda mientras saca el agua del fuego. Un extraño entumecimiento se instala sobre mí, una especie de relleno de algodón dentro de mi cabeza. Y me aferro a él.

—Las cosas van a ponerse mucho peor —murmura Dreska, pero no creo que sus palabras estén destinadas a mis oídos.

—Tengo que regresar —señalo—. Tengo que encontrar los huesos. Cole dijo… y no he dado aún con los niños. No pude encontrarlos.

—Tú te irás a tu casa, Lexi Harris —indica Dreska.

—¿Qué? ¡Pero ahora necesitamos esos huesos! Ella regresará esta noche.

—Vete a tu casa, queridita —insiste Magda, su mano nudosa se cierra sobre la mía y me doy cuenta de que estaba sujetando la mesa.

—No te separes de tu hermana —agrega Dreska.

—Y por la mañana —indica Magda—, vienes directamente hacia aquí, queridita, y arreglaremos las cosas. —Me da una palmada en la mano y se aleja.

—Regresa por la mañana, Lexi —interviene Dreska—. Todo irá bien. —Otra vez esa estúpida frase. La gente la dice todo el tiempo y nunca es verdad. Le echo una mirada que lo da a entender.

»Vete a tu casa, Lexi —repite con una voz diferente, más suave, como la que ella utilizaba con mi padre. Dreska me acompaña hasta la puerta, sus largos dedos huesudos me rozan los hombros—. Pondremos las cosas en donde tienen que estar. —Cruzo el umbral. El cielo está rojo.

—Todo irá bien —repite y, esta vez, no discuto. No disiento.

¿Cómo?, pregunta una voz dentro de mí, una voz que finalmente se va hundiendo, se va deslizando debajo de algo tan cálido como las mantas.

De alguna manera logro llegar a casa. Los pies deben llevarme, son inteligentes, ya que mis ojos no encuentran el camino.

La casa aparece ante mi vista y, con ella, Otto, Tyler y Bo. Están en la puerta, bañados por la luz roja. Bo inclina la cabeza hacia un lado, Tyler está de espaldas a mí. Otto me ve e incluso en mi aturdimiento espero que se muestre furioso. Pero solo tiene una expresión sombría y fatigada. No es una expresión de victoria, sino una que dice: *yo aún no habré ganado, pero tú ya has perdido.*

Me abro camino entre los hombres y paso junto a mi madre, que sabía perfectamente que yo regresaría. Me echa una mirada, una especie de intercambio entre prisioneras, antes de volverse hacia el horno. Me quito la capa con una sacudida de hombros, libero mis pies de las botas y voy a arrojarlas por la ventana. Pero la ventana continúa cerrada desde fuera, la madera aún sigue astillada por los clavos. Me froto los ojos y dejo caer las botas al suelo con un golpe seco, antes de quitarme el vestido y ponerme el camisón.

Cada centímetro de mi cuerpo ansía dormir. ¿Cuánto tiempo ha pasado desde la última vez que lo hice? Todavía queda una hora antes de que oscurezca. Puedo descansar, al menos un poquito, y estar totalmente despierta para vigilar a Wren esta noche. Aparto las mantas, me deslizo debajo de ellas y el sueño me envuelve por completo, dándome una cálida y afectuosa bienvenida.

26

Lo primero que advierto es que la habitación está a oscuras.

He estado durmiendo demasiado tiempo y me asalta el pánico, pero luego veo que Wren está a salvo y profundamente dormida, metida debajo de las mantas. La noche se ha instalado a nuestro alrededor. El viento zumba por las hendiduras de la ventana, por las tablas del suelo y por el espacio debajo de la puerta.

Los pensamientos llegan a mí de forma lenta y abundante. Ese entumecimiento algodonoso continúa llenando mi pecho. Me alejo con esfuerzo de la cama, con la intención de encender las velas, cuando la habitación se inclina, mi cuerpo y mi mente aún atrapados en los restos de sueño. Me apoyo contra la cama y espero que se me pase el mareo. Y luego escucho la voz: un nombre suave, simple y difuso.

Mi nombre. *Lexi.* El viento me está engañando otra vez. Mis ojos se desvían soñolientos hacia la ventana, hacia el páramo que está del otro lado, con la esperanza de no ver nada.

Pero hay alguien en la oscuridad. Esperando en el campo, justo después del límite de la aldea, cruzando la línea donde Near se encuentra con el norte del páramo. Una persona alta, delgada y con aspecto de cuervo.

—¿Cole? —pregunto. Al ver que no se desvanece, camino dentro de mi hermosa bruma, mi casi sueño, hacia la ventana, olvidando los clavos que la mantienen cerrada. Presiono las manos contra

238

la superficie y miro a través de ella, el calor empañando el cristal alrededor de mis dedos. Afuera se levanta viento, y la ventana se sacude. Cole ladea la cabeza hacia un lado y los clavos tiemblan, luego comienzan a deslizarse hacia arriba, se sueltan y caen al césped. Empujo la ventana para abrirla; cruje una vez y después resbala hacia arriba silenciosamente debajo de mis dedos. El sonido más allá del cristal es más fuerte. El viento pasa silbando a mi lado y entra en el dormitorio, ondulando a su paso todas las superficies.

Vacilo, echando una mirada hacia mi hermana oculta debajo de las sábanas, pero está completamente dormida, el brazalete ajustado alrededor de su muñeca.

En el exterior, el páramo está frío y oscuro. Salgo por la ventana casi tropezándome con mis propios pies y cierro los postigos apresuradamente. Quiero ver a Cole, su cara y sus ojos de piedras de río, y saber por qué me dejó, cómo hizo para regresar y qué ha sucedido. Él titubea una vez, y yo quiero sentir su piel y saber que está aquí. Cruzo la pequeña franja de terreno solo con mi ropa de dormir, insensible a la tierra áspera y enmarañada bajo mis pies desnudos y a la noche fría alrededor de mis brazos.

—Cole —lo llamo de nuevo y, esta vez, hace un movimiento hacia mí, estirando la mano. Al acercarme, veo que *sí* es él. Cierro los ojos. Me resulta difícil abrirlos cuando sujeta mi mano, los dedos extrañamente fríos al entrelazarse con los míos. No vacila ni se estremece. Por el contrario, me agarra con firmeza y me atrae hacia él. Mi corazón salta de manera extraña, parecida a cuando estoy rastreando y diviso a mi presa, y mis nervios se erizan debajo de mi piel manteniéndome alerta. Me abraza en silencio y el viento se curva juguetonamente a nuestro alrededor.

»¿Te encuentras bien? —pregunto deslizando los dedos por encima de él—. Estás vivo. Cole, ellos dijeron... yo los escuché. —No dice nada, solo me lleva con él hacia el páramo, y yo lo sigo, loca de alivio.

»¿Dónde estabas? ¿Qué sucedió? —Estoy enfadada porque se fue, porque permitió que se lo llevaran. Me resisto y tiro de él hacia atrás.

»Cole, di algo. —Trato de volver hacia mi casa, hacia Near, cuando me atrae nuevamente hacia él, apretándome contra su forma fría y ventosa, y su mejilla roza la mía. Siento que me estoy olvidando de algo, pero luego sus labios se encuentran con los míos y su beso me deja sin aire.

—Sígueme —me susurra al oído, su aliento fresco contra mi cara. Siento que las piernas ceden debajo de mí y las insto a mantenerme en pie mientras dejo que me guíe, y añade—: Te contaré todo.

—¿Qué ha pasado? ¿A dónde te llevó Otto? —Las preguntas brotan a borbotones—. ¿A dónde fuiste?

—Te lo mostraré —responde en voz tan baja y susurrante que los sonidos casi no parecen palabras.

—Encontré los huesos —murmuro. Cole me aprieta con más fuerza solo por un segundo y su cara se oscurece, pero la sombra pasa y sus ojos se calman. El viento sopla intensamente y me sostiene con fuerza, conduciéndome a través del páramo, su brazo alrededor de mi cintura. Cada vez que me resisto o le pido que se explique, se detiene y se gira hacia mí, sus ojos clavados en los míos, y lleva una mano a mi mentón. Siento que mi cara se pone caliente bajo su contacto. Cuando me besa la frente, es como si cayera una gota de lluvia sobre mi piel.

»Cole... —susurro, confundida y aliviada a la vez, pero luego me besa otra vez, me besa de verdad, un beso fresco y tenuemente fantasmal. No hay miedo en su beso, ni incertidumbre. Me besa y acaricia mi mejilla enrojecida con el dorso de la mano y me lleva lejos, hacia las colinas. Apenas noto que la aldea va desapareciendo detrás de nosotros. Bostezo y me apoyo contra él en la oscuridad, segura de que se trata de un sueño, que tal vez me deslicé hacia el suelo de madera de mi dormitorio. Y aquí, en este sueño, Cole está vivo y estamos caminando. Puedo sentirlo y verlo a mi lado, pero el resto del mundo parece haberse desvanecido.

»¿A dónde vamos? —pregunto. Cole me sujeta de una manera extraña, ligera y tensa a la vez. Me resisto momentáneamente, concentrada en la acción de empujarlo. Empujarlo lejos de mí, empujar con las yemas de los dedos, implica esfuerzo. Cole se detiene nuevamente y se vuelve hacia mí.

—Lexi —dice con su voz susurrante, delineando las curvas de mi rostro con las puntas de los dedos.

Por más suaves que parezcan sus dedos, no puedo liberarme de ellos. Parpadeo, el aire frío y el pánico se abren paso dentro de mi pecho. Yo no debería estar aquí: debería estar en casa.

—Suéltame, Cole, y dime qué pasa. Cuéntame qué ha sucedido. —Y luego, cuando eso solo provoca más besos, exclamo con enfado—: ¡Cole, suéltame! —Pero no lo hace. Me aferra con fuerza con una mano, mientras la otra, que estaba en mi mejilla, se desliza por mi mandíbula hasta mi cuello. Sus dedos se cierran alrededor de mi garganta. Lanzo un grito ahogado, conmocionada, y trato de apartar sus manos, pero las mías las atraviesan como si no fueran nada más que… aire.

—Lo hice —susurra a mi oído, sus dedos de viento apretándome la garganta. No puedo respirar.

—¿Qué hiciste? —jadeo, cuando los ojos de roca de Cole se posan en los míos. Es extraño que ahora parezcan rocas de verdad.

—Me llevé a los niños —las palabras se quiebran en susurros—. Me los llevé a todos.

Trato desesperadamente de liberarme, de defenderme, pero nada toca a este Cole hecho de viento y piedra. El sueño se disipa y el mundo que nos rodea vuelve a tomar forma, la noche densa y las colinas extendiéndose en todas las direcciones. ¿Cómo nos hemos alejado tanto de la aldea? Aun si pudiera gritar, ¿el sonido llegaría hasta Near? ¿O se desvanecería en el viento?

—¿Qué te pasa, Lexi? —pregunta mientras me sofoca—. Pareces enfadada. Tranquilízate. Todo irá bien. —Y comienza a tararear aquella horrenda melodía mientras mi pulso repiquetea en mis oídos y el viento azota a nuestro alrededor.

¿Cómo pude haberme olvidado el cuchillo de mi padre? Ni siquiera llevo zapatos, me doy cuenta finalmente, bajando la mirada hacia mis pies arañados y ensangrentados. No los siento. El miedo se ha adueñado de todas las demás sensaciones. Lo empujo con todas mis fuerzas y no todo en él es viento, porque logro golpear a algo sólido. Retrocede y me suelta. Me tambaleo, caigo sobre la hierba enmarañada, y hago un gesto de dolor cuando una rama quebrada y suelta me rasga la ropa de dormir, arañándome profundamente la pierna. El calor se extiende por la herida.

—¿Por qué haces esto? —pregunto tratando de recobrar el aliento.

—Tú te interpusiste en mi camino —susurra Cole, y su voz ya no es la de siempre, sino más vieja y encolerizada. Cierro los dedos alrededor de la rama, todavía teñida con mi propia sangre, mientras me pongo de pie y la agito hacia Cole, con fuerza. No logro darle, y el viento se levanta y me la arrebata de las manos. Trastabillo hacia adelante. Cole, hecho de palos, piedras, viento y algo horriblemente oscuro, está inclinado sobre mí.

El viento tira de mis miembros y silba una melodía sorda en mis oídos mientras me eleva. Y alrededor del chico al que bauticé Cole surgen del suelo varias ramas afiladas, que vuelan como hojas en el viento.

—Buenas noches, Lexi —susurra, y las ramas giran sus puntas hacia mí y flotan por el aire. En ese momento, algo me aferra firmemente por detrás. Algo de carne y hueso. Unos brazos se cierran alrededor de mi pecho y me obligan a agacharme sobre la tierra apelmazada del páramo, mientras las ramas planean por el aire y chocan contra las rocas que se encuentran detrás de mí, convirtiéndose en astillas.

El Cole furioso y hecho de páramo se lanza hacia adelante, pero la sombra que me mantiene inmovilizada profiere una especie de gruñido y el viento arrecia desde otro lado. Cuando toca a Cole, él se desintegra y se desploma en el suelo formando una pila de piedras, ramitas y hierba. Cierro los ojos y forcejeo con el cuerpo que tengo encima, tratando de liberarme de su peso caliente. Lanzo un golpe y siento que da en el blanco.

—Maldición, Lexi, soy yo —exclama una voz familiar—. Soy yo.

Parpadeo y me encuentro frente a los ojos oscuros de Cole, como si fuera un duplicado grotesco de su cara que acaba de desintegrarse.

—¡Aléjate! —grito, apartándolo de mí y retrocediendo vacilante contra las rocas—. No te me acerques. —Cole se muestra herido, pero yo también estoy dolorida y confundida.

—¿Qué te pasa? —pregunta pausadamente, los bordes de sus palabras claros y nítidos. Desvía la mirada hacia la pila de elementos del páramo que, pocos minutos antes, se parecían aterradoramente a él.

»No era yo —afirma, acercándose lentamente como si yo fuera un ciervo y temiera asustarme—. No era yo. Tranquila. —Da un paso más, su cara está tan blanca como la luna que nos ilumina—. Tranquila. —Mi respiración es pesada y pongo los brazos alrededor del cuerpo, pero no me escapo.

—Lo siento, Lexi. —Ahora sus dedos acarician mi mejilla, y son cálidos y no están hechos de viento—. Tranquila, todo va bien. —Desliza sus brazos a mi alrededor—. No era yo.

—¿Y entonces quién era? —pregunto, echando una mirada a la montaña de piedras.

Para cuando la pregunta abandona mis labios, ya sé la respuesta. Retrocedo y me siento en una de las rocas más pequeñas, tratando de recuperar el aliento, las astillas desparramadas alrededor de mis pies. El mundo ya no se balancea como antes, aunque todavía me siento descompuesta. El corte de la pierna no es muy profundo. De hecho, no me duele nada. Tiemblo, en parte por la conmoción, y Cole se quita la capa y me envuelve con ella. La camisa que tiene debajo está gastada y es muy fina, y lo contemplo por primera vez. Vivo y herido.

Bajo la luz de la luna, la veo. A la mancha, incluso más oscura que su camisa, que se extiende a través de una parte de su pecho. Acerco las puntas de los dedos y salen mojadas.

Mi tío. Mi tío lo hizo. O Bo. Cuando retiro la mano manchada de sangre, Cole la toma y me atrae hacia él, haciendo un gesto de dolor por el movimiento.

—Logré escapar —explica. Su mano está caliente en la mía y quiero abrazarlo porque está ahí y es real, pero la mancha en su ropa y el dolor en sus ojos me advierten de que no lo haga. Aún no puedo despegar los ojos de la oscuridad que cubre su camisa y una parte de mí agradece que sea de noche y que la sangre tenga una tonalidad negra y grisácea, y no rojiza.

»Estoy bien —insiste, pero su mandíbula se tensa cuando mis dedos rondan por encima de la mancha.

—Si por *bien* quieres decir *sangrando*, entonces sí, es cierto —repongo súbitamente, tratando de examinar la herida. Pero cuando comienzo a levantar su camisa, me sujeta las manos.

—*Estaré* bien —corrige, bajando la camisa y apartando suavemente mis manos.

—Te llevaré a tu casa —propone, y me ayuda a levantarme.

—Me parece que no, Cole. Eres tú quien necesita ayuda. Tengo que acompañarte a la casa de las hermanas. —Sacude la cabeza lentamente, igual que Magda. Una sonrisa divertida le curva la boca.

—Lexi, te he dejado sola durante una noche y la Bruja de Near te ha secuestrado y casi te mata. De ninguna manera te dejaré ir sola a tu casa. —Señala las astillas de madera que hay a mis pies y a mi estado general de suciedad y desaliño.

—Para ser justa, se parecía a ti —comento, repentinamente cansada—. Y hoy, al ver que no venías, me puse tan… —Mi voz se apaga y se desvía por otro camino—. Cuando vi esa cosa —prosigo señalando la pila de ramitas, musgo y piedras—, me sentí tan aliviada…

—Lo siento —susurra y me toma la mano—. Siento mucho no haber podido estar ahí.

Mis ojos vagan hacia la mancha de sangre.

—¿Qué ha pasado? —No puedo dejar de menear la cabeza. Siento como si todo el relleno algodonoso saliera de mí, y la sangre y la sensación surgen nuevamente.

—Me llevaron —susurra— hacia el páramo…—Sus dedos suben hasta el hombro—. No importa. Ya estoy aquí.

—*Sí* importa.

Cole retrocede y lanzo un grito ahogado mientras aparta el cuello de su camisa hacia un lado, dejando a la vista unas tiras de tela gris, el forro de su capa gastada, enrolladas alrededor del hombro, justo encima del corazón. El gris se ha tornada casi negro en el lugar en donde se introdujo la bala.

No tengo palabras para expresar la furia que bulle dentro de mí.

—*¿Quién?* —logro finalmente proferir con un gruñido.

—No fue tu tío, si es eso lo que estás pensando. —Suelta la camisa con un gesto de dolor—. Él no pudo hacerlo. Otro hombre disparó el arma.

—Bo —adivino—. ¿Te pondrás bien?

—Ya estoy mejor. —El dolor le pesa en los ojos, pero me aprieta la mano. Me conduce a través del páramo, sujetándome cautelosamente contra él. A pesar de las heridas, parece sentir lo que yo siento: ambos tememos que el otro vaya a desvanecerse en el aire. Y comparte la misma desesperada necesidad de recordarle a su piel la presencia de la mía, de comprobar que él sigue estando aquí, y que yo también.

—¿Cómo sobreviviste? —pregunto.

—No tan bien como me habría gustado —responde, respirando suavemente—. Las cosas se van a poner más difíciles.

—¿Qué quieres decir?

—No tenía opción. No perder el control no era una prioridad en ese momento. —Casi se echa a reír pero se detiene ante el dolor.

—¿Te mostraste delante de ellos como brujo?

—Solo pensaba en sobrevivir.

—¿Qué hiciste?

Como respuesta, Cole desprende el brazo y, para cuando me vuelvo hacia él, se está desvaneciendo por completo, ondeando como el calor. El viento aumenta y sopla a través de él, y Cole se esfuma frente a mis ojos. Doy media vuelta y ya no está. El pánico me atraviesa mientras el viento crece, tira de la capa de Cole y se acurruca a mi alrededor; unos minutos después, sus brazos están nuevamente cerca y me envuelven, sus ojos posados en los míos.

—Lexi, cuando me llevaron al páramo, por primera vez en mucho tiempo, yo no quería sufrir. No quería perderlo todo... por los delitos de otro. Ojalá me hubiera dado cuenta de eso un poco antes —dice, con una leve risa de pena—. En lo único en que podía pensar cuando él levantó el arma, cuando apretó el gatillo, fue en ti. Quería escuchar tu voz, quería sentir tu piel sobre la mía. Me siento conectado a ti y no podía soportar la idea de que eso se cortara. De que eso se perdiera.

Me da un beso en la frente y articula la palabra *gracias* contra mi piel.

—Afortunadamente para mí —continúa—, el equipo de búsqueda no esperaba que yo hiciera lo que hice. Deberías haberlos visto. Ni los conejos se escabullen con tanta rapidez.

Me río con él, porque ahora necesitamos reírnos. Me río mientras sus besos descienden por mis mejillas hasta mis labios. Dejan huellas por toda mi cara, frías y lo suficientemente suaves como para hacer que me detenga, para hacerme recordar al Cole de palos y piedras que me besó con el viento del páramo. Hace un gesto de dolor mientras se inclina sobre mí, y yo aún estoy riéndome cuando su boca encuentra la mía, caliente y viva. No hay ningún tornado a nuestro alrededor, pero el mundo está desapareciendo. Todo lo que se encuentra más allá de nuestra piel está desapareciendo. Sus besos alejan de mi mente al Cole hecho de páramo, al Cole de la Bruja de Near. Alejan al miedo a fracasar, al miedo al destierro. Sus besos alejan todo.

Pasa la parte más oscura de la noche y continuamos la marcha. Cuando estamos muy cerca de mi casa, se detiene. Me doy cuenta de que es probable que haya un cazador, que esté Otto esperando del otro lado de la última colina. Cole se lleva la mano al pecho en actitud defensiva y observa la pendiente. Me quito su capa y vuelvo a colocársela sobre los hombros.

—Cole —murmuro recordando—. Encontré los huesos. Los de la bruja. —No sé por qué estoy repentinamente emocionada, pero no tuve oportunidad de contárselo. Trato de mantener la sonrisa para él, porque la necesita—. Regresé al bosque y los encontré.

—Sabía que lo harías. ¿Qué haremos ahora?

—Volveremos a primera hora de la mañana.

Y luego lo recuerdo. Se supone que yo no debería estar aquí, debería estar con Wren. Vigilando la ventana que abrió la versión fantasmal de Cole.

—A primera hora.

Ya me estoy alejando de él.

—Buenas noches, Lexi.

—Te veré en unas pocas horas —prometo. Nuestras manos se sueltan y él desaparece.

Mi cabaña aparece ante mi vista y Otto está allí, apoyado contra la puerta en la silla que mi madre colocó para Tyler, completamente dormido. Tiene el mentón apoyado contra el pecho y hace un ruido como el estómago cuando ruge. Todavía no se ve el sol, pero el halo de luz en los bordes del páramo anuncia su llegada.

«Pronto llegará la mañana», parece murmurar mientras acaricia la hierba. «Pronto amanecerá el día», murmura mientras se refleja en el rocío. *A primera hora*, pienso mientras me deslizo por la ventana y la cierro con el pestillo. Veo el conocido nido de mantas aún apilado sobre la cama y me acuesto junto a él con una oleada de alivio. *A primera hora, arreglaremos las cosas.*

27

En mis sueños, alguien está gritando.

La voz aúlla y se queda atrapada en el viento. Es caótica y vacilante. Y luego cambia, se estira, se hace larga y finita, se pone tirante antes de quebrarse y todo queda en calma. En silencio, como la casa de piedra de las hermanas, donde ni siquiera el viento puede entrar. Sofocante. Me despierto sobresaltada, las mantas enrolladas a mi alrededor con mucha fuerza y mucho calor. El único sonido de la habitación son los latidos de mi corazón en mis oídos, pero es tan fuerte que estoy segura de que despertará a mi hermana. Por algún extraño mecanismo, logré dormir. No solo hasta el amanecer, como había planeado, sino mucho más tiempo. Demasiado. El sol atraviesa la ventana con rayos de luz grisácea mientras hago un esfuerzo por liberarme, un miembro cada vez, de las sábanas que me envuelven. Me detengo mientras mis ojos recorren la habitación, registrando los cambios sutiles.

Hay dos mesas de madera al lado de la cama, una a cada lado. En la mía está el cuchillo de caza de mi padre en su funda de cuero, con todas sus muescas y marcas. Pero al lado de Wren está el amuleto, abandonado, que mantiene vagamente su olor terroso y dulzón. La ventana está abierta, el sol brilla, y las mantas están apiladas de la misma forma en que estaban anoche, como formando un nido. Pero mi hermana no se encuentra debajo de ellas.

El aire se atora en mi pecho. Seguramente Wren está durmiendo acurrucada en la cama de mi madre, pero siento náuseas al saltar de la cama y echarme la ropa encima, y hago un gesto de dolor cuando la tela raspa el profundo rasguño que tengo en la pierna. Me ajusto el cuchillo de mi padre alrededor de la cintura, echo una mirada de reojo al espejo y soplo un mechón oscuro de mi cara. Corro torpemente por el pasillo y entro en el dormitorio de mi madre. La cama está deshecha y no hay ninguna marca del lado izquierdo, el lado que siempre elige Wren, en el que solía dormir mi padre. Tampoco hay un hueco en la almohada.

No hay ni rastro de Wren.

Unas voces escapan de la cocina, la de mi madre y la de Otto, bajas, tensas y teñidas de algo peor, eso que se atasca en tu garganta y hace que tus palabras se vuelvan estridentes. Entro deprisa.

—¿Dónde está? —Casi me ahogo al formular la pregunta—. ¿Dónde está Wren?

Y la respuesta está en los ojos de Otto al echar una mirada preocupada hacia mí, una expresión que tiene poca compasión y más de una pizca de reproche. Está inclinado sobre la mesa, una taza de algo fuerte y caliente en la mano. Su otra mano está apoyada en el rifle, que está extendido delante de él, donde deberían estar las hogazas de pan de la mañana. Mi madre no está cocinando. Se encuentra junto a la ventana mirando hacia afuera y aferrando una taza de té con la fuerza suficiente como para que sus dedos estén blancos como la harina. La imagen se balancea y me doy cuenta de que mi cabeza se sacude de un lado a otro.

Y el silencio en esa cocina, la ausencia de una respuesta a mi pregunta… ese silencio me está asfixiando.

Corro hacia mi madre y pongo los brazos alrededor de su cintura con mucha fuerza para que sepa que estoy aquí. Que soy de carne y hueso. Ella me aprieta a su vez, y permanecemos así durante un minuto suspendido, abrazadas en silencio. Trato de respirar profundamente, trato de concentrarme. *Encontraré a mi hermana*, me recuerdo a mí misma. *Encontraré a mi hermana*, le digo a mi madre en silencio. *Hoy, Cole y yo encontraremos a los niños y lo arreglaremos todo*. Lo repito una y otra vez. *Wren no ha desaparecido, solo se ha ido un rato, hasta que lleguemos al bosque*.

Mi madre se separa de mí y vuelve a su trabajo. Mide la harina con movimientos lentos y constantes, la mirada borrosa, como lo hacía después de la muerte de mi padre. *Tráela*, sus nudillos presionan la masa. *Tráeme a mi niña*, incorpora las palabras en su interior.

—Fue ese brujo —señala Otto. Y por un momento, solo por un momento, pienso que sabe la verdad, hasta que añade—: Deberíamos haberlo retenido.

Otto coloca la taza vacía en la mesa, no con el golpe usual, sino apoyándola con un movimiento tenso y silencioso, y luego agarra el arma de la mesa.

—¿Sigues creyendo que fue Cole? —pregunto volviéndome hacia él—. Al que trataste de *matar*.

—Él nos atacó —dice Otto secamente—. No nos quedaba otra opción que defendernos.

—¿Él los atacó antes o después de que le dispararan?

Los ojos de mi madre se alzan bruscamente.

Se produce una larga pausa antes de que Otto responda:

—¿Cómo sabes que le disparamos?

—Escuché a Bo jactándose de haberlo hecho. —Las palabras brotan incontenibles—. Jactándose de que tú no podías hacerlo.

Sus dedos aprietan el arma y yo me alejo.

Tengo que salir de aquí.

—¿A dónde vas? —pregunta Otto y no respondo.

—Lexi —me advierte—. Te avisé de que…

—Entonces, enfrentaré el destierro —lo interrumpo—. Cuando esto termine.

Cuando Wren esté en casa sana y salva. Enfrentaré lo que sea cuando ella esté sana y salva.

—Lexi, no lo hagas —suplica Otto. Baja el arma, que golpea contra la mesa, y el metal araña la madera. El ruido pone mis pies en movimiento. Me doy la vuelta y salgo disparada por el pasillo.

La puerta está abierta y el cuervo de madera, que estuvo alguna vez clavado en ella, ahora está tirado en los peldaños, roto y deformado. El Cole hecho de páramo obligó a los clavos a que salieran por la ventana. Debe haber inducido al cuervo a descolgarse de la puerta. La Bruja de Near sabía que yo estaba tratando de encontrar a los niños. Sabía que me estaba interponiendo en su camino.

Cruzo el umbral, tratando de recordar el momento en que entré por la ventana a mi habitación. Recuerdo la pila de mantas: Wren ya debía haberse ido.

Siento náuseas.

Estoy atravesando el jardín cuando una mano se cierra alrededor de mi muñeca.

—¿A dónde te crees que vas?

—Suéltame, Bo.

Frunce el ceño lentamente, con curiosidad, y su mano me aprieta con más fuerza.

Desde el otro lado un brazo, el brazo de Tyler, se cierra alrededor de mis hombros.

—Yo me encargo, Bo.

Pero Bo no me suelta. Tyler me atrae hacia él y me coloca al lado de su cuerpo.

—Te he dicho que yo me encargo. Ve a decirle a Otto que estamos listos. —Bo me suelta, separando los dedos de mi piel uno a uno, la misma expresión divertida en su rostro.

—¿Listos para qué? —pregunto, tratando de liberarme, pero sin conseguirlo.

—¿Por qué las cosas han salido tan mal? —inquiere Tyler con suavidad, pero su brazo sigue sosteniéndome con fuerza—. Has provocado un desastre, Lex. El Concejo sabe lo que has estado haciendo. Están furiosos. Te van a llevar a juicio. Pero nosotros les suplicaremos que no lo hagan. —Su mano se desliza por mi brazo hasta mis dedos y los entrelaza con los suyos.

—Esto no tiene nada que ver con nosotros, Tyler. En absoluto.

—Siento tanto lo de Wren… —dice.

—Voy a encontrarla. Sé dónde…

—En el bosque, ¿verdad?

—¡Sí! Sí, exactamente ahí. —Separo mis dedos y llevo las manos a su pecho—. Tengo que ir…

—Lexi, sabemos lo del bosque, y allí no hay niños. Ya lo comprobamos. —Su rostro se ensombrece—. Las mentiras ya no podrán ayudar a tu *amigo*.

—Tyler, no tiene…

—Lo único que se esconde en ese lugar es un brujo. Y vamos a encargarnos de eso.

—¿Qué vais a…?

—Estamos listos —grita Bo mientras regresa al jardín, Otto y mi madre detrás de él—. Vámonos.

—¿A dónde? —pregunto exasperada.

Todo va mal.

—Tenemos que ir al pueblo —dice Otto, colgándose el rifle en el hombro—. *Todos*.

Bo, Otto y mi madre empiezan a caminar, pero Tyler se retrasa un instante.

—Sé que le quieres creer a ese brujo, Lexi, pero él te engañó. Te hechizó.

—Las cosas no funcionan de esa manera, Tyler, y tú lo sabes. —Trato de empujarlo pero me atrae más cerca de él, nuestras narices casi en contacto.

—¿Estás segura? —susurra—. ¿Acaso no hechizó a esos niños, incluida a tu hermana, al hacerlos salir de sus camas? Debe haber hecho lo mismo contigo.

—Él no es el que está…

—Habría sido mejor que hubiera muerto —comenta en voz baja—. ¿Sabes qué?, yo no estaba seguro de que hubiera sido él hasta que nos atacó. Lexi, tendrías que haber visto la expresión de sus ojos.

Nada de esto tiene sentido. La ausencia de Wren, esta repugnante procesión hacia el pueblo y los brazos de Tyler que me sofocan no son más que un mal sueño. Me siento nuevamente ahogada, retorcida entre demasiadas mantas. Cierro los ojos, esperando despertarme de la pesadilla.

—No mientas, Tyler. A mí no…

—¿Hace cuánto que sabes que es brujo? —interrumpe Tyler.

—¿Acaso importa?

Después de una larga pausa, responde:

—No, supongo que no. —Me arrastra hacia los demás, hacia el centro de Near.

—Es mejor que los alcancemos.

Todos los aldeanos están reunidos, y los tres viejos Maestros del Concejo suben a la muralla de la plaza del pueblo. Diviso a Helena al otro lado de la plaza y me esfuerzo por captar su atención, pero ella no me ve. La señora Thatcher se encuentra junto a mi madre. Mantiene contacto visual conmigo durante unos segundos, pero después Tyler me empuja contra él y se abre paso hacia adelante, entre la multitud de cuerpos tensos, cansados e irritados. Pero se detiene en mitad de la muchedumbre.

—Te arrestarán —susurra—. Al final de la reunión.

El corazón me da un vuelco. Suenan las tres campanas del Concejo, cada una con distinto tono, y la plaza se queda en silencio. No puedo creerme que esto esté sucediendo.

No se produce ningún eco cuando hablan los Maestros. Sus voces gastadas rechinan unas contra otras.

—Hace seis días, un extraño llegó a Near —anuncia el Maestro Eli a los aldeanos, entornando sus ojos oscuros y profundos.

—El extraño es un brujo —interviene el Maestro Tomas, irguiéndose sobre los otros.

Un murmullo atraviesa la plaza.

—Tiene la habilidad de controlar el viento —agrega Matthew, el sol destella en sus gafas.

—Este brujo procedió a utilizar su poder para sacar de sus camas a los niños de la aldea.

»Y utilizó el viento para cubrir su rastro. Es por eso que no hemos podido encontrarlos.

Trato de apartarme, de irme, pero los brazos de Tyler continúan rodeándome.

—Y ayer, cuando finalmente enfrentamos a este brujo, utilizó el viento para atacar a nuestros hombres y escapar.

El murmullo aumenta de volumen y de tono.

Hay varias personas un poco más adelante, muy cerca de la muralla: Bo, Otto, el señor Ward y el señor Drake están apiñados,

255

murmurando entre ellos, pero no puedo escucharlos por encima de la muchedumbre.

—¿Y qué se sabe de los niños? —pregunta la señora Thatcher. Una decena de voces grita en apoyo, y la masa de gente parece moverse ligeramente hacia adelante.

Los ojos azules y mustios de Matthew recorren la multitud y aterrizan sobre mí.

—No hemos encontrado ningún rastro de ellos —responde, con aspecto aún más viejo que la última vez que lo vi—. Todavía estamos buscando.

La multitud se adelanta otra vez, arrastrándome hacia el grupo de hombres que está junto a la muralla, y puedo captar las palabras del señor Drake. Está inclinado hacia Otto y parece conmovido, como Helena junto al río. Como Edgar cuando se cayó en la plaza aquel día.

—¿Realmente crees que él está en el bosque? —susurra.

—Hay algo allí —ruge Otto.

—¿Qué haremos?

—Deshacernos de él —sugiere el señor Ward.

—La última vez ese plan no resultó demasiado eficaz —interviene Bo secamente.

—Al menos sabemos que sangra.

—No fallaremos otra vez.

—Hay que encontrarlo primero.

La voz del Maestro Tomas se traslada por encima de la muchedumbre.

—Ese brujo está libre y nadie estará seguro hasta que lo hayamos atrapado.

La muchedumbre habla estrepitosamente. Las voces se mezclan con el ruido del movimiento de los pies y de las manos apretando las armas.

Están persiguiendo al brujo equivocado. Clavo los codos contra Tyler y arqueo la espalda para apartarme de él, creando una pequeña separación.

—…te lo aseguro, Bo —comenta el señor Drake—, es ella. Alan y yo regresamos a ese bosque, como tú dijiste, y pudimos escuchar a sus cuervos… —Las voces de los hombres comienzan a fundirse con el ruido creciente de la plaza.

—Matthew dice que es ella, la Bruja de Near.

Bo y el señor Ward lanzan unas sonoras carcajadas.

—No puedes estar hablando en serio.

—La Bruja de Near está muerta.

—Da lo mismo qué brujo sea.

—Pero cuando Magda trajo ese amuleto, dijo…

—Yo digo que también nos encarguemos de las hermanas —comenta Bo—. Quememos todo el mal de una sola vez.

—Ellas no tienen nada que ver —interviene Otto echando una mirada hacia atrás.

—¿No? ¿Acaso ellas no refugiaron al extraño? —exclama Bo, torciendo la sonrisa—. ¿No supieron siempre lo que pasaría? Ellas son tan responsables como él.

Tyler afloja levemente la fuerza con que me sujeta y consigo deslizar una mano entre su cuerpo y el mío.

—Pero ¿y si los niños están en algún lugar del bosque?

Están, pienso, *tienen que estar.*

Mi mano se cierra sobre el mango del cuchillo.

La voz del Maestro Eli llega hasta mí.

—El brujo no actuaba solo. —*No.* La multitud comienza a susurrar.

—Habríamos encontrado a los niños —masculla Bo.

—No puedes estar seguro —comenta Otto—. En cuanto termine la reunión, iremos nosotros mismos al bosque. Si hay algo o alguien ahí, lo encontraremos.

—Y, de lo contrario, incendiaremos el bosque.

El Maestro Tomas se aclara la garganta.

—Hay un traidor entre nosotros.

Descargo el pie sobre el de Tyler, que lanza un grito y me suelta. Es solo un instante, pero es todo lo que necesito. Extraigo el cuchillo, me giro y luego atraigo su cuerpo contra el mío. La punta del cuchillo está debajo de su mentón.

—Lexi —susurra—. No lo hagas.

—Lo siento, Tyler.

Lo empujo con fuerza hacia atrás y echo a correr.

La multitud es densa, me aprieta, y Tyler sujeta mi brazo justo cuando me abro paso hacia el borde de la plaza. Pero su mano se retira repentinamente y se queda sentado en el suelo, aturdido. Una silueta robusta se cierne sobre él: la señora Thatcher, sus grandes manos lo levantan del cuello.

—Muestre un poco de respeto, señor Ward —exclama haciéndolo girar—. Está hablando el Concejo. —Tyler intenta liberarse, pero ella lo conduce nuevamente entre la multitud, mientras echa un vistazo fugaz en dirección a mí con una mirada fuerte y un movimiento de cabeza.

Y echo a correr.

28

Acorto camino a través de las casas y me alejo serpenteando del centro del pueblo. El viento sopla a través de mis pulmones mientras mis pies encuentran el sendero que conduce a la casa de las hermanas, el camino más rápido. No miro hacia atrás. Atravieso el campo y el bosquecillo, subo la colina y lo único que veo en mi mente es el mundo en llamas.

Magda está agachada sobre el jardín mascullando algo, y se parece más que nunca a una hierba grande y arrugada. Dreska está inclinada sobre su bastón mientras le dice a su hermana que está haciendo mal lo que está tratando de hacer. Yo solo puedo ver brotes y tallos asomando del suelo. A unos metros, en la franja de tierra carbonizada, una pila de piedras, que antes no estaban allí, se desplazan emitiendo un ruido sordo.

Las hermanas levantan la vista mientras trepo la colina.

—¿Qué pasa, niña?

Me detengo tambaleándome y jadeando.

—Wren ha desaparecido —respondo respirando con dificultad—. El Concejo puso al pueblo en contra de Cole y Bo planea quemar el bosque. Ahora.

—Hombres tontos —musita Dreska. Magda se desenrosca y vuelve su cara arrugada hacia el sol mientras se levanta.

—¿Dónde está Cole? —pregunto, respirando profundamente.

—Te ha estado esperando, pero no viniste —responde Magda meneando la cabeza—. Ya se ha ido hacia el bosque.

Si me hubiera quedado algo de aire en los pulmones, se me habría cortado la respiración.

El bosque.

Todo lo que quiero está en ese bosque.

—Tráenos los huesos —insta Dreska observando la pila de piedras movedizas—. Todos. Tendremos listo lo demás.

—Corre, Lexi queridita —agrega Magda—. Corre.

Quiero dejar de correr desesperadamente.

Siento que el corazón abandonará mi pecho. Mis pulmones aúllan.

No necesito aire, me digo a mí misma.

Todo lo que necesito es la imagen de Wren deambulando por un bosque en llamas; la imagen de Cole rodeado de hombres, observando cómo el mundo vuelve a incendiarse; el nido derrumbándose sobre los huesos de la bruja.

¿Están muy lejos los hombres de Otto? ¿Acaso Bo lleva cerillas encima? Los árboles secos del bosque arderán como paja.

Llego a la cima de la última colina y allí, en el valle, veo las ramas entrelazadas, tan cercanas y oscuras que creo que están humeando. Resbalo por la colina hacia el grupo de árboles clavados en la tierra, justo cuando una capa gris se desliza hacia el interior del bosque.

Me lanzo tras ella.

—¡Cole! —grito, trastornando a un cuervo que se encuentra en una rama vecina. La capa gris se da la vuelta justo cuando cubro la distancia que nos separa y prácticamente me arrojo en sus brazos antes

260

de recordar su herida. Debajo de la capa, la camisa ha desaparecido y su pecho es una telaraña de vendajes, una estela rojo pálido se filtra aquí y allá a través de ellos. La pena permanece como una sombra en su rostro y sus dedos se cierran alrededor del asa de una cesta que tiene a su lado.

—Como no viniste, pensé que debía… —Se detiene de golpe y examina mis ojos—. ¿Qué pasa? ¿Algo malo?

—Es Wren —respondo tratando de recuperar el aire—. Ha desaparecido. —El pecho se me pone tenso y me cuesta respirar. Lo que cierra mi garganta no es el esfuerzo de la carrera, sino las palabras en sí. Cole me atrae hacia él. Su piel está fría ante mi rostro enrojecido.

—Y la aldea —continúo—. Todos piensan…

—Lexi —dice, con voz calma y pareja—, ya no importa.

—Cole —insisto retrocediendo—, vienen a quemar el bosque.

Entorna los ojos, pero lo único que dice es:

—Entonces, es mejor que nos demos prisa.

Echa una última mirada hacia el borde de la arboleda y hacia las colinas que están detrás. El viento sopla con fuerza sobre los pastos silvestres, volviéndose feroz y enmarañado. Sopla cada vez más fuerte, hasta que el suelo ondea de un lado a otro y el mundo comienza a difuminarse. Esa pared de viento es extrañamente silenciosa, al menos desde nuestro lado.

—Así conseguiremos que tarden más tiempo en llegar —responde al ver la pregunta en mis ojos. Emprendemos la marcha agarrados de la mano, hacia el claro y hacia los huesos.

—Has estado practicando —comento, echando una mirada hacia atrás.

—Estoy intentándolo. Todavía me falta mucho.

—¿En qué estabas pensando cuando hiciste esa pared?

—En realidad no tiene que ver con pensar —repone sin disminuir el paso—, sino con *querer*. Quiero que estés segura, quiero encontrar a los niños, quiero enterrar a la bruja. Porque quiero quedarme. —Baja la mirada hacia el suelo, pero lo escucho añadir—: Quiero quedarme aquí, contigo.

Entrelazo mis dedos con los suyos mientras la parte más espesa del bosque se cierra sobre nosotros.

—Todo en este lugar responde a *ella*. —Cole extiende la mano hacia el bosque, hacia el estado ruinoso que lo caracteriza. Todo está medio podrido, medio derruido, como una arboleda espectacular que ha caído en estado de completo abandono—. Debe haber sido una bruja muy poderosa.

—Pero ¿cómo puede controlarlo? Es de día. Las hermanas dijeron que solo puede cobrar forma de noche.

—Cobrar forma, puede ser —responde Cole—, pero ella aún sigue aquí y aún tiene fuerza. El bosque obedece sus órdenes. Está bajo su hechizo.

Lo guío a través de los árboles afilados y esqueléticos, mis botas añaden más marcas a los muchos pares de pies más pequeños todavía estampados difusamente en el suelo. Los hombres de Otto también han añadido huellas y han formado su propio camino. Grandes pisadas se arrastran torpemente a través de la tierra, sin método ni destreza. Trato de seguir los pies de los niños, pero muchas de las huellas pequeñas están borradas. Levanto la vista hacia el fino haz de luz que se filtra a través de las copas de los árboles.

Llevamos mucho tiempo caminando.

—No debería ser tan difícil de encontrar.

—¿Qué estamos buscando? —pregunta Cole.

—Un nido de árboles. Un claro. Aun cuando la bruja pudiera moverse, esos árboles son viejos, tienen raíces profundas. —Bajo los ojos hacia los pasos difusos y me detengo. Estampados sobre los otros, tenues y ligeros, hay un nuevo par de pies.

Wren.

Sus pasos son tan leves que apenas dejan marca, pero yo los conozco, y también la forma en que se mueven. Me arrodillo para estudiar los extraños pasos de baile: estaba jugando a algún juego. No es el de *La Ronda de la Bruja*, ya que ese es en grupo, sino uno de sus propios juegos, como los que juega en el pasillo antes de irse a la cama.

—¿Qué es eso? —pregunta Cole, los brazos cruzados.

Levanto la mano. Luego me pongo de pie y examino los saltitos de Wren, los pasos ligeros y los brincos de lado. Me apuro y sigo las extrañas pisadas que nadie pensaría que son huellas de pies salvo yo. Cole me sigue en silencio.

Finalmente, Wren nos conduce hasta el pequeño claro, al espacio en donde los árboles se han desplazado hacia atrás para dejarle espacio a la tierra, y las ramas se inclinan hacia abajo formando una especie de refugio. Al llegar allí, las huellas de mi hermana desaparecen con las demás y trato de contener el pánico que me asalta al pensar que he perdido su rastro.

—¿Wren? —grito, pero solo responden los crujidos de los árboles. Rodeo el claro buscando algo, cualquier cosa, pero no hay señales.

—Lexi —me llama Cole, que no está mirándome a mí sino hacia el camino por donde hemos venido. Sigo su mirada, pero el bosque es denso y el borde está mucho más allá de nuestra vista. Me pregunto si los cazadores habrán llegado a la arboleda, si Bo ya estará buscando un pedernal, cerillas o aceite.

—Ya vienen —exclama Cole—. ¿Dónde están los huesos?

—Allí dentro. —Señalo el grupo de ramas. En el nido hay doce cuervos posados como si fueran postes indicadores de color negro, esperando y observando con pequeños ojos de piedra y picos que brillan aun bajo la luz grisácea.

Cole deja la cesta, se abre camino hacia el refugio y espía a través de las ramas entrecruzadas. Parece esperar que el nido se retire naturalmente y nos deje entrar, pero la masa no se mueve. Si lo hiciera, yo confiaría todavía menos en ella. Cole se desengancha la capa y la deja abierta, mostrando las vendas que cruzan su pecho y su espalda. Las ramas chasquean y crujen a modo de protesta mientras él se eleva a través de un hueco y desaparece en el oscuro interior. Arriba, uno de los cuervos bate las alas.

—Espera. —Me acerco deprisa pensando en sus heridas—. Déjame hacerlo a mí. —Hablo en voz baja por si los hombres están cerca.

—Estoy bien —dice automáticamente, sus palabras ahogadas por la pared de palos.

Encuentro uno de los huecos más grandes, un lugar en donde las ramas se cruzan formando una especie de ventana. Miro hacia adentro del nido de tierra. El musgo y la podredumbre me producen náuseas. Cole se encuentra en el centro, tapado hasta las rodillas, y comienza a cavar. Me va acercando los huesos uno por uno, brillantes y blancos como si los hubieran pelado y blanqueado, a pesar del barro y del musgo que cuelgan aquí y allá. Él hurga en la semioscuridad, mientras yo levanto la cesta y subo por el nido.

—Ten cuidado —le advierto mientras estampo la bota con fuerza contra el techo de ramas. La mayoría resisten, prácticamente petrificadas por el tiempo. Pero varias más pequeñas se quiebran, rociando a Cole de virutas de madera y astillas de luz. Los huesos blancos que sobresalen de la tierra resplandecen con los nuevos rayos del último sol de la tarde. Vuelvo a mi puesto y sujeto los huesos mientras él me los acerca, estirándose hacia arriba. Cada uno es una especie de sorpresa: un dedo finito, un fémur astillado, un omóplato.

Y luego, un cráneo. Cuando me lo da, lanzo un grito ahogado y lo agarro, la cara aplastada y llena de musgo y flores silvestres. Es como una horrible maceta, las raíces escapando por el ojo. Así que esto es lo que le hicieron a la Bruja de Near cuando encontraron al niño muerto en su jardín. Deslizo los dedos por el cráneo destruido: los pómulos agrietados, las cuencas de los ojos trituradas, y me estremezco al pensar en el equipo de búsqueda arrastrando a Cole hacia el páramo.

—¿Lexi? —pregunta, esperando para acercarme otro hueso—. ¿Te encuentras bien?

Tomo una profunda bocanada de aire, la exhalo y coloco el cráneo suavemente en la cesta llena. A través de los árboles, el sol atraviesa el cielo. Nos había llevado mucho tiempo encontrar los huesos y más todavía recolectarlos.

Cole continúa excavando, pero la búsqueda se está volviendo más difícil y los minutos se extienden entre los hallazgos. Se escucha un disparo en la distancia. Me doy la vuelta y miro hacia atrás, pero solo veo árboles.

—Cole, ¿deseas esto con muchas ganas? —pregunto. Y él sabe a qué me refiero.

—Con todo mi corazón —responde haciendo una mueca de dolor mientras me extiende otro hueso. Su mano comienza a desvanecerse alrededor de él y juro que puedo escuchar al viento azotando las ondulantes colinas y a los cazadores—. Pero no los puedo mantener alejados por mucho más tiempo.

Escucho un *clic, clic, clic* encima de mi cabeza y, cuando levanto la vista, me encuentro con un cuervo jugando con un hueso pequeño, igual que antes. Pero esta vez necesito ese hueso. Salto al suelo, coloco la cesta a un lado, busco una piedra suelta y apunto.

La primera roca no llega, el tiro es torpe y apurado. El cuervo no se mueve, no parece perturbado en lo más mismo por el ataque. Escucho el reto de mi padre aun ahora.

Concéntrate, Lexi. No desperdicies el tiro.

Extraigo el cuchillo y siento cómo mis dedos se meten en las viejas ranuras antes de girar el arma y sujetarla por la hoja. Me levanto lentamente mientras mido la distancia. Alzo el cuchillo por encima del hombro y luego escucho el silbido familiar del metal pasando por delante de la piel mientras lo lanzo. El acero vuela por el aire y estampa al cuervo contra el árbol que está detrás de donde estaba posado. El ave emite un graznido desesperado y luego, para mi conmoción, se desploma formando una montaña de plumas negras, palos y piedras… igual que el Cole hecho de viento en el páramo por la noche. Observo la pila y veo el pequeño hueso encima de todo, como una corona, y lo agarro bruscamente. Considero la posibilidad de dispararles a los otros cuervos cuando escucho un aleteo y un crujido, y la pila de elementos del bosque comienza a ensamblarse otra vez a mis pies. Se arman en una forma vagamente similar a un pájaro, salvo que ahora el pico está un poco descentrado y uno de los ojos de piedra queda colgando. El cuervo golpeado levanta vuelo y, mientras regresa a posición anterior, vuelve a parecerse más a un pájaro que a un puñado de tierra. Me estremezco, arranco el cuchillo del tronco del árbol y corro deprisa hacia la canasta y hacia Cole, arrojando el pequeño hueso con los otros y deslizando el cuchillo de mi padre en la funda de cuero alrededor de mi cintura.

Suena otro rifle. Esta vez no se ve ahogado por el viento. Ya están en el bosque.

—Falta muy poco —grita Cole, las manos sumergidas hasta el codo en el musgo y la podredumbre.

Mis ojos recorren frenéticamente la línea del horizonte, buscando entre los árboles. Trato de escuchar, de aguzar mis oídos al sonido de pisadas y de hombres, pero ningún sonido llega hasta mí.

Cole me extiende otro hueso. Algunos de los más pequeños están entrelazados con hierba y raíces, que serpentean por los huecos como si fueran una columna vertebral. *Al menos los vuelve más fáciles de encontrar,* me digo a mí misma, y me estremezco cuando Cole me pasa un pie cuyos huesos están aún unidos y formando un racimo flojo, que cuelga de zarcillos y musgo. Lo guardo en la canasta y bajo al suelo de un salto, dándole por un momento la espalda a Cole y al nido de árboles. Entonces me parece oír la voz de un hombre, muy lejos pero de este lado de la pared de viento. Otto. A través de los árboles, la luz del otoño se está volviendo débil al tiempo que el sol va cayendo. Los días se han vuelto más cortos a medida que se han vuelto más fríos.

Y luego comienza a oler a humo.

—Cole —murmuro.

—Lo sé —responde—. Ya falta muy poco.

Pero algo va mal. Otto nunca permitiría que esto sucediera, no sin antes revisar cada centímetro en busca de los niños. Los hombres y el fuego llegan desde distintas direcciones. La voz de Otto aparece desde la derecha, y delgadas nubes de humo negro llegan flotando desde la izquierda.

Registro el suelo del bosque, esperando, una vez más, divisar a los niños, a mi hermana. Mis ojos recorren los árboles, bajan por los troncos y se deslizan por la tierra, y luego se detienen. La tierra. La tierra de debajo de mis pies está seca, apelmazada con zarcillos de hierba y franjas de musgo, asentada. Pero muy cerca, al lado del nido, la tierra es distinta, está recién cultivada. Las palabras de la bruja resuenan violentamente en mis oídos.

No te atrevas a perturbar mi jardín.

Ay, no. No, no, no.

Caigo de rodillas junto a la tierra nueva y comienzo a cavar con las manos, arrojando la tierra hacia ambos lados. No hay nada. Nada. Y luego mis dedos tantean algo liso y suave.

Una mejilla.

Cole me grita desde dentro del grupo de árboles. Creo que es una pregunta, pero lo único que puedo oír es mi pulso, las palabras de la Bruja de Near y la vaga melodía en el aire. Lo oigo trepar por la masa enmarañada de ramas, tratando de salir del nido. Mientras cavo, el viento y el humo soplan con fuerza, desenterrando la cara de una niña.

Wren. No respira. Tiene la piel pálida, el camisón extendido suavemente alrededor del cuerpo, el cabello increíblemente recto. No, no, Wren. Se suponía que podíamos detener esto. Se suponía que podíamos arreglar las cosas. Reprimo el deseo de aullar y, en su lugar, descubro su pecho y apoyo la oreja contra él, intentando escuchar algún latido. Los escucho, lentos, débiles y constantes. Mi propio corazón salta del alivio mientras saco de la tierra los hombros de mi hermana.

—¡Cole, ayúdame! —grito. Y enseguida está a mi lado, quitando la tierra que rodea su cuerpo, descubriendo sus piernas y sus pies desnudos. Después comienza a apartar la tierra que está alrededor. Pronto aparecen más rostros: Edgar, Cecilia, Emily, Riley. Cinco niños en total, acurrucados debajo de la tierra. Me doy cuenta de que Cole está hablando.

—Lexi —está diciendo—. Ven. —Desengancha mis dedos de los brazos de Wren y descubro que la estaba sujetando, aferrando con fuerza. Ahora puedo escuchar las voces que se acercan. El humo llena el claro y oigo el chisporroteo de madera ardiendo.

—Lexi, guarda los huesos, tienes que irte.

Sacudo la cabeza y aparto el cabello rubio y cubierto de barro de Wren de su rostro pálido.

—No puedo. No puedo dejarla.

—El equipo de búsqueda está llegando —exclama con más énfasis—. Tienes que llevarles los huesos a las hermanas antes de que se ponga el sol.

—No. No. El fuego —insisto meneando la cabeza—. No puedo dejar a mi hermana.

—Mírame. —Se arrodilla, su mano fría levanta despacio mi mentón—. Yo me quedaré. Puedo usar el viento para mantener el fuego lejos de Wren y de los demás niños, pero tú tienes que correr. Uno de nosotros tiene que llevar los huesos, y yo no te dejaré aquí.

Mis dedos se aflojan alrededor del cuerpo de Wren, pero no puedo soltarla.

—Lexi, por favor. Se nos está acabando el tiempo. —Ramas cercanas crujen debajo de pies pesados, pero Wren parece un peso muerto en mi regazo, tan fría… no puedo lograr que mis piernas se muevan. Y luego suena un chasquido tan fuerte y cercano que es increíble que los cazadores no estén ya encima de nosotros. El fuego roza el claro desde un lado, voces de hombres gritan desde el otro.

—Vete a la casa de las hermanas. Yo te alcanzaré. —Mira a los niños y luego vuelve a mirarme —. Nosotros te alcanzaremos. Lo prometo.

Sobre nuestras cabezas, los cuervos aletean nerviosamente y veo el pánico en los ojos de Cole. Dejo que me ayude a levantarme mientras el cabello rubio de mi hermana se desliza de mi vestido a la tierra. Vuelvo a sentir las piernas debajo de mí mientras miro a través de las copas de los árboles y veo que el cielo está cambiando, oscureciéndose. Cole me alcanza la cesta y sujeta a Wren en sus brazos. El viento se arremolina alrededor de él, alrededor de los otros niños, que comienzan a difuminarse, pero no sé si es por el viento o por las lágrimas. Me doy la vuelta, aferrando la canasta de huesos, y abandono el claro. El bosque se cierra como una cortina detrás de mí, y el mundo queda devorado por el humo, el fuego y los árboles.

29

Corro a toda velocidad a través del bosque muerto, mientras la luz va descendiendo increíblemente rápido hacia el horizonte. Algo me empuja violentamente hacia atrás. Mi capa se engancha en una rama baja y forcejeo para liberarla. La rama se rompe y continúo dificultosamente mi carrera.

Páramo, me encomiendo a ti... Trato de recitar la plegaria de mi padre, pero las palabras me resultan huecas. Pruebo una vez más antes de abandonar la plegaria.

Por favor, le ruego al bosque.

Cruzo la línea de árboles y llego a las colinas.

Por favor, le ruego al cielo y a la hierba enmarañada.

Por favor, protégelos. No puedo encomendar a mi hermana a la tierra tan pronto. No puedo devolvérsela al páramo como hicimos con mi padre. No puedo permitir que el fuego arrase el mundo de Cole por segunda vez.

Desde la cima de la colina, veo que el bosque está envuelto en llamas.

Aferro la cesta mientras corro, la curva más baja del sol toca las colinas, el círculo dorado sobrevolando la hierba silvestre. Contengo el deseo de mirar hacia atrás, de disminuir la velocidad. Tengo que llegar a la casa de las hermanas. El páramo se extiende bajo mis pies e imagino que siento un viento frío en la espalda que me impulsa hacia adelante.

Llego a la última colina. Falta solo una más. Una elevación, un valle, subo y ya estoy allí.

Estoy a punto de exhalar una bocanada de aire cuando el suelo se sacude repentinamente bajo mis pies y sopla una feroz ráfaga de viento que me arranca la cesta de las manos. Choco con fuerza contra el suelo, el dolor atraviesa mi cabeza y un sonido sordo y constante llena mis oídos. Hago un gesto de dolor mientras intento levantarme. Logro finalmente ponerme a cuatro patas antes de que mi cabeza dé vueltas. Tengo que detenerme.

Aún estoy tratando de descubrir qué acaba de suceder cuando veo la cesta de huesos dada la vuelta, astillas blancas desparramadas por la ladera de la colina. El suelo ondea debajo de mí, pero consigo ponerme de pie. Algo chorrea por mi cara y, cuando lo quito, descubro una mancha oscura en mi mano. El sol también se está desvaneciendo en el horizonte y todo el mundo se ha vuelto de un rojo pálido.

Me doy la vuelta y miro hacia abajo de la colina y luego hacia la cima. Con el impacto, mi brújula interna parece haber desaparecido de mi cabeza, y apenas logro escuchar mi propia voz por encima del zumbido de mis oídos. Es bueno levantarse, pienso lentamente. Tengo que hacerlo.

Me arrastro a tientas por el suelo lleno de huesos y me arrodillo para recoger todos los que puedo. La luz explota frente a mis ojos, pero me obligo a concentrarme.

Un poco más lejos, la canasta se sacude... o algo parecido. Algo en su *interior* se sacude justo cuando el sol se hunde debajo de las colinas. El hueso de un brazo se proyecta hacia afuera y se retuerce de forma escalofriante mientras el páramo se alza alrededor de él y lo cubre con tierra y maleza.

Susurro una maldición y me alejo tambaleante del antebrazo, que ahora se desliza por el suelo e intenta conectarse con una muñeca extraviada. Luego busca dedos entre la hierba.

Corre, aúlla una voz dentro de mi cabeza.

Me arrastro por la colina, manteniendo los ojos clavados en el cuerpo que se va levantando delante de mí. Ahora el sol ya ha desaparecido por completo. Mi retirada es muy torpe, muy lenta, pero no puedo alejarme de lo que tengo ante mí, la hierba silvestre arrastrándose por encima de los huesos a medida que ellos se recomponen. Un pie encuentra una pierna, unas costillas encuentran una columna. Consigo desenfundar el cuchillo de mi padre mientras subo con dificultad la última colina. Qué haré con él, no tengo ni la menor idea.

Un brazo, completamente ensamblado, hurga en la canasta y recupera el cráneo, las flores silvestres siguen depositadas arriba del ojo. Y en la palma de la mano cubierta de maleza, la tierra y la hierba suben por encima del cráneo, mientras dos piedras extraviadas trepan hasta los grandes huecos, donde esperan las raíces como si fueran tendones.

Llego a la cima de la colina cuando la bruja recupera la cabeza y la gira hacia mí. El cráneo, al que le está creciendo pelo herboso, todavía continúa apoyado en la palma de su mano mientras se va montando el resto de su cuerpo.

La Bruja de Near nivela sus ojos de piedra con los míos, abre sus labios de musgo, y habla con una voz llena de viento.

—Has estropeado mi jardín.

—Has raptado a mi hermana —replico bruscamente, levantando el cuchillo como si supiera qué hacer con él.

A nuestro alrededor, el viento comienza a soplar con más fuerza.

—Shhhh —murmura con su boca a medio formar. Trozos de tierra caen por sus labios. El suelo se desplaza debajo de mí. Mi talón golpea contra un nuevo surco en la ladera de la colina y me caigo hacia atrás sobre el suelo inclinado.

—Cállate, pequeña. —Sonríe y las palabras son una fuerza tangible, un peso en el aire. Se abalanzan sobre el viento como un hechizo y, antes de que pueda levantarme, el páramo ya está encima de mí, trepando alrededor de mis brazos y piernas con sus raíces y su hierba enmarañada, inmovilizándome contra el suelo. Los arbustos espinosos me rasguñan la piel. Lanzo un grito ahogado mientras me aprietan y sierro las raíces con el cuchillo. Cuando las corto, descubro otras diez trepando por mi bota y mi pantorrilla. Con los brazos libres doy hachazos a la hierba que rodea mis tobillos mientras se acerca la Bruja de Near. Primero cojea, la pierna de atrás aún se está fijando, pero, mientras se aproxima, su paso se vuelve tan suave como el de mi madre. Varias hierbas que rodean mi pierna se rompen bajo mi cuchillo. La bruja se dirige a mí.

—Te dije —ruge mientras sus ojos de piedra resplandecen y sus palabras se trasladan por el aire, fuertes y claras— que no perturbaras mi jardín.

Finalmente, las últimas hierbas se parten bajo el cuchillo de mi padre y, antes de que puedan multiplicarse, lanzo una patada con la bota lo más fuerte que puedo. Cuando choca contra la Bruja de Near, ella retrocede, todavía débil, y casi se desploma contra el páramo. Pero antes de que pueda caer por la colina, la maleza y la tierra que están debajo se retuercen para atraparla.

Llego a la cima mientras ella se recupera. Con cada paso crecen algunas hebras del páramo, agregándose a sus miembros, engrosándola.

Retrocedo otro paso y puedo sentir la pendiente de la colina a mis espaldas. Me atrevo a mirar hacia atrás. Un grito de alivio escapa de mi boca cuando veo la muralla de piedra descendiendo como una cola por el páramo y, junto a ella, la casa de las hermanas.

—Cómo te atreves.

Siento las palabras, el frío contra la piel. Me giro y la Bruja de Near está a centímetros de mi cara, sus labios cubiertos de musgo, curvados hacia abajo con furia.

Sus dedos huesudos, ahora cubiertos de hierba, vuelan hacia adelante y se cierran alrededor de mi garganta. Aprieto el puño y siento la madera caliente del cuchillo de mi padre. Lo bajo de un solo movimiento y le corto la mano, que cae junto a mí, rodando unos metros por la colina hasta que consigo detenerme. Pero ella ya se dirige hacia mí de nuevo, enganchándose la mano en la muñeca. Logro ponerme de pie y me deslizo hacia la base de la colina. Mirando hacia atrás, hacia la casa de las hermanas, diviso una lápida de piedra, abierta, esperando. Lo han conseguido. Es una bóveda rectangular, cuya estructura se encuentra en el mismo lugar en el que antes solo había tierra estéril y una pila de piedras movedizas. Magda y Dreska hicieron una casa lo suficientemente grande como para albergar los huesos de la bruja. Tengo que llevarla hasta allí.

Me doy la vuelta para quedarme frente a la bruja y reúno fuerzas, pero ella deja de moverse. Hace una pausa, solo por un momento, mientras sus ojos se detienen en la cabaña y, junto a ella, en el pequeño jardín lleno de flores, a pesar del frío del otoño, seis diferentes clases de flores, en hileras perfectas. Claramente, la habilidad de las hermanas no se ha agotado con el paso de los años.

Algo se mueve junto a la muralla de piedra, un destello grisáceo que se lanza sobre el páramo en mi dirección, trasladándose con tanta rapidez que casi se vuelve difuso.

—¿Cole?

La palabra sacude a la Bruja de Near de su ensoñación y sus ojos de piedra se desvían hacia mí, resplandecientes.

La bruja se lanza sobre mí justo cuando llega Cole y coloca su cuerpo delante del mío. Y luego se escucha un ruido, un intenso crujido diez veces más fuerte que cualquier rama quebrándose, tan fuerte como para hacer que el páramo se estremezca y que la bruja se vuelva, enfadada y rápida, en esa dirección.

—¡Ahora, Cole! —grito, y en ese momento el viento sopla con fuerza, tomando a la bruja por sorpresa. Nos obliga a echarnos al suelo mientras el aire choca violentamente contra ella y la transporta en una enorme ráfaga hacia el jardín y hacia la tumba, donde alguna vez se levantó su casa. Los huesos repiquetean contra las piedras de la tumba con tanta fuerza que la estructura se desmorona sobre ellos, formando un montículo de roca y tierra enmalezada, con los huesos por debajo.

Y, de pronto, todo queda en calma.

Esa clase de calma opresiva de oídos tapados y presión estridente que tiene lugar antes de que regrese el sonido. Cole tiene las manos en las rodillas mientras trata de respirar. La cabeza me da vueltas y me siento en el césped, aturdida, mientras observo la maleza y las flores silvestres que empiezan a trepar lentamente sobre la tumba, hasta que la estructura de piedra parece tan vieja como la casa de las hermanas, casi devorada por el páramo. Todo ha terminado. No puedo despegar los ojos de la pequeña tumba de piedra esperando que se sacuda, que se desmorone y libere a la furiosa bruja del páramo. Pero no se produce ningún sonido ni ningún movimiento.

Y luego diviso el destello de metal junto a la muralla de piedra, el origen del violento chasquido. Otto está de pie, el rifle aún alzado contra el hombro, con el mismo aspecto chamuscado de Cole. Sigue mirándonos por el cañón a los dos, que estamos sentados en el páramo, medio muertos, y puedo imaginarlo apuntando la mira sobre Cole durante un instante demasiado largo, casi eterno. Finalmente baja el arma. El señor Ward y Tyler saltan la muralla y se dirigen hacia nosotros. Cole debe haberlos traído. En mi mente se desarrolla la escena: el fuego extendiéndose por el bosque y sus súplicas a los hombres para que se apresuren, para que lo ayuden. ¿Habrán vacilado? ¿Se habrán cuestionado?

Puedo ver a otros hombres acercándose a mi tío, llevando en sus brazos siluetas pequeñas apretadas contra el pecho. Los niños. Otto también sube la muralla mientras Magda y Dreska se acercan desde su casa con su paso tambaleante. Magda roza la tumba con la mano mientras pasa junto a ella, con aspecto satisfecho. Dreska viene detrás y la toca una vez. Cole permanece sentado junto a mí, pálido y jadeando.

—Lo lograste —murmuro con voz entrecortada.

—Te lo había prometido.

El sol ya había desaparecido y la noche parece haberse deslizado sigilosamente, los últimos haces de luz colándose a través de unas pocas nubes rezagadas.

Y después, Otto está de pie sobre nosotros. Me echa una mirada mesurada antes de desviar su atención hacia Cole.

Observa fijamente al muchacho pálido y ensangrentado, que se encuentra en el suelo a mi lado. Su rostro está igual de sucio. Su ropa chamuscada. Los dos tienen aspecto de haber participado en la misma batalla. Cole le devuelve la mirada a Otto, sin miedo ni enfado. Otto mira hacia los niños y luego hacia la tumba de piedra. Después de un largo rato, sus ojos regresan a Cole, que se está moviendo y a punto de ponerse de pie. Otto le extiende la mano y Cole la acepta.

Las hermanas examinan a los cinco niños, que se encuentran en el suelo, junto a la muralla de piedra. Todavía no se han movido. Después Wren se agita nerviosamente y se coloca de lado, pero sigue dormida. Dormida. Mi cabeza da vueltas, aliviada.

Cuando vuelvo a mirar a Otto, aún no ha soltado la mano de Cole, que está oculta bajo la suya.

—Gracias —dice finalmente, en voz tan baja que parece más un gruñido que una palabra. Pero yo puedo escucharla, y Cole y Tyler tampoco, a juzgar por su dura expresión. Otto retira la mano. Cole me mira y no puedo dejar de sonreír. Después se acerca a mí, me toma entre sus brazos y el viento se enrosca alrededor de nosotros. Y por primera vez, en lo que parece una eternidad, todo está bien. Todo está en su sitio.

30

Mi padre solía decir que el cambio era como un jardín.

No aparece de la noche a la mañana, a menos que seas una bruja… o un brujo. Hay que plantar las semillas y ocuparse de cuidarlas y, lo más importante, el suelo tiene que ser el adecuado. Él decía que la gente de Near tenía la tierra inapropiada, y que era por eso que se resistía tanto al cambio, como las raíces se resisten a la tierra dura. Decía que si lograbas atravesarla, encontrabas buen suelo, en lo profundo.

La noche siguiente se celebra una fiesta en la plaza del pueblo. Los niños bailan, cantan y juegan. Edgar sujeta una mano de Wren y Cecilia la otra, y se unen al círculo con los demás. Hasta las hermanas han venido, y están intentando enseñarles a los niños canciones nuevas y otras muy viejas. Observo cómo gira el pelo rubio de Wren mientras revolotea de un sitio a otro, sin apoyar los pies en el suelo más que por unos segundos.

Mi madre le contó que se había alejado para unirse a sus amigos y que se quedó dormida en el bosque.

Yo le conté que la Bruja de Near se la llevó furtivamente en medio de la noche y su valiente hermana fue a salvarla.

Me parece que no nos cree del todo a ninguna de las dos.

Helena está sentada en una parte estrecha de la muralla de piedra que llega hasta el centro de la plaza, observando a su hermanito como si fuera a esfumarse en cualquier momento. Sus ojos siguen nerviosos, pero su piel va recuperando el color. Tyler se sienta junto a ella y mira a los niños, tratando de mostrarse interesado. El rostro de Helena se ilumina y puedo verla sonrojarse desde donde me encuentro, al otro lado de la plaza. Tyler parece contento de que alguien lo quiera tanto, aun cuando no sea el alguien a quien él quería, porque, cuando ella tiembla, se acerca más y le ofrece un espacio debajo de su brazo. Helena sonríe feliz y se acurruca contra su amplio pecho, y ambos observan a los niños dando vueltas y cantando. De vez en cuando él lanza una mirada en dirección a mí, y yo finjo no darme cuenta.

Near sigue siendo Near. No cambiará de un día para otro. No cambiará en un día ni en una semana.

Pero hay algo nuevo… en el aire y en el suelo. Aun mientras se instala el otoño, puedo sentirlo.

El Concejo todavía se yergue en lo alto de los peldaños, las campanas listas en caso de que se les ocurra decir algo. Pero Matthew está inclinado hacia adelante, observando a las hermanas mientras les enseñan una canción a los niños. Sus ojos azules danzan de Magda a Edgar. Eli está de espaldas a la aldea, hablando con Tomas en secreto. Algunas personas no cambian nunca.

Las casas que están más cerca de la plaza han abierto sus puertas.

La señora Harp, madre de Emily, está junto a mi madre sirviendo pan y dulces. Otra casa ofrece bebidas fuertes y calientes, y Otto está apoyado contra una pared, rodeado de varios hombres. Hablan y beben, pero mi tío se dedica especialmente a echar una mirada sobre la plaza con una mezcla de fatiga y alivio. Y cuando ninguno de sus compañeros está mirando, lo veo levantar el vaso hacia nadie en particular y sus labios se mueven discretamente como si recitara una plegaria. Me pregunto si está rezando por el páramo, por los niños o por mi padre, pero es una plegaria breve y silenciosa, y luego se pierde entre el grupo de hombres que se apiñan para hacer un brindis en voz muy alta. Solo falta Bo.

Me siento en otra parte de la muralla, la sección recta antes de que la última parte se incline y descienda hacia el suelo. Mis dedos juegan con el pelo oscuro de Cole, que está estirado sobre la superficie de piedra, la cabeza en mi regazo. Comienzo a marcar el ritmo de la canción de los niños sobre su piel y él me mira, sonríe, me agarra la mano y pasa mis dedos por sus labios. A nuestro alrededor, el viento deambula por la celebración, balanceando vestidos y lámparas.

Escucho las tres campanadas y levanto la vista, pero no es el Concejo preparándose para hablar: es mi tío.

—Hace siete días, un extraño llegó a Near. Y sí, ese extraño es un brujo.

El silencio cae sobre el festival mientras su voz profunda se traslada entre la multitud. Otto mira hacía abajo, los brazos cruzados sobre su ancho pecho.

—Mi hermano me dijo que el páramo y los brujos son como todo lo demás, que pueden ser buenos o malos, débiles o fuertes. Que vienen en tantas formas y tamaños como nosotros.

»La semana pasada lo hemos comprobado. Vuestros niños están aquí esta noche gracias a las hermanas Thorne, y gracias a la ayuda de este brujo. —La mirada de Otto se posa en Cole, que está incorporado y apoyado sobre un codo.

—Nuestra aldea te abre sus puertas, si deseas quedarte.

Después de pronunciar esas palabras, Otto retrocede y, lentamente, el jaleo de la fiesta bulle de nuevo alrededor de la plaza.

—Bueno —pregunto, inclinándome sobre él—, ¿quieres quedarte?

—Sí.

—¿Y por qué razón, Cole? —murmuro, acercándome hacia él de modo que nuestras narices casi se rozan.

—Bueno —responde con una sonrisa—, el clima es muy agradable.

Me aparto y me río burlonamente, pero sus dedos se abren camino por detrás de mi cuello, trepan entre mi pelo y me atrae hacia él hasta que nuestras frentes se tocan. Su mano se desliza por mi cuello, entre mis hombros, y recorre la curva de mi espalda. Esta vez, no me aparto.

Deposita un beso sobre mi nariz.

—Lexi —murmura.

Me besa la mandíbula.

—Quiero estar aquí.

Me besa la garganta.

—Porque tú estás aquí.

Puedo sentir su sonrisa contra mi piel.

La fiesta se desvanece, la aldea se desvanece, y todo se desvanece excepto sus manos buscando las mías. Y sus labios sobre los míos. Me aparto y examino sus grandes ojos grises.

—No me mires así —murmura con una risa leve.

—Así, ¿cómo?

—Como si no fuera real o no estuviera realmente aquí. Como si fuera a salir volando.

—¿Y saldrás volando?

Frunce el ceño, se incorpora, y se da media vuelta para poder mirarme.

—Espero que no. Este es el único lugar en el que quiero estar.

Esa noche, Wren se mueve inquieta a mi lado en la cama. La sensación nunca me ha resultado tan agradable. Dejo que me robe las mantas, que construya su nido, y le doy un empujón suave y juguetón. Anhelo que llegue la mañana, que lleguen sus muñecos de pan y sus juegos en el pasillo. Anhelo verla crecer delante de mis ojos, día tras día.

Más allá de la casa, el viento sopla.

Sonrío en la oscuridad. No hay luna ni imágenes bailando en la pared. El sueño llegará pronto. Cuando cierro los ojos sigo viendo la cara de la bruja, el cráneo aplastado, las flores mustias brotando de él. La forma en que la ira se transformó en algo distinto al ver su hogar, su jardín. Espero que haya encontrado la paz. Me pregunto si es eso lo que siento, lo que ahora cae sobre mí como una sábana, fresca y cómoda. En este sitio tranquilo, imagino que puedo escuchar a mi padre susurrando historias que escuché miles de veces. Historias que lo mantienen cerca de mí.

El viento del páramo siempre será engañoso. Tuerce su voz y le da infinitas formas, largas y finas, como para deslizarse debajo de la puerta, tan gruesas como para parecer de carne y hueso.

Creeré profundamente en esta historia. La guardaré junto a los cuentos que mi padre me contaba antes de dormir, junto a las charlas con Magda mientras bebemos té. Recordaré todo.

Mi propia voz se desliza sigilosamente mientras el mundo se desvanece.

A veces, el viento susurra nombres tan claramente que, cuando estás a punto de conciliar el sueño, puedes imaginar que escuchas el tuyo. Y nunca sabes si ese sonido debajo de tu puerta es solo el aullido del viento o si es la Bruja de Near, en su pequeña casa o en su jardín, cantándole a las colinas para hacerlas dormir.

Agradecimientos

La confianza es contagiosa.

A mi familia, por su simple e inquebrantable confianza en que mi destino era escribir.

A mi editora, Abby, por creer en la brasa que era mi pequeño libro y ayudarme a encender un verdadero fuego. (Y a Laura, su asistente, por rociar agradables observaciones en las correcciones).

A Amy, mi agente, por creer en mí y en mis historias, sin importar cuánto me desviaba de los caminos más transitados. (Algún día escribiré un libro sobre esa reunión de brujas menopáusicas de la escuela de arte, te lo juro).

A los dioses editoriales, a los regalos del cielo, a los agentes y amigos que creyeron que yo pertenecía a este lugar, y ayudaron para que mi libro se abriera camino.

A los lectores críticos que leyeron mi manuscrito, por creer en mí lo suficiente como para alentarme, y por llevar alfileres en caso de que alguna vez se me subieran los humos a la cabeza.

A la comunidad online de bloggers, críticos y amigos, por creer en mí desde el principio y por hacerme sentir una estrella de rock cuando todo lo que he hecho ha sido enhebrar palabras.

Lo cierto es que estoy haciendo lo que amo, lo que siento profundamente como mi vocación y que, de alguna manera, increíblemente, me permitís hacer. Gracias.

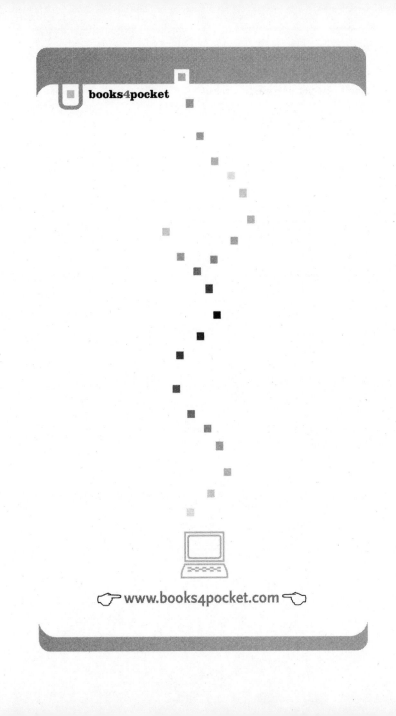

books4pocket

www.books4pocket.com